Door angst gedreven

Lisa Scottoline bij Meulenhoff-*M:

Door angst gedreven
Laatste kans
Op de loop voor de wet
Gezocht wegens moord

Lisa Scottoline

DOOR ANGST GEDREVEN

THRILLER

MEULENHOFF·M

Voor Franca, en voor Kiki

Eerste druk maart 1997

Vertaling Rosemarie de Bliek
Omslagontwerp Mariska Cock
Omslagdia Benelux Press / N. Daly
Foto achterplat Michael Bryant

ISBN 90 290 5307 0 / CIP / NUGI 331

1

'**G**aat u allemaal staan! Willen de raadslieden naar voren komen!' schalt de parketwachter. Ogenblikkelijk verdwijnen de sportpagina's in aktetassen en belanden de dagvaardingen boven op de aandelenkoersen. Drie rijen prijzige advocaten springen in de houding en richten hun aandacht op een leeg mahoniehouten podium. Nooit tevoren heeft meubilair zoveel respect afgedwongen.

'De districtsrechtbank van het oostelijk district van Pennsylvania houdt nu zitting! God zegene de Verenigde Staten en deze achtenswaardige rechtbank!' De parketwachter werpt een blik in de richting van het podium en pauzeert veelbetekenend. 'De edelachtbare William A. Bitterman.'

Rechter Bitterman spoedt zich het podium op en staat achter zijn bureau als een dikke regent die zijn horigen in ogenschouw neemt. Zijn ogen, louter spleetjes verzonken in een vlezig gelaat, nemen vanuit de hoogte de rechtszaal op. Ik kan zijn gedachten lezen: alles is in orde. De tafels van de verdediging glimmen. De marmeren vloer glanst. De airco onderkoelt het bloed van lagere levensvormen. En als vertegenwoordigers van voornoemde levensvormen moeten de advocaten wachten.

'U hebt uiteraard geen bezwaar tegen het oponthoud, dames en heren raadslieden,' zegt de rechter onverschillig terwijl hij in een zacht leren troon zinkt. 'Uiteindelijk kunt u wachttijd ook in rekening brengen.'

Onder de menigte achterin de zaal klinkt onzeker gegrinnik. Geen enkele advocaat geeft het graag toe, maar we brengen de tijd inderdaad in rekening – we moeten íemand voor de kosten laten opdraaien. De orde van aanklagers heeft nergens last van. Een toeslag voor onvoorziene omstandigheden is rekbaarder dan een airbag.

'Zo, zo,' mompelt de rechter zonder verdere uitleg terwijl hij de dagvaardingen op zijn bureau vluchtig doorneemt. Rechter Bitterman was in een vorig leven misschien wel een knappe man, maar zijn gigantisch volume heeft zijn gelaatstrekken naar het bovenste deel van zijn gezicht verplaatst, waardoor zijn kin zo bol is als die van een brulkikvors. Er wordt gezegd dat hij zo is aangekomen nadat zijn vrouw hem jaren geleden verlaten heeft, maar voor zijn aangeboren slechte humeur bestaat geen excuus. Daarom noemt mijn beste vriendin, Judy Carrier, hem Vitriool.

'Goedemorgen, edelachtbare,' zeg ik en ga aan de tafel van de verdediging zitten. Ik doe mijn best zelfverzekerd en alert te klinken, in tegenstelling tot hoe ik me werkelijk voel, nerveus en bang. Ik heb mijn marineblauwe pak aan. Het is perfect voor speciale gelegenheden wanneer een vrouw er als een man uit wil zien, zoals in de rechtszaal of bij de automonteur. De reden van mijn nervositeit is dat dit pas mijn tweede optreden in de rechtszaal is – de collega's op mijn advocatenkantoor schuiven mij geen rechtszaken toe. Ze verwachten van de nieuwkomers dat ze zich de kunst van het argumenteren eigen maken door te kijken hoe zij het doen. Wat erop neerkomt dat je zou kunnen leren fietsen door andere mensen te zien fietsen.

'Goedemorgen, edelachtbare,' zegt de advocaat van de tegenpartij, Bernie Starankovic. Starankovic knippert vaak met zijn ogen en is slecht gekleed. Ik voel me lichtelijk schuldig om wat ik en plein publique over hem ga zeggen – dat hij niet competent is de werknemers van onze cliënt in een groepsgeding tegen leeftijdsdiscriminatie te vertegenwoordigen. Als ik dat bezwaar krijg toegewezen gaat het geding in rook op, onze cliënt zal slechts een fooi hoeven uit te betalen in plaats van exorbitante bedragen en de bejaarde ex-werknemers zullen het met de Sociale Dienst moeten stellen. Bedrijfsjuristen zien dit als een overwinning.

'Goedemorgen, jongens en meisjes,' antwoordt rechter Bitterman. Ik forceer een vals lachje. De jongens achterin doen hetzelfde.

'Ha ha ha!' Starankovic lacht luid. 'Ha ha ha!' Zijn gemaakte lach weerkaatst schel tegen de muren van de gewelfde rechtszaal en galmt nog na als een subatomair deeltje, lang nadat de stilte is wedergekeerd.

'Staat genoteerd, meneer Starankovic,' zegt Vitriool droogjes, en Starankovic krimpt ineen in zijn stoel.

De rechter richt zijn blijk op mij. 'Mevrouw DiNunzio!'

'Jawel, edelachtbare!' Ik spring overeind en grijns als een overopgeleid duveltje uit een doosje. Overeind springen en grijnzen is niet iets wat ik tijdens mijn rechtenstudie heb opgepikt, wat wel zo had gehoord, aangezien het verdomd veel nuttiger is dan Vermogen. Ik heb het in de praktijk geleerd en het is een tweede natuur van me geworden aldus te reageren op allerhande prikkels. Over twee maanden kom ik in aanmerking om maat te worden.

'U hebt uw huiswerk voor deze ochtend toch gedaan, mevrouw DiNunzio? Ik verwacht niet anders van een vroegere student van me.'

Vitriools vlezige lippen verwijden zich tot een glimlach, maar dat is geen aardige. Ik herken hem uit de tijd dat ik zijn onderzoeksassistente was, in mijn tweede jaar aan de Universiteit van Pennsylvania. Ik besteedde drie middagen per week aan het vinden van zaken voor zijn slaapverwekkende artikel over de jurisdictie van de federale rechtbank. Hoe goedgekozen de zaken ook waren, voor hem voldeden ze nooit. Hij glimlachte altijd op die manier vlak voor hij me ervan langs gaf in de ware Socratische traditie en me de ene na de andere vraag stelde tot hij logischerwijze had aangetoond dat ik te veel ruimte in het universum innam.

'Mevrouw DiNunzio? Bent u er?' vraagt de rechter.

Ik knik alsof ik stijf sta van de cafeïne. Ik word nerveuzer. Rode, felle vlekken komen één voor één onder mijn gesteven blouse opzetten. Binnen een paar minuten zal mijn borst eruitzien als een struik vuurrode rozen op een besneeuwd veld. Bijzonder aantrekkelijk.

Vitriool wendt zich tot Starankovic. 'Meneer Starankovic, wij hebben elkaar nooit eerder ontmoet, maar ik ga ervan uit dat u uw huiswerk heeft gedaan. U vecht vandaag uiteindelijk voor uw leven, nietwaar? Of tenminste wat daar vlakbij ligt – een zeer ruime eventualiteitentoeslag.'

Starankovic springt overeind, met ritmisch knipperende ogen. 'Het honorarium is van geen importantie voor mij, edelachtbare, dat kan ik u verzekeren. Mijn enige zorg betreft mijn cliënten, een aantal pensioengerechtigde mensen die door gedaagde corporatie meedogenloos bedrogen worden – op een tijdstip in hun leven waaarop ze in staat zouden moeten zijn zorgeloos te leven – vanwege het feit dat hun pensioen waarvoor ze jarenlang hard gewerkt hebben...'

'Zeer goed, meneer Starankovic. U krijgt een tien voor enthousiasme,' zegt Vitriool scherp, hetgeen Starankovic in het vuur van zijn betoog de mond snoert. Vervolgens bestudeert de rechter de verzoeken om uitspraak die voor hem liggen, terwijl hij ons beiden negeert.

Ik weet niet of ik moet blijven staan, dus werp ik een steelse blik naar Starankovic. Hij verplaatst zijn gewicht stijf van het ene op het andere been, zoals een zonnebloem wiegt onder een zware onweersbui. Ik riskeer het en ga zitten.

'Mevrouw DiNunzio!' zegt Vitriool.

'Jawel, edelachtbare!' Ik spring overeind en grijns.

'Komt u naar het podium!'

Ik hoor Starankovic gnuiven, wat bewijst dat hij mijn mededogen niet verdient. Ik loop met schijnbaar zelfvertrouwen naar de katheder en zet de microfoon op vrouwenhoogte. 'Mijn naam is Mary DiNunzio...'

'Mevrouw DiNunzio,' zegt Vitriool, 'ik ben op de hoogte van uw naam, weet u nog?'

'Jawel, edelachtbare. Excuseert u mij, edelachtbare.' Ik schraap mijn keel onder gedempt gelach. 'Zoals u misschien weet, edelachtbare, teken ik in dit proces bezwaar aan tegen de onbewezen aantijgingen namens Harbison's The Hardware People. Harbison's is een nationale keten ijzerwinkels. Er werken meer dan...'

'Ik heb geen behoefte aan de prospectus, mevrouw DiNunzio, het bedrijf is mij wel bekend.'

'Jawel, edelachtbare.'

'Ik zou wel doofstom en blind moeten zijn niet van dat bedrijf te hebben gehoord, na dat absurde reclameliedje van ze. U kent hun reclameliedje?'

'Inderdaad, hun reclameliedje. Hun lofzang. Hun clublied. Ik hoor het overal – op mijn televisie, op mijn autoradio – elk kwartier. U zei dat u hen vertegenwoordigt, mevrouw DiNunzio, dus ik weet zeker dat u het kent. Klopt dat?'

Ik knik onzeker.

'Zingt u het dan.'

'Zingen, edelachtbare?'

'U hebt me gehoord,' zegt hij op vlakke toon.

Er valt een stilte achterin de rechtszaal. Iedereen dankt God dat hij of zij niet in mijn schoenen staat. Ik kijk naar de grond. Mijn hart bonst. Mijn oren suizen. Ik vervloek Vitriool omdat hij me vernedert, en Richard Nixon die hem bij de

9

federale rechtbank heeft aangesteld.

'Moet ik het mooi vragen? Met een kersje erop?' De stem druipt van sarcasme.

Geen mens op de tribune lacht. De parketwachter vermijdt mijn blik en bestudeert fanatiek de knoppen van de bandrecorder. Christus. Het wordt opgenomen. 'Edelachtbare...'

'Mevrouw DiNunzio!' Vitriool is plotseling woedend en hij ziet eruit als een vulkaan op het punt van uitbarsten.

'Zing!'

De rechtszaal is zo stil en ijskoud als de dood.

Ik sluit mijn ogen en wil ergens anders zijn, overal behalve hier. Ik ben terug in mijn jeugd, terug in de nachtmis op kerstavond, tussen de ijle hoge tonen van het 'Ave Maria'. Ik open mijn mond en de noten rollen eruit, onverwacht helder en krachtig. Ze zweven hoog boven de menigte, net als de lofzang, een lust voor het oor in de winterse lucht. *Harbison's The Hardware People. We take the haaaaard out of hardware!*

Als ik mijn ogen open, is Vitriools woede vervlogen. 'Dat was heel... mooi,' zegt hij.

Het is me niet duidelijk of hij het sarcastisch bedoelt en het kan me ook niet schelen. 'Mag ik met mijn betoog beginnen, edelachtbare?'

'Ga uw gang.'

Aldus steek ik van wal en het betoog klinkt scherp en juist, gestuwd door mijn woede jegens de rechter. Ik ratel de plaatselijke rechtbankregels die Starankovic heeft gebroken af en vervolg met zaken die ik één voor één laat klinken als de parabel van de Roekeloze advocaat die ons rechtssysteem heeft ondermijnd. Vitriool heeft zijn snijtanden bemoedigend ontbloot, wat betekent dat hij óf blij is óf honger heeft. Ik sluit mijn betoog af en keer terug naar de tafel van de verdediging.

'Edelachtbare, als ik mag reageren,' zegt Starankovic. Hij

wrijft over zijn glimmende broek die statisch aan zijn schoenen hangt en loopt naar het podium als een christen in het Romeinse Colosseum. 'Edelachtbare, ik ben Bernard...'

'Laat maar, meneer Starankovic, we weten allebei dat de advocaat van de tegenpartij de wet kent. Uw gedrag als advocaat van een groep is schandelijk – zelfs mijn griffiers zouden het beter doen. Hoe hebt u het klaargespeeld uw verzoek tot uitspraak niet tijdig in te dienen? Het is het enige wat u hoeft te doen en dat hebt u niet eens naar behoren volbracht.'

'Maar edelachtbare...'

Vitriool steekt een hand op als een klomp boetseerklei. 'Stik de moord, meneer Starankovic, zoals Archie Bunker placht te zeggen.' Hij kijkt rond om te zien of iemand zijn grap op prijs stelt. De tribune is te bevreesd om te lachen, maar de parketwachter glimlacht breed. Uw belastinggeld aan het werk.

'Jawel, edelachtbare.' Starankovic buigt licht.

'Welnu, meneer Starankovic, hoewel mevrouw DiNunzio denkt dat ze u te pakken heeft, u en ik weten dat het geheel aan mij is om te besluiten haar bezwaar toe te kennen. Ik kan het toekennen of afwijzen, louter uit hoofde van mijn machtspositie, klopt dat?'

Starankovic knikt.

'Natuurlijk heb ik het bij het rechte eind. Uw taak is duidelijk. Het is uw opdracht om mij uw beste betoog te laten horen. Geeft u me één goede reden waarom ik mevrouw DiNunzio's bezwaar zou afwijzen.'

Starankovic knippert razendsnel met zijn ogen. 'Edelachtbare, als ik zo vrij mag zijn, de groep bestaat uit...'

Vitriool steekt een vinger op. 'Ik zei: "Eén goede reden".'

'Die wilde ik net geven, edelachtbare. De groep bestaat uit zo'n vijfhonderd werknemers en in aanmerking nemend...'

'Nee. Nee. U luistert niet, meneer Starankovic. Herhaalt u

wat ik zeg. De enige goede reden...'

Starankovic bevochtigt zijn droge lippen. 'De enige goede reden...'

'Waarom u het bezwaar niet zou moeten toekennen...'

'Waarom u het bezwaar niet zou moeten toekennen...'

'Is...' Vitriool besluit met zwier, met zijn hand in de lucht zwaaiend als een dirigent.

'Is...'

'Nee, idioot! Ik maak de zin niet voor u af. U doet dat.'

'Dat wist ik, edelachtbare. Mijn excuus.' De man zweet peentjes. 'Het is moeilijk uit te leggen. Ik...'

'Eén goede reden!' buldert de rechter.

Starankovic schrikt.

De parketwachter kijkt naar de grond. De tribune houdt de adem in. Ik vraag me af waarom rechters als Vitriool voor het leven benoemd worden. Het antwoord luidt: vanwege presidenten als Nixon. Eenmaal zullen de kiezers het verband zien, dat weet ik.

'Ik heb enkele fouten gemaakt, edelachtbare, dat geef ik toe,' flapt Starankovic eruit. 'Ik heb een slechte tijd achter de rug, mijn moeder was net overleden en ik heb nogal wat deadlines overschreden. Niet alleen in dit geval, ook in andere zaken. Maar het zal niet weer gebeuren, edelachtbare, u hebt mijn woord.'

Vitriools gezicht is een masker van overdreven ongeloof. Hij grijpt de zijkanten van het podium vast en leunt helemaal naar voren. 'Is dit uw beste betoog? Is dit de enige goede reden?'

Starankovic slikt een brok weg.

Ik voel me vreselijk. Ik wens bijna dat ik nooit bezwaar had aangetekend.

'Is dit het beste waar u toe in staat bent? De enige reden waarom ik het bezwaar niet zou moeten toekennen is dat u veel fouten hebt gemaakt in die tijd – *waarvan deze er slechts één is?*'

'Edelachtbare, het is niet...'

'Meneer Starankovic, u hebt gezegd dat het enige wat u ter harte gaat, uw cliënten zijn. Is dat niet zo?'

'Jawel, edelachtbare.'

'Gaat het u voldoende ter harte dat ze een zo goed mogelijke advocaat krijgen?'

'Jawel, edelachtbare.'

'Zou de beste advocaat het nalaten zijn verzoek om uitspraak op tijd in te dienen?'

'Nee... edelachtbare.'

'Maar u hebt het nagelaten, nietwaar?'

Starankovic knippert hevig met zijn ogen.

'Nietwaar?'

Starankovic opent zijn mond, maar er komt geen geluid.

'Jawel,' zegt hij zacht.

'Dan bent u niet de best mogelijke advocaat, wel?'

Er heerst een stilte als Starankovic naar zijn schoenen staart. Hij kan het niet over zijn lippen krijgen. Hij schudt zijn hoofd eenmaal, nogmaals.

Socrates zou het daarbij gelaten hebben, maar Vitriool begint net de smaak te pakken te krijgen. Hij confronteert Starankovic met elke deadline die hij heeft overschreden en elk telefoontje waar hij niet op heeft gereageerd. Ik kan het nauwelijks aanzien en op de achterste rijen heerst een gechoqueerde stilte. De arme Starankovic wringt zich met knipperende oogleden in allerlei bochten, maar Vitriools hoektanden hebben zich in Starankovics nek geboord en houden hem op de grond. Hij kan geen kant op. Hij kan slechts lijden.

Als het voorbij is, maakt Vitriool zijn besluit vanaf de rechterstoel bekend. Met een verwaande glimlach zegt hij: 'Bezwaar toegekend.'

'Dank u, edelachtbare,' zeg ik met droge mond.

'Dank u, edelachtbare,' zegt Starankovic openlijk verslagen. Hij werpt me een dodelijke blik toe.

'Volgende zaak!' zegt Vitriool.

Ik prop mijn paperassen in mijn aktetas en sta op het punt te vertrekken terwijl een volgende bedrijfsjurist mijn plaats achter de tafel van de verdediging inneemt. De banken zitten vol met advocaten als wij, opgevulde schouder aan opgevulde schouder, omdat het schema zo uitloopt. Ik haast me langs de gladgeschoren gezichten in pak, das en boordenspeldjes. Het is alsof ik de plek van de misdaad ontvlucht. Ik vermijd oogcontact met de mannen op de tribune, sommigen geamuseerd, anderen nieuwsgierig. Ik wil niet aan degene denken die vorig jaar rond deze tijd tussen hen zat.

Dat heb ik mezelf beloofd.

Ik ben halverwege de laatste rij als iemand me bij mijn elleboog grijpt. Het is de enige andere vrouw in deze horde testosteron in streepjespak en haar roodgelakte nagels boren zich in mijn arm.

'Dit gaat te ver!' zegt de vrouw.

'Wat bedoelt u?' Mijn borst is nog steeds vlekkerig van de spanning. Ik moet me aan mijn belofte houden en het ziet ernaar uit dat het me niet zal lukken. Ik doe mijn best niet in de richting van haar zitplaats te kijken, maar het lukt me niet. Daar zat mijn man met zijn studenten naar me te kijken toen ik mijn eerste betoog hield.

'Hij haat ons! Hij haat vrouwelijke advocaten!' zegt ze. Ze duwt met een vinger tegen haar bril. 'Ik vind dat het hoog tijd is dat we er iets aan doen.'

Ik luister maar met één oor. Mijn gedachten worden in beslag genomen door Mike. Hij zat hier op deze rij en moest zijn fluisterende, giechelende klas die gedurende het hele betoog onrustig was, in bedwang houden. Hij zat aan het einde van de bank, met zijn arm precies op deze plek. Ik raak de knobbelige leuning aan met mijn vingers. Die voelt net zo aan als zijn schouder: sterk, stevig. Alsof hij het nooit zal begeven. Ik wil mijn hand niet wegnemen.

'We moeten de rechter aanklagen wegens wangedrag. Dat is het enige wat hem kan tegenhouden. Ik ken de procedure. Je dient de aanklacht in bij de griffier van het derde district, vandaar uit gaat hij naar de rechtbankpresident en...'

Haar woorden dringen niet tot me door. Mijn vingers op de houten armleuning brengen me in contact met Mike, en met die dag. Het was net zo'n ochtend als deze. Mijn eerste betoog in de rechtszaal. Ik weet nog hoe nerveus en opgewonden ik was en hoe ik het verzoek om uitspraak bijna automatisch, als in waas presenteerde. Vitriool besliste uiteindelijk in mijn voordeel, wat de eersteklassers spontaan in applaus deed losbarsten. Mikes gezicht straalde en zijn trotse glimlach verflauwde niet toen Vitriool fanatiek met zijn hamer begon te slaan...

De realiteit.

Ik verwijder mijn hand van het koele glanzende hout van de bank. Mike is hier niet, Mike is weg. Ik voel hoe mijn borst vuurrood kleurt. 'Ik moet weg.'

'Wacht! Hoe kan ik u bereiken? Ik heb u nodig om de aanklacht te ondertekenen,' zegt de vrouw terwijl ze mijn arm probeert te grijpen. 'Ik heb nog minstens twee andere voorvallen. Als wij hier niets aan doen, doet niemand het.' Ik ruk me los uit haar greep en sla de deuren van de rechtszaal achter me dicht.

Mijn belofte is verbroken, mijn hoofd wordt overspoeld door herinneringen. Mike en ik vierden de avond van mijn succes. We vreeën, met heel veel gevoel en daarna aten we pizza, in tegenstelling tot onze gebruikelijke volgorde. Toen zei hij dat hij medelijden had met de werknemers wier eis ik op grond van discriminatie had gedwarsboomd.

'Je bent te gevoelig,' zei ik.

'Maar daarom houd je van me,' zei hij.

Wat de waarheid was. Twee maanden later was Mike dood. En ik begon te merken dat er een gevoeliger ondertoon in mijn hoofd was gekropen. Ik weet niet zeker van wie die stem is, maar ik denk dat het Mike is, dat hij nog steeds met me spreekt. De stem zegt wat hij zou zeggen, pikt de draad op waar hij is opgehouden. Onlangs is hij begonnen te fluisteren dat ik professioneel steeds meer zonden bega. Dat iedere zege voor de bedrijfsjuristen een zwarte vlek op mijn ziel is.

De dag des oordeels zal komen, zegt de stem. *Het is slechts een kwestie van tijd.*

2

Het is precies 11:47 als ik terug ben in mijn kantoor bij Stalling en Webb, een van de heilige drie-eenheid van machtige bedrijfsjuristenkantoren in Philadelphia. Ik weet de tijd precies vanwege het uitzicht in mijn kantoor. Het is een standaardhok voor een beginnend advocaat, met uitzondering van de enorme gele klok boven op het gemeentehuis van Philadelphia aan de overkant, die het raam achter mijn bureau volledig in beslag neemt. Als er dan een klok over je schouder mee moet kijken terwijl je werkt, is dit in ieder geval een heel mooie. Het is een ouderwetse klok, rond als de maan en bijna even groot. Sierlijke, Victoriaanse wijzers bewegen zich exact op het juiste moment naar de sombere zwarte Romeinse cijfers. Niemand van de senioren wilde dit kantoor vanwege de klok, maar ik vond het geen bezwaar. Ik weet altijd hoe laat het is, wat goed uitkomt als je advocaat bent. Zoals Socrates al zei: tijd is geld.

Ik draai rond in mijn stoel en kijk naar de klok. 11:48, 11:49. Ik vind het ineens niet meer zo prettig, al weet ik niet waarom. *Het is slechts een kwestie van tijd.*

'Waar zit je met je gedachten, Mare?' klinkt een bekende stem uit de deuropening. Mijn assistent, Brent Polk, komt binnen met een stapel berichten op geel papier en koffie op een blad. Brent is een slanke, knappe man met lichtbruine ogen en een bos pikzwart haar. Hij is ook homo, maar alleen Judy en ik zijn op de hoogte van die informatie die zijn baan in gevaar zou kunnen brengen. Judy heeft hem de bijnaam Koffie Verkeerd gegeven vanwege zijn seksuele voorkeur. Hij vindt het grappig, maar zo kunnen we hem niet noemen in het bijzijn van de secretaresses. Zij denken dat hij een vriendin in Massachusetts heeft en niet kan beslissen of hij wel met haar wil trouwen. De perfecte dekmantel – een man die zich niet kan binden. Die rol gaat hem prima af.

'Koffie, wat een geweldig idee, Brent, je bent een man uit duizenden.'

'Als dat zou kunnen.' Hij zet de koffie met de stapel papier op mijn bureau. 'Kijk, ik heb vandaag zelfs een dienblad. Ben je niet trots op me?' Brent heeft een uitbrander gehad omdat een van de geboden bij Stalling luidt: GIJ ZULT GEEN KOFFIE RONDBRENGEN ZONDER DIENBLAD omdat er anders vlekken op het tapijt komen, en vorige week werd hem de wacht aangezegd omdat hij er geen gebruikte.

Dankbaar pak ik de beker met de tekst WANNEER WIL JE HET HEBBEN? Alle koffiebekers dienen Stalling van repliek omdat de werknemers het niet mogen.

'Luister, Mare, de mysterieuze man heeft weer gebeld. Dit wordt absurd. We zouden je nummers moeten laten wijzigen. Het is nu al een jaar aan de gang.'

'Niet overdrijven. Zo lang is het nog niet.'

'Jawel, met tussenpozen. Het lijkt wel of het de laatste tijd vaker gebeurt – die man heeft zeker niets beters te doen. Belt hij je thuis ook vaker?'

'Wanneer heeft hij gebeld?' Onlangs heb ik gemerkt dat er een patroon is ontstaan in de tijden waarop hij belt, als ik net op mijn werk ben of thuiskom. Ik heb het gevoel dat iemand weet waar ik ga en sta, wat niet prettig is. Als Brent het hele verhaal kende, zou hij de Nationale Garde laten aanrukken. Maar ik ben er niet van overtuigd dat het niet gewoon toeval is.'

'Wat maakt het uit op welk tijdstip hij heeft gebeld? Hij heeft gebeld.'

'Laten we er geen drama van maken. Ik heb zolang ik hier

werk al hetzelfde nummer. Alle cliënten hebben het. Ik wil het niet veranderen zonder gegronde reden. Mensen vinden dat lastig.'

Hij gromt gefrustreerd tussen zijn tanden en doet alsof hij me bij de keel wil grijpen.

'Weg jij. Luister, je kunt het je cliënten niet moeilijk maken zonder goede reden. Dan gaan ze naar een ander en ben jij blut.'

'Maar, Mary, het klopt niet. Is het wel eens bij je opgekomen wat die man zit te doen als jij de telefoon aanneemt?' Hij trekt in afkeer zijn neus op. 'Ik heb een oom Morty gehad die...'

'Brent, alsjeblieft.'

'Maar het is de waarheid.'

'Oké. Laat het even rusten. Als het zo doorgaat, laten we de nummers veranderen, goed?'

'Ja, baas,' zegt hij zuchtend.

'Goed zo...'

Zijn donkere ogen lichten ondeugend op. 'Wacht maar tot de grote baas hoort dat je bezwaar is toegewezen. Hij en Delia gaan dat vanavond in de Four Seasons vieren.'

Brent weet alles wat er gebeurt bij Stalling. Het laatste gerucht is dat onze topman in de zaak Harbison's, Sam Berkowitz, een affaire met zijn secretaresse heeft. 'Ik geloof dat ze om vijf uur weggaat en dan vertrekt hij tien minuten later. Deze keer win ik. Ik voel het.'

'Hoe bedoel je, ik win?'

'Wil je meedoen? Het is maar een dollar.' Brent haalt een gekreukeld stuk stenopapier uit zijn broekzak en leest voor wat erop staat. 'Ik wed dat hij wel tien minuten kan wachten, maar Janet gokt op vijf minuten. Maggie wedt dat hij het wel een halfuur uitzweet, Lucinda zegt dat ze tegelijk vertrekken, maar zij is gek. Hij moet aan zijn positie denken. Niet die positie, déze positie.' Hij lacht.

'Bedoel je dat je een pot hebt opgezet?'

'Ja.' Hij propt het papier terug in zijn zak.

'Je bent schaamteloos. Je weet helemaal niet of ze een affaire hebben.'

'Wat, wil je me in de maling nemen? Iedereen weet het.'

'Maar hij is getrouwd.'

Brent slaat zijn ogen ten hemel. 'Dat was ik ook.'

'Jij was jong. Dat is anders.'

'Alsjeblieft. Ik kan niet geloven dat je al zo lang leeft, zo naïef ben je. Kijk maar eens naar Delia als je boven moet zijn. Een snoepje is het.'

'Ze ziet er goed uit, maar...'

'Ze ziet er goed uit? Het is een kanjer. Ik ben homo, schat, niet blind, en Berkowitz ook niet. Hij is geil. Iedereen praat erover. Waar rook is, is vuur.'

Ik maak een crucifix met mijn vingers en weer hem ermee af. 'Godslasteraar! De man is hoofd van de afdeling!'

'Hemel, sorry, dat vergat ik. Jouw idool, Berkowitz, koning der koningen. Weet je wat ik over hem heb gehoord?'

'Wat dan?'

'Je moet beloven dat je niet gaat gillen als ik het je vertel, anders vertel ik je nooit meer iets. Nooit meer.' Hij heft een bestraffende vinger naar me, uit een te lange mouw. Zwart uiteraard, de enige kleur die hij draagt. 'Met name die onzin wie de nieuwe maat zou worden.'

'Wat heb je gehoord?'

'Eerst beloven, Mary.'

'Zeg op! We hebben het nu over mijn baan.'

Hij leunt over mijn bureau. Ik ruik Obsession in zijn nek. 'Ik heb gehoord dat wat er ook gebeurt, Berkowitz maar twee maten uit het civiel recht aanstelt. Twee, niet drie. Twee, meer niet.'

'Geen drie? Ze zeiden drie!'

'O ja? Nou, dat was toen en dit is nu. Ze willen die koek niet verder opdelen dan nodig is.'

'Dus ze gaan gewoon iemand van ons ontslaan? Ik geloof er niets van.'

'Daar gaan we. Ik wist dat ik het je niet had moeten vertellen.'

'Hoe gaan ze dan tussen ons kiezen? We zijn alledrie evenveel waard, en we brengen alledrie meer dan tweeduizend uren per jaar in rekening. We zijn als aankomend advocaat door dit rotkantoor gecontracteerd en nu gaan ze een van ons snoeien?' Ik wrijf over mijn voorhoofd, waar het is beginnen te bonzen. Ik ben ervan overtuigd dat daar de matenkwab is gesitueerd. Vlak naast die van het doctoraalexamen rechten.

'Jij zult het niet zijn, Mare. Je bezwaarschrift is net ontvankelijk verklaard.'

'En Judy dan?'

'Judy zit gebakken. Ze hebben haar nodig om die conclusies op te hoesten.'

'En Ned Waters, hoe zit het daarmee? Ik wil niet dat een van ons wordt ontslagen, verdomme. Het is onmogelijk ergens anders aan de slag te raken. Het is niet meer zoals in de jaren tachtig, toen je maar hoefde te kiezen.'

'Luister, je werkt me op mijn zenuwen. Ga je vandaag lunchen met Judy?'

'Natuurlijk.'

'Goed. Ga vroeg. Bespreek het met haar. Zij brengt je wel op andere gedachten.' En dat probeert ze, aan een wiebelige tafel bij de muur in de Bellyfiller, een armoedig restaurantje in de kelder van ons kantoorcomplex. Judy neemt me steeds hier mee naartoe omdat de broodjes gigantisch zijn en het tafelzuur gratis. Het laat haar koud dat het er donker en goor is, dat de grootbeeld-tv de verkeerde mensen aantrekt en dat het zaagsel op de vloer soms begint te kruipen.

'Je laat je gek maken, Mary!' Ze heft haar lange armen ten hemel, met hun vleugelbreedte als van een Boeing. Judy Carrier is een meter vijfentachtig en komt uit Noord-Californië, waar de vrouwen als reuzenbomen groeien.

'Ik kan er niets aan doen.'

'Hoezo? Je hebt net gewonnen. Je bent onverslaanbaar. We zouden feest moeten vieren.'

'Hoe kun je er zo kalm onder zijn?'

'Hoe kun je je zo druk maken?'

Ik lach. 'Maak jij je nooit zorgen, Judy?'

Ze denkt even na. 'Natuurlijk. Als mijn vader gaat beleggen. Dan maak ik me zorgen. Hij dwaalt af en...'

'Wat is beleggen?'

'Weet je wel, als je gaat bergbeklimmen, wijs je iemand aan om...'

'Ik heb het niet over bergbeklimmen. Ik heb het over werk, over als maat aangesteld worden. Maak jij je nooit zorgen of we het wel redden?'

'Maat worden is niets vergeleken bij bergbeklimmen,' zegt ze ernstig. 'Als je een fout maakt bij bergbeklimmen ben je er geweest.'

'Vast wel.'

'Je zou eens mee moeten gaan. Ik nodig je wel uit.'

Ze draait zich om en zoekt voor de derde keer in vijf minuten onze serveerster.

'Oké, als Pasen en Pinksteren op één dag vallen.'

Ze draait zich naar mij. 'Wat zei je?'

'Niets. Dus je maakt je echt niet druk of je wordt aangesteld?'

'Nee.'

'Waarom niet?'

'Omdat we allebei goede advocaten zijn. Jij ontzenuwt de discriminatiegevallen en ik ben de papiermolen die beroep aantekent. Wij komen er wel doorheen.' Judy lacht gemakkelijk, waarbij de vele spleetjes tussen haar tanden te zien zijn, wat op de een of andere manier bij haar niet onaantrekkelijk is. In feit kijken mannen steeds naar haar, maar ze negeert ze opgewekt. Ze houdt van Kurt, de beeldhouwer met wie ze haar leven deelt, die onlangs Judy's botergele haar heeft kort gehakt in rafelige pagestijl. Zij noemt het werk in uitvoering.

'Denk je dat het zo eenvoudig is?'

'Ik weet het zeker. Doe je werk en de rest gaat vanzelf. Je zult zien...'

'Alstublieft, dames,' onderbreekt onze serveerster, die een hekel aan ons heeft. Niet dat we een uitzondering zijn, want de serveerster hier heeft een hekel aan alle klanten. Ze laat de borden van haar arm glijden en ze belanden met een klap midden op tafel. Dan loopt ze met grote passen weg en laat het aan Judy en mij over om uit te zoeken wie wat besteld heeft. We schuiven met de borden alsof het botsautootjes zijn.

'Dameseten jouw kant op,' zegt Judy, terwijl ze gemengde salade en cola light naar mij toe schuift. 'Getver.'

'Doe me een lol. Als ik twee meter was, zou ik ook als een bouwvakker kunnen eten.' Ik geef haar de kebab met een dubbele portie vlees, een aardappelsalade en een vanillemilkshake.

'Maar dat ben je niet. Je bent een klein Italiaantje. Waar ik vandaan kom, gebruiken we jullie als stootdop.' Judy hapt gretig in haar kebab. Ze begint aan het eind, als de degenslikker in het circus. 'Trouwens, er is wel iets waar ik me druk om maak,' zegt ze met volle mond.

'Wat?'

'Jou. Ik maak me bezorgd om jou.'

'Mij?' Ik weet niet zeker of ze het meent.

'Ja.'

'Die rare telefoontjes?' Ik neem een grote slok cola. Het smaakt naar zoetstof.

'Nee, die houden wel op. Ik heb het over werkelijk gevaar,' zegt ze en laat haar wenkbrauwen komisch op en neer gaan. 'Ned Waters zit achter je aan.'

'O god. Hou erover op, Judy.'

'Hij heeft zijn zinnen op je gezet, Mare. Ik zou maar wat nieuw ondergoed aanschaffen.' Judy houdt van seks en praat er open over. Aangezien ik katholiek ben opgevoed, weet ik dat haar benadering pervers en slecht is. Gefaxt door Satan zelf.

'Judith, hou het beschaafd.'

Ze leunt vertrouwelijk naar me toe. 'Wees erop voorbereid dat je met de man te maken krijgt, want het is de waarheid. Ik heb het van Delia de Stenen Vos gehoord.'

'Delia? Berkowitz' secretaresse? Hoe weet ze dat?'

'Zij heeft het van Annie Zirilli, uit Zuid-Philly.'

Ik lach. Judy verzint altijd bijnamen. Meestal weet ik niet over wie ze het heeft. 'Bedoel je Bartons secretaresse?'

'Inderdaad. Annie zag hem gisteren in zijn kantoor lanterfanten en begon een praatje. Hij zei dat hij een oogje op iemand had, maar wilde niet zeggen wie. Hij zei dat het meisje – dat zei hij letterlijk, het meisje – het zelf niet weet omdat hij het haar niet durft te vertellen. Niet durft, zie je het voor je? Wat een eikel!' Ze prikt met haar rietje in haar milkshake.

'Hij is verlegen.'

'Bij een jongen is het verlegenheid. Bij een man is het disfunctioneel. En ik wil er geld om verwedden dat jij het gelukkige slachtoffer bent, want bij afdelingsvergaderingen wil hij altijd naast jou zitten. En ik heb gezien hoe hij naar je kijkt.' Ze rolt met haar ogen.

'Onzin. Als hij belangstelling had, zou hij dat op de universiteit hebben laten merken. Na ons bewuste afspraakje.'

'Maar toen heb jij Mike ontmoet.'

'Ned wist dat niet. Hij heeft niet eens meer gebeld.'

Judy schudt haar hoofd. 'Waters ten voeten uit. Een heftige affaire in zijn kop. Hij is veel te *cool*. Onderkoeld, dat is hij. Zoek maar dekking.' Ze valt haar aardappelsalade aan met een soeplepel, als een bulldozer die zware sneeuw uit de weg ruimt.

Ik kijk hoe ze zit te eten en denk aan Ned Waters. Ik zeg nog steeds dat hij verlegen is, maar het klopt niet met zijn knappe uiterlijk. Sterke, mannelijke trekken, enkele grote sproeten en bijzondere, lichtgroene ogen. 'Hij heeft mooie ogen.'

'Als je van *Rosemary's baby* houdt.'

'Kom, hij was een stuk toen we rechten studeerden.'

'Het is zwaar een stuk te zijn op de rechtenfaculteit, Mare. Als je pupillen op licht reageren, kun je de halve klas neuken.'

Ik glimlach, denk terug aan de universiteit toen ik met Ned uit eten ging. Ik was verbaasd toen hij me vroeg, maar niet toen hij niet meer belde, omdat hij tijdens onze afspraak zo stil was. Hij zei nauwelijks een woord en ik ratelde erop los om de stiltes op te vullen. Natuurlijk sliep ik niet met hem of zo, daar waren nog 12.736 afspraakjes voor nodig geweest, en zelfs dan zou ik er niet van genoten hebben. Dat kwam pas toen Mike op het toneel verscheen.

Na de lunch lopen Judy en ik een blokje om, aangezien het een warme lentedag is en Philadelphia's beruchte vochtigheidsgraad nog gehaald moet worden. We kijken winkels, Laura Ashley, Banana Republic en Borders, een chique boekwinkel op Walnut Street. Ik vind Borders een fijne zaak, omdat ze lezen populair gemaakt hebben en ik hou van lezen. Judy gaat graag naar Borders omdat er een espressobar is met extra grote koekjes. Zo groot als pannenkoeken, zegt ze altijd. Ik trakteer haar op een reuzenkoekje en we lopen naar kantoor terug, terwijl ik me dwergmoeder voel van een kind dat groeihormonen slikt.

In een lift met zwart spiegelglas zoeven we naar de bovenste verdieping van een monoliet met zwart spiegelglas, waarin een grote oliemaatschappij, een beleggingsfirma en Stalling en Webb gevestigd zijn. Stalling heeft de bovenste zeven verdiepingen, wat me altijd doet denken aan de zeven hoofdzonden die ik op de parochieschool uit mijn hoofd moest leren. Traagheid is de onderste verdieping, waar Judy uit de lift stapt, en de volgende verdiepingen zijn Gramschap, Gulzigheid, Nijd, Onkuisheid en Gierigheid. Hoogmoed is de bovenste verdieping. Ik stap uit op Nijd, waar Martin H. Chatham, de vierde, jongste advocaat voor Harbison's, kantoor houdt. Ik zal me opfrissen en hem mijn grote overwinning melden.

De damestoiletten bij Stalling zijn een verademing. Het is er kraakhelder, vorstelijk, alles uitgevoerd in melkwit. In het Corintische wastafelblok zijn acht grote wastafels, met nepgoud afgezet. Aan een kant van de wastafels staat een witte kast vol toiletartikelen – gratis Tampax, pleisters, mondwater en tandzijde. Er is zelfs vloeibare zeep die ik rijkelijk gebruik.

Ik was mijn gezicht terwijl ik grappen maak met de secretaresses die naast mij staan. Ze zijn aardiger tegen me geworden nadat Mike is overleden, doodgereden door een automobilist, toen hij langs de Schuylkill fietste. Ik werd een jonge weduwe, een personage dat velen van hen herkenden uit Bouquetreeksromans. De advocaten, die geen tijd hebben om te lezen, reageerden nauwelijks op Mikes dood, wat ik prima vond. Het is persoonlijk.

Ik scheur een stuk van de papierrol waarmee ik mijn gezicht droogdep en verlaat het toilet.

Martin is aan het telefoneren maar wenkt me binnen. Ik ga in een designerstoel tegenover zijn designerbureau zitten. Alles in Martins kantoor is smaakvol, behalve de uilen. Geborduurde uilen staren je vanaf de kussens aan, keramische uilen kijken met dreigende ogen vanaf de boekenplanken. Vroeger dacht ik dat uilen een fetisj van intellectuelen waren, zoals walvissen, maar er bestaat een betere theorie. Martin is oersaai en moet zich daarvan bewust zijn, dus heeft hij een interesse gekweekt om zichzelf boeiender te maken. De uilen vullen de leegte die zijn persoonlijkheid zou moeten opvullen. Nu kent iedereen hem als Martin, de Man Die Van Uilen Houdt. Begrijp je wat ik bedoel?

'Ik hoor je, Stuart,' zegt Martin in de hoorn.

Luisteren is Martins sterke kant. Hij luisterde toen ik hem mijn plan voor dit bezwaarschrift vertelde, al vertrok zijn gezicht van afkeer. Martin is een heer onder de procesvoerders, die het niet gepast vindt de belangen van een cliënt boven die van een squashpartner te plaatsen. Berkowitz gaf uiteindelijk het groene licht voor het verzoek, omdat Berkowitz een echte advocaat is en geen benul van squash heeft.

'Ik begrijp het, Stuart. Hou je haaks, kerel.'

Martin legt de hoorn neer en plaatst onmiddellijk een vinger op zijn lippen, een zwijgend pff! Hij maakt een aantekening in zijn rode agenda om zijn tijd in rekening te brengen en een andere in zijn blauwe telefoonlijst om het gesprek in rekening te brengen. Later zal Martin de tijd die het hem kost om een memo over het gesprek te schrijven, in rekening brengen, evenals de kosten van het kopiëren van de memo. Martin verdient tweehonderdvijfenzestig dollar per uur en vijftien cent per bladzijde. In de naam van de Vader, de Zoon en de Heilige Geest.

'En, Mary, hoe is het gegaan?' vraagt hij met vlakke stem.

'Heel goed.'

'Goed nieuws?' Zijn fletsblauwe ogen lichten belangstellend op.

'We hebben gewonnen, Martin.'

'We hebben gewonnen? Gewonnen?'

'Hij heeft ter plekke uitspraak gedaan. De principekwestie wordt niet uitgevochten.'

'Allemachtig, Mary!' Martin wil alle details van mijn betoog horen. Ik laat het 'Ave Maria' weg en geef hem de gekleurde versie, waarin ik de hoofdrol heb als matenmateriaal, geen twijfel mogelijk. Als ik ben uitgesproken, belt Martin Berkowitz. Dan pakt hij zijn colbert want GIJ ZULT NIET ZONDER JASJE DOOR DE GANGEN LOPEN en snelt het kantoor uit.

Ik loop terug naar mijn kantoor. Ik heb mijn werk gedaan, wat inhoudt dat Martin met de eer gaat strijken. Daarom gaat hij alleen naar Berkowitz' kantoor, alsof hij zelf de overwinning in de wacht heeft gesleept. Op dezelfde manier, aangezien Martins *raison d'être* erin bestaat Berkowitz' ster te laten schijnen, mag Berkowitz het hoofd van de juridische afdeling van Harbison's bellen. Omdat Berkowitz het hoofd een goede beurt laat maken bij diens president-directeur, speelt het hoofd van de juridische afdeling Berkowitz meer zaken toe. ZSM. En advocaten die de meeste zaken binnenbrengen, verdienen het meest. Begin je het door te krijgen: zonder de een functioneert de ander niet.

Ik zou blij moeten zijn, maar dat ben ik niet. De overwinning geeft me een prachtkans, maar er hangt een prijskaartje aan. Als de informatie die Brent me heeft doorgespeeld juist is, kan mijn aanstelling het ontslag van een van de twee andere kundige advocaten betekenen, van wie de ene mijn beste vriendin is.

En vergeet de werknemers van Harbison's niet, zegt het stemmetje van Mike, dat zich weer laat horen. *Die zijn ontslagen op het moment dat hun pensioenrechten van kracht zouden worden en de enige fout die ze gemaakt hebben is dat ze een slechte advocaat in de arm hebben genomen. Nu zijn ze die ook kwijt. Heb je daarom rechten gestudeerd?*

Ik probeer het stemmetje tot zwijgen te brengen als ik mijn kantoor binnenga. 14:25. Ik neem de lopende zaken door en bekijk zonder enthousiasme de post. Ik vraag Brent die te sorteren op Goed en Slecht. Goed rechts en Slecht links op mijn bureau. De post die onder Goed valt zijn voorpublicaties, pocketboeken waarin recente rechterlijke uitspraken zijn samengevat. Ik word verondersteld de Goede post te lezen, maar als ik dat zou doen, zou ik aan mijn stoel vastgroeien. In plaats daarvan leg ik hem in mijn aflegbakje zodat de loopjongens hem op het bureau van de volgende deponeren. Daarom zijn ze Goed.

De Slechte post is al het andere. Het is Slecht omdat je tegenpartij je probeert te dwarsbomen. Er is slechts één reactie onder advocaten: terugpakken. Vorige week bijvoorbeeld, probeerde in een zaak van Noone Pharmaceuticals de advocaat van de tegenpartij ons te pakken met het dreigement de memoranda van het bedrijf aan de pers door te spelen. Dus dien ik bij de rechtbank een verzoek in het gebruik van bedrijfsdocumenten tot de rechtszaak te beperken en Noone mijn honorarium voor dat verzoek te laten betalen. Dit is eerste klas terugpakken en je moet terugpakken. Als je dat niet doet, word je gepakt.

Geloof het of niet, meestal geniet ik van dit aspect van mijn beroep, de confrontatie en het in de rug steken, maar niet vandaag. Onrust knaagt in mijn achterhoofd en ik kan me niet concentreren op de Slechte post. Ik richt mijn aandacht op het onvoltooide verzoekschrift voor Noone. Ik lees het herhaalde malen over, maar de argumenten klinken als een gesproken strip van Mobius: edelachtbare, u dient de documenten tot de rechtszaak te beperken omdat documenten tot een rechtszaak beperkt dienen te worden. Ik ben er niet zeker van of de oorzaak gezocht moet worden in mijn gebrek aan concentratie of omdat ik niet kan schrijven. Ik stop het ontwerp in mijn aktetas en verlaat tegen de schemering mijn kantoor.

Wat er nog aan zon over is, wordt vroegtijdig aan het oog onttrokken door Philadelphia's nieuwe, verbeterde silhouet. Projectontwikkelaars zijn op hol geslagen nadat het stadsbestuur toestemming had gegeven dat gebouwen hoger mochten zijn dan de hoed van William Penn, met als resultaat dat het te vroeg donker is op straat en de lege kantoren als paddestoelen uit de grond rijzen.

De temperatuur zakt al als ik Rittenhouse Square bereik. Ik ril als alle andere overjarige yuppen, alleen weiger ik Reeboks te dragen. Ik zou geen schoenen kopen waarop ik niet kon lopen.

Het plein ziet eruit zoals elke avond rond deze tijd van het jaar. De oudere mensen zitten dicht tegen elkaar op de banken en maken afkeurende geluiden over de jongeren met oranje strepen in het haar en neusringetjes, evenals over de daklozen met hun winkelkarretjes en zongebruinde teint. Joggers maken hun zoveelste rondje om het plein. Wandelaars met hun walkman lopen met versnelde pas voorbij. Een bleke jongeman op een bank neemt me van top tot teen op en dan schiet het me weer te binnen.

Word ik in de gaten gehouden?

Ik kijk over mijn schouder naar de bleke man op het bankje maar een meisje met een zwarte baret voegt zich bij hem. Ik kijk naar de andere mensen terwijl ik het plein overloop, maar ze zien er allemaal vrij normaal uit. Is een van hen de anonieme beller? Belt een van hen me op om vervolgens God weet wat te doen als ik opneem? Onwillekeurig versnel ik mijn pas.

Ik haast me naar binnen als ik bij mijn flat ben. Het is rustig in de entree. Er hangt een absolute stilte, die je ook aantreft in een groot oud huis dat leegstaat. Ik ben de enige huurder hier. De huiseigenaars zijn een bejaard echtpaar dat de eerste twee verdiepingen van het pand bewoont. Het zijn aardige mensen, na vijftig jaar huwelijk nog steeds hand in hand, op hun zoveelste Love Boat-cruise. Ik pak mijn rekeningen en catalogi van de vloer en verzeker mezelf ervan dat de voordeur op slot is.

Ik loop naar boven en vraag me af of de telefoon zal gaan als ik binnen ben. Ik open de deur en doe het licht in de zitkamer aan. Ik kijk naar de telefoon, maar die staat er naar behoren als een levenloos object bij. Ik slaak een zucht van opluchting en laat mijn aktetas met een plof op de grond vallen.

'Ik ben terug, liefje.'

De cyperse kat kijkt niet eens op van de vensterbank. Ze is niet doof, ze is onverschillig. Het zou haar niet uitmaken of Godzilla in een Corvette de kamer binnen zou rijden, ze wacht op Mikes thuiskomst. 's Winters zit het raam vol met haar neusafdrukken. In de zomer blijven haar grijze haren in de hor zitten.

'Hij komt niet terug,' zeg ik tegen haar. Het is voor ons allebei een herinnering sinds de gebeurtenis op de rechtbank deze ochtend.

Ik schop mijn schoenen uit en ga naast haar bij het raam staan, dat uitkijkt op de flats aan de overkant. De meeste hebben bloembakken op hun vensterbanken, die het zonder licht moeten stellen omdat ze op het noorden liggen. Voor het raam van een flat hangt een turkooize Bianchi-fiets als een uitnodiging om in te breken en bij een ander een antieke hooihark. De meesten van mijn buren zijn thuis, eten aan het koken of naar muziek aan het luisteren. Het raam recht tegenover mij heeft het scherm naar beneden. Ik vraag me af of de bewoner degene is die mij steeds belt. Het is moeilijk voor te stellen, aangezien Mike al onze buren kende. Hij was de aardige buurman.

'Kom nou, Alice, laten we de gordijnen dichtdoen.' Ik geef de kat een duwtje en ze springt met trillend achterlijf op het tapijt in de woonkamer.

Ik trek aan het touwtje van de messcherpe jaloezieën die met een ritselend geluid op de vensterbank vallen. Ik loop naar het andere raam, platvoetig zonder mijn hakken en wil net de jaloezieën naar beneden laten zakken, als ik buiten een auto hoor starten.

Vreemd, ik heb niemand naar een auto zien lopen en het is geen auto die me bekend voorkomt.

Ik laat de jaloezieën zakken maar tuur door een spleetje naar de auto. Het is te donker om de bestuurder te kunnen zien.

De koplampen geven fel licht als de auto van de parkeer-plaats wegdraait en de straat inrijdt. Ik weet niet welk merk het is, daar ben ik niet sterk in. Hij is groot, stevig, net als mijn vaders bakbeest. Een Oldsmobile, misschien. Voor ze ons ervan probeerden te overtuigen dat ze niet de bakbeesten zijn waarin onze vaders reden.

Ik zie de auto verdwijnen als de telefoon luid overgaat.

Ik verstijf bij het geluid. Is dit de anonieme beller?

Ik neem behoedzaam op. 'Hallo?'

Maar het enige antwoord is geruis – een geruis dat ik bij veel van die telefoontjes hoor. Hij is het. Mijn hart begint te bonzen als ik voor het eerst een en ander met elkaar in ver-band breng.

'Is dit een autotelefoon, klootzak? Hou je mijn huis in de gaten, zieke...'

Mijn tirade wordt onderbroken door de kiestoon.

'Krijg de tering!' schreeuw ik in de hoorn. Alice kijkt naar me, afkeurend.

4

'Proef, *cara*,' zegt mijn moeder terwijl ze me een houten lepel met tomatensaus toesteekt.

'Mm. *Perfetto.*' Ik ben in het rijtjeshuis van mijn ouders in Zuid-Philadelphia, een dag later, aan het spijbelen omdat mijn tweelingzus een dag uit het klooster mag. Ze komt volgens de regels van de strenge orde maar eens per jaar in de buitenwereld en mag geen telefoontjes of post ontvangen. Ik heb de pest aan het klooster omdat het me van mijn zus heeft beroofd. Ik kan niet geloven dat God, zou Hij bestaan, ons uit elkaar zou willen halen.

'Gaat het goed met je, Maria?' Mijn moeder fronst achter haar dikke brillenglazen die haar bruine ogen onnatuurlijk groot maken. Ze is halfblind van het lampenkappen naaien in de kelder van dit huis, haar ouderlijk huis. Alleen de keuken is sindsdien veranderd, het losse en vaste meubilair is onveranderd gebleven, tijdloos.

We gebruiken nog steeds het blikkerige zwarte schakelpaneel als prikbord met briefjes tussen een foto van JFK, een gedroogd palmblad en beduimelde miskaartjes.

'Het gaat prima, mam. Uitstekend.' Ik zou het niet in mijn hoofd halen haar te vertellen dat ik bang ben dat iemand me in de gaten houdt. Ze is als een verfijnd instrument, het soort dat luchtdruk afleest, of leugens. Ze heeft een gevoelige naald en dat nieuws zou hem naar rood laten doorslaan.

'Maria? Behandelen ze je niet goed op dat kantoor?' Ze neemt me nauwlettend op, terwijl ze de houten lepel tegen haar stretchbroek houdt als Excalibur in zijn foedraal.

'Ik heb het gewoon druk gehad. Het is bijna zover dat ze gaan beslissen wie partner wordt.'

'*Dio Mio*! Ze mogen blij zijn dat ze je hebben! Blij! De nonnen zeiden dat je een genie bent! Een genie!' Haar fijne gelaatstrekken vertrekken zich afkeurend. Zelfs nu ze drieënzeventig is, maakt ze zich elke morgen op en gaat ze elke zaterdag naar de kapper op de hoek, waar het zo gekapt wordt dat haar kale plek bedekt is.

'Katholieke schoolnormen, mam.'

'Ik zou eens naar dat deftige kantoor moeten stappen! Ik zou ze eens moeten vertellen hoe ze boffen met mijn dochter als hun advocaat!' Ze trekt de lepel uit de schede en zwaait hem roekeloos door de lucht.

'Nee, mama. Alsjeblieft.' Ik leg mijn hand op haar arm om haar te kalmeren. Haar huid voelt papierachtig aan.

'Ze moeten branden in de hel!' Ze trilt van opwinding. Ik sla mijn armen om haar heen, wordt getroffen door haar breekbaarheid.

'Het is goed. Maak je geen zorgen.'

'Wat zijn jullie tweeën aan het doen, de foxtrot?' vraagt mijn vader, van zijn sigaar paffend terwijl hij de keuken binnenloopt. Hij lijkt kort en dik in een dun overhemd met korte mouwen. Het is bijna doorzichtig, van een of ander obscuur synthetisch materiaal en eronder draagt hij zijn spaghettivreter-T-shirt. Mijn vader kleedt zich op die manier zo lang als ik me kan heugen. Bij speciale gelegenheden tenminste.

'Weg jij! Uit de keuken met die sigaar!' gilt mijn moeder – uit noodzaak, want mijn vader heeft nooit zijn gehoorapparaat in.

'Niet schieten!' Hij heft allebei zijn handen op en keert terug naar de honkbalwedstrijd die door de woonkamer schalt.

Mijn moeders uitpuilende ogen bevinden zich vlak bij

mijn neus. 'Wanneer geeft hij die sigaren op? Wanneer?'

'Hij rookt al zestig jaar sigaren, mam. Denk je dat hij er binnenkort mee stopt?'

Plotseling klinkt er lawaai bij de voordeur en ik hoor Angie mijn vader luidkeels begroeten. Mijn moeder en ik haasten ons naar de woonkamer, waar Angie haar trui staat uit te trekken.

'Hallo, schoonheid,' zegt ze lachend. Zo noemt ze me altijd. Het is haar grap aangezien we een identieke tweeling zijn.

'Angie!' Ik sluit haar in mijn armen.

'Hé, je drukt me fijn, laat me los.'

'Nee.'

'Mare...'

'Niet voordat je zegt dat je me mist.'

'Mam, zeg dat ze me loslaat.'

'Laat je zus met rust. Je gedraagt je als een kleuter. Een kleuter!' Mijn moeder mept met de lepel op mijn arm.

'Te oud om mijn tweelingzus te omhelzen? Sinds wanneer?'

Ze haalt nogmaals met de lepel naar me uit.

'Au! Wat moet dit betekenen, *Mommie Dearest*?' Ik laat Angie los.

'Ja, word eens volwassen,' zegt ze met een lachje. Door haar korte haar zijn haar ogen groot en glanzend – het jongenskopje uit onze jeugd herrezen. Ze is gekleed in een spijkerbroek en net zo'n sweatshirt als het mijne en heeft haar carnavalskostuum in het klooster achtergelaten. We zijn weer tweelingzussen met uitzondering van ons haar en Angies uitgeruste en serene uitstraling die berust op een solide spirituele kern.

'Moet je haar zien, mam, hoe goed ze eruitziet,' zeg ik. 'Angie, je ziet er geweldig uit!'

'Hou eens op, jij.' Angie heeft moeite met complimenten, altijd al gehad.

'Draai je om. Laat eens kijken.'

Ze maakt een verplichte pirouette in haar spijkerbroek.

'Heb je ondergoed aan?'

Ze lacht vrolijk. Een seconde is ze weer de tweelingzus met wie ik ben opgegroeid. Ik vang slechts af en toe een glimp op van de oude Angie. De overige tijd is ze een tweelingzus die ik nauwelijks ken.

'*Basta*, Maria! *Basta*!' zegt mijn moeder vrolijk op vermanende toon.

'Daar ben je dan zonder uniform. Niet te geloven.'

'Ik heb me onderweg in een wegrestaurant verkleed.' Ze zet haar tas op de grond.

'Waarom?'

'Geen speciale reden. Omdat jij altijd pinguïngrappen maakt, denk ik.'

'Ik?'

'Jij.'

'Mooi sweatshirt heb je aan. Je ziet er weer uit als jezelf.'

'Alsof ik niet wist dat je dat ging zeggen.'

'Moet je dit haar zien!' Mijn moeder strijkt met een reumatische hand door Angies haar. 'Zo zacht, net babyhaar.'

Angie glimlacht en ik vraag me af waarom ze zich overgeeft aan mijn moeders aanraking maar niet aan de mijne.

'Kijk eens naar dat haar, Matty!' schreeuwt mijn moeder opgewonden. 'Net als van een baby!'

Mijn vader glimlacht. 'Je hebt je baby terug, mama.'

Angie straalt helemaal in mijn moeders armen. 'Ik kan er niet over uit hoe goed je eruitziet, Ange. Volgens mij ben ik verliefd,' zeg ik.

'Hou toch op.' Ze wurmt zich los van mijn moeder, met nog steeds een glimlach op haar gezicht.

'Bovendien ben ik er niet aan gewend dat jij er zoveel beter uitziet dan ik. Je lijkt wel zo'n *erna* foto, en ik die *ervoor.*'

'Je werkt ook te hard.'

'Vertel mij wat.'

'Ben je al maat?'

'Nee, over twee maanden valt de beslissing. Ik word er gek van. Wat een leven.' Ik wou dat ik haar over de geruchten op kantoor en de vreemde auto kon vertellen, maar we zullen geen minuut voor ons tweeën hebben, tenzij ik haar terzijde neem.

'En hij is raak! Naar het rechterveld,' roept de verslaggever Richie Ashburn, maar mijn vader is te opgewonden vanwege het weerzien met Angie om tv te kijken. Mijn ouders missen Angie hoewel ze trots zijn op haar beslissing. Ze zijn trots op ons allebei, de een Gods dienares, de ander die van Mammon.

We gaan allemaal naar de keuken om te praten en filterkoffie uit gebarsten koppen te drinken. Meer doen we vandaag niet, terwijl Richie Ashburn in een lege woonkamer decibellen schallend de tweede wedstrijd tegen dezelfde tegenstander aankondigt. Ik begin het gesprek tijdens de eerste kop koffie en zeur over mijn cliëntenlast, maar mijn vader neemt het gesprek snel over. Hij hoort het niet als anderen praten, dus is zijn enige mogelijkheid constant zelf aan het woord te zijn. Wij hebben daar geen bezwaar tegen, mijn moeder nog het minst. Ze voorziet zijn relaas over hun verkering van voetnoten.

Mijn vader neemt na de lunch een adempauze en mijn moeder vertelt uitvoerig over de nieuwe slager die te veel vet aan het vlees laat zitten. Ze vertelt haar eigen verhaal, voornamelijk uit de periode van onze kindertijd en ik besef hoezeer ze behoefte heeft aan een gesprek met iemand die haar kan horen. Angie realiseert zich dat kennelijk ook want ze kijkt niet verveeld en om eerlijk te zijn ben ik het ook niet. Maar we trekken allebei de grens na het avondeten, als ze over de galblaasoperatie van een ongetrouwde tante begint. Angie grijpt de gelegenheid aan om zich in de badkamer terug te trekken en ik volg haar naar boven, in de hoop haar even onder vier ogen te kunnen spreken. Ik ben net bij de badkamerdeur als ze die dicht wil trekken.

'Ange, wacht, ik ben het.' Ik steek mijn voet tussen de deur.

'Wat doe je in vredesnaam?' Angie kijkt me door de kier aan.

'Ik wil met je praten.'

'Haal je voet weg. Ik kom zo.'

'Wat ben ik, de wurger van Boston? Laat me erin.'

'Ik moet naar de wc.'

'Kleine of grote boodschap?'

'Mary, we zijn geen kleine kinderen meer.'

'Klopt. Kleine of grote boodschap?'

Ze schudt haar hoofd. 'Kleine.'

'Oké. Kleine, dus kun je me binnenlaten.'

'Kan je niet een paar minuten wachten?'

'Ik wil niet dat mam het hoort. Wil je de deur verdomme opendoen?'

Dat doet ze en ik ga voorzichtig op de gewelfde rand van het bad zitten, een oude badkuip op pootjes. Angie torent boven me uit met haar handen op haar heupen. 'Wat is er?' zegt ze.

'Je kunt naar de wc als het nodig is.'

'Ik kan wel wachten. Waarom vertel je me niet wat je te zeggen hebt.'

Er begint een vonkje woede in mijn borst te smeulen. 'Waarom doe je zo moeilijk, Angie? We zijn tot ons tiende samen in bad gegaan. Laat je me nu de badkamer niet in?'

Ze doet de klep naar beneden en gaat er met een geluidloze

zucht op zitten. De Angie van vroeger zou iets hebben terug-gezegd, zou me een grote mond hebben gegeven, maar die Angie is het klooster ingegaan en nooit meer teruggekomen. 'Is er iets?' vraagt ze geduldig.

Inmiddels zit ik inwendig te knarsetanden. 'Nee.'

'Luister, Mary, laten we geen ruzie maken. Wat is er aan de hand?'

Ik kijk naar de achthoekige tegeltjes van de badkamer-vloer. De voegen zijn helderwit. Mijn vader, tegelzetter van beroep tot hij een rugwervel beschadigde, voegt de badkamer ieder jaar. Het porselein glimt als in een catalogus. Mijn va-der levert prachtig werk.

'Mooi hè,' zegt Angie.

Ik glimlach. Vroeger konden we elkaars gedachten lezen, volgens mij leest Angie de mijne nog steeds. 'Wat zei pap ook altijd weer?'

'Het is geen klus, het is kunstvaardigheid.'

'Precies.' Ik kijk op en haar gezicht heeft een zachtere uit-drukking. Ik haal diep adem. 'Ik weet niet waar ik moet be-ginnen, Ange. Er gebeurt zoveel. Op mijn werk. Thuis. Ik sta continu onder spanning.'

'Wat is er aan de hand?'

'Nog een paar weken, dan valt de beslissing of ik maat word. Ik heb vernomen dat ze er maar twee van ons kiezen. Alles wat ik doe wordt onder de microscoop gehouden. Daarbovenop krijg ik de laatste tijd vreemde telefoontjes. En ik durf te zweren dat ik gisteravond in de gaten werd gehou-den door een auto bij mij aan de overkant.'

Ze fronst haar wenkbrauwen. 'Weet je het zeker?'

'Ja.'

'Maar waarom zou iemand je in de gaten houden? Je hebt je toch niet in de nesten gewerkt, hè? In verband met je werk, bedoel ik?'

'Ik hou me niet bezig met strafzaken, als je dat bedoelt. Stalling neemt dat soort gevallen nooit aan.'

Mijn moeder roept naar boven: 'Angela! Maria! Toetje!'

Angie staat op. 'Misschien beeld je je het in. Je hebt altijd al een levendige fantasie gehad.'

'Niet waar.'

'O nee? En die keer dat je knoflook in je kamer ophing na die Dracula-film? Het heeft een jaar lang op ons prikbord gehangen. Een streng knoflook van een halve meter.'

'Nou en?'

'Mijn truien roken naar pesto.'

'Maar we hebben nooit last gehad van vampiers.'

Ze lacht. 'Je ziet er gestresst uit, Mary. Je hebt ontspanning nodig. En als ze je niet nemen? Je bent een prima advocaat. Je kunt een andere baan krijgen.'

'O ja? Gepasseerd worden is geen sterke aanbeveling en de markt in Philadelphia is behoorlijk verzadigd. Zelfs de grote kantoren sturen mensen naar huis.'

'Je moet kalm blijven. Ik weet zeker dat alles goed komt. Ik zou je willen zeggen dat alles in Gods handen rust, maar ik weet wat je reactie zou zijn.'

'Meisjes, de koffie wordt koud!' roept mijn moeder.

'Ze wacht op ons,' zegt Angie. 'En ik moet nog steeds naar de wc.'

Ik sta tegen mijn zin op. 'Ik wou dat we tijd hadden om te praten, Angie. We praten nooit. Ik weet niet eens hoe het met jou gaat. Is het goed met je?'

'Met mij gaat het prima,' zegt ze met een gemaakt lachje, hetzelfde lachje dat je paraat houdt voor iemand achter het loket bij de bank.

'Werkelijk?'

'Werkelijk. En ga nou. Ik moet naar de wc.' Ze werkt me de deur uit. 'Ik zal voor je bidden,' roept ze vanuit de badkamer.

'Geweldig,' mompel ik terwijl ik de trap afloop naar een donkere woonkamer. De wedstrijd is afgelopen en mijn vader staat voor de televisie te kijken hoe de Phillies het veld verlaten. Rood, blauw en groen licht flakkert in het donker over zijn gezicht. Ondanks het kleurrijke effect zie ik aan zijn gelaatsuitdrukking dat hij terneergeslagen is. 'Hebben ze weer verloren, pap?'

Hij hoort me niet.

'Hebben ze verloren, pap?' roep ik.

Hij knikt en zet de antieke tv met een zucht af. Het geeft een statisch gekraak. Dan valt er een ongewone stilte in de kamer. Ik had niet beseft hoe hard hij stond. Hij trekt aan het koordje van de staande schemerlamp en de kamer baadt onmiddellijk in het licht. Er zit vast een peertje van een triljoen watt in de lamp, want de perkamenten lampenkap is bruin in het midden. Ik wil er net iets over zeggen als ik bedenk dat het waarschijnlijk met mijn moeders ogen te maken heeft.

'Wil je wat cannoli, liefje?' vraagt mijn vader teder. Hij slaat een arm om mijn schouder.

'Je hebt toch wel chocoladesnippers? Anders stap ik op. Ik heb genoeg van de service hier.'

'Wat voor vader zou ik zijn als ik geen chocoladesnippers zou hebben? Nou?' Hij drukt me tegen zich aan en we lopen samen de keuken in.

Mijn moeder sputtert over de koude koffie als we gaan zitten en Angie voegt zich bij ons. Mijn vader dommelt boven zijn koffie. We zetten de conversatie over zijn hoofd voort en mijn moeder praat nerveus gedurende het nagerecht. Er is iets mis, maar ik kan er geen hoogte van krijgen. Angie voelt het ook want als mijn vader voor de tweede maal een cannoli afslaat, stoot ze me onopvallend aan.

'Pap,' zeg ik, 'Neem een cannoli. Ik zit hier alleen te eten.'

Hij kijkt niet eens op. Ik weet niet of hij me wel hoort. Angie en ik kijken elkaar aan.

'Pap!' roept Angie. 'Gaat het?'

Mijn moeder raakt mijn hand aan. 'Laat hem maar. Hij is gewoon moe.'

Mijn vader kijkt op en zijn troebele bruine ogen zijn nat. Hij raakt ze aan met twee eeltige vingers.

Mijn moeder reikt hem behendig een servet aan. 'Is het niet, Matty? Je bent toch moe?'

'Ach ja. Ik ben moe.' Hij knikt.

'Je beïnvloedt de getuige, mam,' zeg ik.

Ze wuift me als een irritante vlieg weg. 'Je vader en ik hadden het gisteren over Frank Rizzo. Weet je nog, het was deze tijd van het jaar toen Rizzo die hartaanval kreeg. Het is zonde. Hij had weer burgemeester kunnen worden.'

Mijn vader lijkt in gedachten verzonken. Hij zegt half in zichzelf: 'Zo plotseling. Zo jong. We konden er ons niet op voorbereiden.'

'Het is zonde,' herhaalt mijn moeder terwijl ze hem over de rug wrijft. Zonder lippenstift zien haar lippen er bloedeloos uit.

'Pap, Rizzo was bijna tachtig,' zeg ik, maar Angies blik legt me het zwijgen op. Haar ogen vertellen me om wie ze verdriet hebben. Hij die van filterkoffie, de Phillies en zelfs af en toe een sigaar hield, Mike. Ik voel een steek van pijn, ik vraag me af wanneer dat op zal houden. Ik sta stijf op. 'Ik moest maar eens gaan. Morgen is het vroeg dag.'

Mijn ouders zitten dicht bij elkaar aan de tafel, klein en doodstil.

Angie schraapt haar keel. 'Ik ook. Ik moet me weer omkleden.'

Ik loop naar de hordeur met de dwaas krullende D en kijk uit in de koude, mistige nacht. Ik herinner me dit soort avonden van toen ik klein was. De buren zaten dan buiten in strandstoelen, terwijl de vrouwen in het Italiaans zaten te roddelen en de mannen *mora* speelden. Angie en ik zaten op de marmeren stoep in dezelfde pyjama's, als tweelingmascottes. Dat was lang geleden.

Ik zou die lucht weer willen voelen.

Ik open de hordeur en loop het trapje af, de stoep op. De lucht is koud door de mist, die zo laag hangt als de dikke zilverkleurige paaltjes die zijn neergezet om parkeren op het trottoir te voorkomen. Een stompzinnig idee – het dwingt mensen op de hoofdwegen dubbel te parkeren. Zoals mijn vader zegt, in Zuid-Philadelphia zijn de auto's groter dan de huizen.

Plotseling scheurt er een auto met een krachtige motor voorbij, veel te snel voor deze smalle straat. Hij komt zo dicht bij de stoeprand waar ik sta, dat ik een koude rilling voel als hij voorbij is.

'Hé, daar!' roep ik hem achterna en krijg plotseling een vertraagde reactie. Het is net zo'n auto als die van gisteravond.

Ik ren naar het midden van de straat, in het donker turend. Ik krijg de knalrode achterlichten van de auto in het zicht net als hij aan het eind van de straat naar rechts draait en in het donker verdwijnt. Mijn vader komt naar buiten, gevolgd door mijn moeder.

'Pap! Heb je die auto gezien? Wat voor auto was dat? Een Oldsmobile?'

'Wat?' Hij houdt een hand achter zijn oor en vormt een bobbelig silhouet voor de hordeur.

'Mam! Heb jij die auto gezien?'

'Welke auto?' roept ze vanachter haar kogelvrije brillenglazen.

Op enige afstand achter hen staat Angie.

5

'D it zou ik onder Slechte post rekenen, jij niet?' vraagt
Brent nors. Hij houdt een papier omhoog waarop
staat:

GEFELICITEERD MET JE PROMOTIE, MARY

Het is getypt in hoofdletters. Het lijkt een computeruitdraai
zoals van de laserprinters die we bij Stalling gebruiken. Ultra-
modern. Het papier is glad. Het bericht is anoniem.

Ik lees het nogmaals. 'Eigenaardig.'

'Zeer.'

'Het is geen aardig briefje, hè?'

'Nee.' Brent kijkt strak voor zich uit.

'Van wie denk je dat het komt?'

'Ik heb geen idee. Er staat ook geen afzender op.'

'Laat eens kijken.' Ik pak de envelop, een simpele witte envelop en draai hem om. Op de voorkant staat mijn naam en
Stallings adres in hoofdletters. Ook met de laserprinter gedrukt. De postzegel is een kleine Amerikaanse vlag. 'Ik begrijp het niet.'

'Ik wel.'

'Wat?'

'Ik denk dat er iemand jaloers op je is, dat denk ik. Het
nieuws van je overwinning is de hele afdeling doorgegaan. Iedereen weet dat je voor Bitterman hebt gewonnen. Het was
heel wat voor een advocaat. Ik hoorde het zelfs in de kantine
van de secretaresses, dan weet je dat de advocaten het erover
hebben.'

'Werkelijk?'

'Zeker wel. Je bent een ster, kind. Je vijanden zullen nu naar voren treden. Dit is het bewijs van mijn theorie.'

'Welke theorie?'

'Heb ik je die nog nooit verteld?'

'Je hebt me je theorie van het tegen elkaar wegvallen gegeven, hoe klootzakken met elkaar trouwen. Je hebt me nog nooit je theorie over smaadbrieven toevertrouwd.'

'Nu dan. Mijn theorie is dat je je ware vrienden leert kennen als je iets goeds overkomt, niet als je in de puree zit. Iedereen houdt van je als het slecht met je gaat. Dat is gemakkelijk genoeg.'

'Dat is ziek, Brent.'

'Maar waar. En dit is een goed voorbeeld. Er moet iemand zijn die jij als je vriend beschouwt, maar die dat niet werkelijk is. Geen echte vriend. Ze zijn zo jaloers als de pest op je en beschouwen je in stilte als concurrent. Wie het ook is, in je gezicht is hij of zij aardig.'

Zijn woorden geven me een naar gevoel. 'Wie dan?'

'Denk eens na. Wie is er met jou in competitie? Judy en Ned. We weten dat het Judy niet kan zijn, dus blijft Ned over. Ik heb die vent nooit gemogen.' Hij ziet er verbitterd uit.

Mijn gedachten slaan op hol. Staat het briefje met de auto in verband? Met de telefoontjes? Is het één persoon of zijn er meerderen? Christus. Ik geef Brent de envelop. Ik wil hem niet eens aanraken.

Het wordt erger, zegt de stem van Mike. *Eerst de telefoontjes. Toen de auto. Nu een brief.*

'Mary, gaat het wel?'

Ik plof neer in mijn stoel. 'Ik denk dat dit met de telefoontjes te maken heeft.'

'De mysterieuze man?'

'Brent, er is iets aan de hand.'

'Wat?'

'Doe de deur dicht, wil je.'

'Mare, wat is er?' Hij sluit de deur en zinkt in een van de stoelen tegenover mijn bureau.

'Ik denk dat iemand me in de gaten houdt. Me volgt.'

'Wat?' Met opengesperde ogen.

Ik vertel hem over de auto in mijn straat en die bij het huis van mijn ouders. Ik ben nauwelijks uitgesproken of hij krijgt een woedeaanval. 'Je moet de smerissen bellen! Nu meteen!' Hij wijst naar de telefoon op mijn bureau. 'Waar wacht je op?'

'Dat kan ik niet doen. Ik weet het niet eens zeker van die auto. Misschien beeld ik me in...'

'Mary, dít is geen verbeelding!' Hij zwaait het briefje heen en weer als een rode vlag.

'Ik kan niet zomaar de politie bellen. Zie je het voor je? Smerissen die iedereen op de afdeling – zelfs maten – over mij ondervragen? Dat zou geweldig zijn op dit moment, net voor de verkiezing.'

'Mare, wat is er met je? Iemand achtervolgt je en jij maakt je druk om je carrière?'

'Ik word niet achtervolgd, zo hoef je het niet te laten klinken.'

Op dat moment gaat mijn telefoon en we wisselen een nerveuze blik. Brent neemt het van me over. 'Laat Lucinda maar opnemen. En je wordt wel achtervolgd. Hoe denk je dat het genoemd wordt als iemand je overal volgt?'

De telefoon gaat nogmaals over en Brent kijkt er woedend naar. 'Verdomme! Kan ze niet een keer van haar luie kont komen? Ik neem voor haar wel op!'

De telefoon gaat voor de derde maal over.

Ik steek mijn hand ernaar uit, maar Brent is me voor. 'Nee, laat mij maar. Als het die klootzak is, ga ik als een gek tekeer.'

Hij grijpt de hoorn. 'Met het kantoor van mevrouw DiNun-zio,' zegt hij met een zakelijke telefoonstem. Dan vertrekt zijn gezicht. 'Oké. Meteen.' Hij knikt en legt neer.

'Wat?'

'Berkowitz wil je spreken.'

'Waarom? Is er iets aan de hand? Was hij dat?'

'Het was Delia. Ze zei dat hij je nu wil zien.'

'Geweldig. Dat ontbrak er nog aan.' Ik zoek in mijn tas naar mijn poederdoos en inspecteer mijn spiegelbeeld in het ronde spiegeltje. Een kring donkerblond haar, schouderleng-te. Een kring donkerbruin oog, een contactlens op het hoornvlies. Een kring vrij witte tanden, rechtgezet in de vorm van Chiclets door een orthodontist en in termijnen betaald. Mike zei altijd dat ik knap was, maar vandaag voel ik me niet zo.

'Wat doe je? Ga toch! Je bent nog erger dan Jack met dat spiegeltje,' zegt Brent. Jack is al vijf jaar zijn geliefde en bar-keeper bij Mr. Bill's, een homobar in Locust Street. Judy noemt hem Jackie O, maar Brent beweert dat hij dat het eerst bedacht heeft. 'Ga kind, anders kom je nog te laat.'

Berkowitz' hoekkantoor is op Hoogmoed en Delia's bu-reau blokkeert de entree als een walnoten barricade. Ze zit te typen terwijl ze met een koptelefoon naar de lessen van Voor-zitter Berkowitz luistert. Zelfs de lelijke koptelefoon ontsiert haar knappe uiterlijk niet. Weelderig rood haar, een perfecte neus, de meest sexy pruillip in de geschiedenis van de wet. Brent heeft gelijk. Delia *is* een stenen vos.

'Hallo, Delia.'

'Ik ben bezig.' Ze kijkt niet op maar blijft met scherpe acrylnagels op haar toetsenbord tikken. *Klik-klik-klik-klik*. Het klinkt als hagel op een dak. Jammer genoeg zal het eruit-zien als *qerhgalkjlaksdjf*. Ik weet het. Ik heb haar werk gezien.

'O. Sorry.'

'Hij is in zijn kantoor.' *Klik-klik-klik. Iuerlksjhkjhehn?*
'Dan ga ik maar naar binnen.'
'Zoals je wilt.'

Dat is nog assertiever dan ik van Delia gewend ben. Ik vraag me af wat haar dwarszit. Ik loop naar Berkowitz' kantoor; de deur staat open maar zijn gespierde rug is naar mij toegekeerd. Een gedistingeerd pak van Engelse snit trekt bij de schouder omdat Berkowitz naar voren leunt.

'Loop toch naar binnen!' zegt Delia geïrriteerd.

Die toon helpt me over de drempel van het heilige der heiligen. Berkowitz is aan het telefoneren en draait zich niet om. Ik overbrug de enorme afstand naar zijn bureau en ga in een reusachtige leren fauteuil zitten. De hele inrichting straalt uit dat hier een man zit die op geheel eigen kracht de top heeft bereikt. Het bureau, Franse barokstijl, glimt je tegemoet. De bureaustoel met hoge rugleuning zou van de Zonnekoning geweest kunnen zijn. Op de mahoniehouten bijzettafeltjes met gedraaide pootjes staan foto's van Berkowitz' eerste, tweede en derde serie kinderen. Ik voel me net een keukenmeid aan het hof van Versailles.

'Kan me niet schelen, Lloyd! Hij kan mijn rug op!' brult Berkowitz in de telefoon terwijl hij in zijn stoel ronddraait. 'Zeg maar tegen die klootzak dat als hij denkt dat hij me kan pakken, dat hij er dan goed naast zit! We walsen zo over dat snertkantoortje van hem heen!' Berkowitz gaat zo op in het spuien van wat in de staat Pennsylvania onder strafbare terroristische intimidatie valt, dat hij mijn aanwezigheid niet opmerkt. Daarom noemt Judy hem Gekkowitz, maar volgens mij is dat niet eerlijk. Berkowitz is opgegroeid in het keiharde West-Philadelphia en heeft het tot grote hoogte gebracht met louter hersens en wilskracht. Als jouw Fortune 500 onderneming diep in de ellende is geraakt, is hij een van de weinige advocaten in het land die je kan redden. Gegarandeerd. Alleen niet zwart op wit.

48

'Waar is hij godverdomme mee bezig? Ik heb hem verteld hoe het zit en hij probeert me voor schut te zetten! Ik zorg dat hij uit die commissie wordt geschopt!' Berkowitz schreeuwt tegen een van zijn apostelen in de commissie Beslissingen waarvan hij voorzitter is. Het is een panel van twaalf federale rechters en prominente wetgevers dat in onze kantoren bijeenkomt om veranderingen in de federale rechtsregels voor te stellen. Als er iets niet goed verlopen is tijdens zo'n vergadering, vallen er koppen en ook ballen. Alles rolt dan de gang in.

'Vertel mij niet dat ik moet kalmeren. Ik bén kalm! Nee! Nee! Nee! Dan zoek jíj het maar met ze uit!'

Berkowitz knalt de hoorn op de haak. De glans in zijn ogen vertelt me dat hij terug is op Girard Avenue, tientallen jaren geleden, om het tuig dat zijn voorhuid, of het gebrek daaraan, in de maling neemt van zich af te vechten.

Berkowitz schudt zijn hoofd, nog steeds rood aangelopen. 'Heb je ooit zoiets gehoord? Heb je verdomme ooit zoiets gehoord?'

Ik ga ervan uit dat het een retorische vraag is en zeg niets.

Hij wrijft geïrriteerd in zijn ogen en leunt in zijn stoel achterover. Hij werpt me een blik toe die zegt: het zijn sterke benen die de weelde dragen kunnen. 'Wil je mijn baan, Mary, Mary, Quite Contrary?'

'Wat?'

'Dat vraag ik je. Wil je hem?'

'Het is me niet duidelijk.'

'Wil jij hier ooit zitten? Als hoofd van de afdeling, voorzitter van de commissies? Toen ik jouw leeftijd had, wilde ik zo graag mij zijn dat ik het vuur uit mijn schenen liep.' Hij staart uit het enorme raam naar het mooiste uitzicht van de stad. Vanuit zijn gunstige positie kun je zo ver kijken als de Delaware en de zwarte grens die hij als een slang tussen Pennsylvania en New Jersey vormt. Nu en dan vaart er een toeristenboot in slowmotion onder de Ben Franklinbrug door. We zijn niet meer de aanleghaven die we vroeger waren.

'Ik zou een moord hebben gepleegd om mij te kunnen zijn,' zegt Berkowitz afwezig. Plotseling graait hij een pakje Marlboro van zijn bureau en steekt er een op, terwijl hij zo'n dikke rookwolk uitblaast dat het lijkt of de industriële revolutie in zijn kantoor heeft plaatsgevonden. Ik doe alsof de rook me niet hindert, maar dat doet hij wel, ontzaglijk. Ik probeer mijn adem in te houden.

'Maar voor dit gezeur heb je geen belangstelling en ik ook niet. Je vraagt je af waarom ik je bij me heb laten komen.' Hij trekt langzaam aan de sigaret en kijkt me door de rook met half dichtgeknepen ogen aan.

Ik knik ja.

'Twee redenen. Een: dat je bezwaarschrift ontvankelijk is verklaard was een fantastisch resultaat. Ik zag Bitterman bij de vergadering van de commissie Beslissingen' – zijn gezicht vertrekt – 'en hij zei me dat je het ver zult schoppen.'

'Eh... dank u.'

'Het is een lelijke klootzak, vind je niet?'

Ik lach.

'Twee: Harbison's stuurt me een nieuwe zaak. Je weet dat ze hun zaken her en der uitbesteden, zodat alle kantoren met elkaar in concurrentie liggen. Ze hadden de zaak aanvankelijk aan Masterson gegeven, maar het hoofd van de juridische afdeling denkt dat wij het beter doen. En dat is zo, nietwaar?'

'Inderdaad.' Dus we hebben een zaak van Masterson Moss en Dunbar gejat, het advocatenkantoor aan de top van de heilige drie-eenheid. We moeten ze te slim af zijn geweest met onze overwinning bij Vitriool en wat bedgeheimpjes uit de mond van Berkowitz. Hij spreekt dat niet uit, maar ik heb geen spiekvertaling voor Latijn nodig.

'Het gaat weer om leeftijdsdiscriminatie. Ze hebben iemand gedegradeerd, dus het staat flink in de publiciteit. En ze willen geen schikking. Ze willen de klootzak vermorzelen.'

Berkowitz blaast een enorme rookwolk naar boven, wat hij vaker doet tijdens een gesprek als hij met anderen rekening denkt te houden. 'Ik geef de zaak aan jou, Mary Mary. Jij neemt alle beslissingen als je me maar van elk detail op de hoogte houdt zodat ik niet voor gek sta als het hoofd van de juridische afdeling belt. Vanmiddag om drie uur is er een vooronderzoeksbijeenkomst. Het is jouw zaak. Vragen?' Hij trekt aan de sigaret die tussen zijn dikke knokkels fijn gedrukt wordt. Het rode uiteinde gloeit op als een stoplicht.

'En... Martin?'

'Vergeet Martin!' zegt hij, rook uitademend. 'Je hebt Martin niet nodig, wel?'

'Nee, ik dacht alleen... dat hij uw zaken behandelt.'

'Nou, dat is niet zo. Dat heb ik hem een paar dagen geleden verteld. Hij vindt het prima. Wil je deze zaak of niet?'

'Ja. Ik neem hem.'

'Goed. Dan zijn we *married*, Mary.' Hij barst in lachen uit. Ik lach ook, opgelucht en verbaasd.

'En nu mijn kantoor uit. Zie je niet dat ik het druk heb?'

Ik lach weer, maar het onderhoud is afgelopen. Ik sta op. 'Tussen haakjes, Ned Waters kwam hier vandaag met een grote mond. Hij had gehoord dat er maar twee van jullie tot maat worden gekozen in juni. Heb jij iets dergelijks opgevangen, Mary, Koningin der Schotten?'

'Nee,' lieg ik.

'Goed zo,' antwoordt hij in het besef dat ik lieg. 'Het is niet zo.'

'Goed,' antwoord ik in de wetenschap dat hij liegt.

Als ik zijn kantoor uitloop zie ik dat Delia's koptelefoon achterin haar nek rust als een goedkope halsketting. Terwijl ik voorbijloop, nipt ze deftig thee uit een witporseleinen kop. Vertoon dat ze van Berkowitz heeft overgenomen, die zijn Marlboro graag op het schoteltje uitdrukt.

'Tot ziens, Delia.'

'Ga je nu met de grote jongens spelen, Mary?' Haar ogen schieten vuur over de rand van haar chique kopje.

Haar uitdrukking brengt me in verwarring. 'Ik geloof van wel.'

'Dat is je geraden.' Haar mooie ogen schitteren vijandig terwijl ze het kopje neerzet. Het maakt een ongelukkig klinkend geluid als het op het schoteltje landt.

'Ben je kwaad op me over iets, Delia?'

'Op jou, Mary? Het zou niet in me opkomen. Jij bent de perfectie in eigen persoon. Heilige Maria, vol van genade. Die is hij vergeten, hè? Maar dat is logisch in zijn geval.'

Voor ik kan reageren verschijnt Berkowitz' omvangrijke silhouet in de deuropening. Zijn sigaret is helemaal opgebrand tot de v tussen zijn wijs- en middelvinger, maar hij schijnt het niet te merken.

'Delia, ik heb je hier nodig,' zegt hij nors.

'Maar ik heb een prettig gesprek met Mary, meneer Berkowitz.' Haar volle lippen krullen naar boven in een sluwe glimlach.

'Nu!' Het klinkt als een kanonschot.

Ik schrik, maar niet Delia. Glimlachend staat ze op en haar blik en die van Berkowitz kruisen elkaar, hij het strenge schoolhoofd, zij het ondeugende schoolmeisje. Als ik me omdraai hoor ik hoe de deur van Berkowitz' kantoor zich achter hen sluit.

6

'O, o!' roept Brent achter de gesloten deur van mijn kantoor. 'Ze is jaloers op je, Mare. Sammie heeft je je grote kans gegeven en dat kan ze niet hebben. Dit is geen advocatenkantoor, het is soap!'

'Denk jij dat ze jaloers is?'

'Dat mens moet over de knie en ik wed dat ik weet wie dat...'

'Jaloers genoeg om me dat briefje te sturen?'

Zijn gezicht betrekt. 'God, Mary, daar heb ik niet aan gedacht.'

'Is ze daartoe in staat?'

'Ik weet wat ik over haar hoor. Zeker, ze is wel het type om een gemeen briefje te sturen. Maar om je in een auto te volgen? Dat is nogal wat. Dat zou ik eerder van Waters geloven. En hij heeft meer reden. Het is zíjn positie die je zou inpikken.' Brent bijt op de nagel van zijn duim.

'Ik denk niet dat het Ned is.'

'Waarom niet?'

'Iets zegt me dat hij het niet is. Ik weet het niet, op de een of andere manier lijkt hij nogal kwetsbaar. En waarom niet Delia? Kijk, ik weet niet of ze iets met Berkowitz heeft en het maakt ook niet uit. Stel dat ze verliefd op hem is en hij de voorkeur aan mij geeft? Misschien is dat voldoende om haar kwaad te krijgen.'

'Ze hebben iets samen, Mare. Hij is maandagavond vijf minuten na haar vertrokken. Janet heeft vier dollar gewonnen.'

Ik herinner me hoe Berkowitz naar Delia keek voor ze de deur dichtdeden. 'Oké. Dus misschien hebben ze een verhouding. Dat zou haar nog jaloerser maken, of niet?'

Hij schudt zijn hoofd en kijkt naar de gehavende nagel. 'Zij is het niet,' zegt hij overtuigd.

'Hoe weet je dat?'

'Kan niet typen.'

Dus hij heeft haar werk ook gezien.

Even later sleept Judy me mee naar de Bellyfiller om te lunchen, wat prima is, omdat ik geen honger heb. Het zit er vol met managers. Ze zitten voor dubbele broodjes vlees en doen alsof ze geen belangstelling hebben voor de soapserie op de grootbeeld-tv. Ik vertel Judy over de auto die langs het huis van mijn ouders reed en over het briefje bij de ochtendpost. Het klinkt onwerkelijker dan de soap en duurt bijna even lang om te vertellen. Judy heeft haar nagerecht op tegen de tijd dat ik het verhaal af heb.

'Brent heeft gelijk,' zegt ze uiteindelijk. 'Ik denk dat Ned dat briefje heeft geschreven. Dat ligt het meest voor de hand. Hij zit erop te azen maat te worden.'

'Meer dan wij?'

'Zeker. Hij heeft een beroemde papa om te evenaren, weet je nog? En dit kantoor is zijn leven. Het is alles wat hij heeft.'

Judy's woorden klinken na in mijn hoofd. Het is ook alles wat ík heb. Dat zal de reden zijn dat ik er een obsessie van maak en zij niet. Ik neem een slok water uit een vettig glas.

'We weten niet genoeg om te concluderen dat de auto verband houdt met het briefje, maar het lijkt van wel.

En om de een of andere reden, noem het seksisme, kan ik moeilijk geloven dat een vrouw je met een auto zou volgen. Dus valt Delia af.'

'Ja, inderdaad.' Ik voel me gespannen en in de war. Op het grootbeeld kijkt een reuzenverpleegster gespannen en in de war. Mijn leven, voor mijn ogen geparodieerd. Ik probeer de tv te negeren maar dat lukt me net zomin als ik erin slaag de grote klok voor het raam van mijn kantoor over het hoofd te zien. Grote, angstaanjagende zaken schijnen op te doemen, waar ik me ook wend of keer de laatste tijd, als een nachtmerrie van Claes Oldenburg.

'Zie je de auto ooit overdag?'

'Nee.'

'Dat klopt met het patroon van iemand die overdag werkt.'

'Iedereen bij Stalling, met andere woorden.'

Judy denkt een ogenblik na. 'Heb je erover gedacht de politie in te schakelen?'

'Brent wil dat ik dat doe, maar ik ben ertegen. Het laatste wat ik nodig heb is een onderzoek op de afdeling. Dan kan ik mijn carrière wel vergeten.'

'Mm. Ik begrijp je standpunt. Laten we nog niet over de rooie gaan. Laten we kijken of het overwaait. Ik zal ondertussen je bodyguard zijn. Hoe klinkt dat?'

Ik overweeg het. 'Ik heb niet voldoende middelen om je te kunnen te voeden.'

'Erg grappig.'

Op de tv bespreken twee reuzenverpleegsters de kans of iemand het eind van de week zal halen. Hun glimmende monden hebben de omvang van een zwembad. Er volgt een reclamespot voor een huizenhoog blik Herschi.

'Mary?'

'Ja?'

'Je zit er afwezig bij. Luister, je mag best van streek zijn. Dat zou ik ook zijn. Het is eng.'

'Het gaat niet alleen om de auto, Jude. Het is alles bij elkaar.'

'Hoe bedoel je?' Ze zet haar milkshake neer.

'Ik weet niet wat ik bedoel. Wat ik bedoel is onzin.'

'Vertel me dan wat je denkt. Het maakt niet uit of het onzin is.'

Ik kijk naar Judy's blauwe ogen, zo wijdopen en onbekommerd. Het valt me weer op hoe verschillend we zijn. Er is een wereld van verschil tussen ons. Zij is zo vrij en openhartig als de West Coast en ik ben zo... wel, van de East Coast. Belast met mijn eigen geschiedenis, duister en desintegrerend. 'Ik weet het niet. Vergeet het, Jude. Het is stompzinnig.'

'Kom nou, Mary. Laten we erover praten.'

'Ik weet het niet.'

'Probeer het.'

'Oké.' Ik neem nog een slok water. 'Het is gewoon dat ik de laatste tijd, zoals na mijn betoog voor Harbison's, die... stem hoor. Niet dat ik stemmen hoor, zoals de stem van Satan, dat niet.'

'Geen hellehonden,' zegt ze met een glimlach.

'Nee. Soms klinkt de stem als die van Mike, snap je? Niet de toon bedoel ik, maar wat hij zegt. Het klinkt precies als iets wat hij zou kunnen zeggen. Iets dat klopt. Leg ik het goed uit?'

'Je doet het prima.'

Ik haal diep adem. 'Ken je de uitdrukking: "Niets gebeurt zomaar?"'

Ze knikt geduldig. Haar lange, zilveren oorbellen deinen op en neer.

'Soms denk ik dat de auto en nu die brief niet zomaar gebeuren. En ik denk dat het erger wordt tenzij ik iets verander. Iets anders doe, iets beters. Ik geloof dat Mike, of de stem, wie dan ook, me dat probeert duidelijk te maken.'

Ze fronst haar wenkbrauwen diep. 'Denk jij dat je iets gedaan hebt waardoor je die brief kreeg? En de man in de auto?'

Haar vraag raakt een gevoelige snaar. Dat is precies wat ik voel. Ik knik ja en voel verbaasd de vlekken op mijn borst opkomen.

'Dat is belachelijk. Je hebt niks gedaan, Mary. Er is iemand jaloers op je. Dat is niet jouw schuld.'

Ik voel me opgejaagd en warm. Er zit geen water meer in mijn glas.

'Wat is dit, iets Italiaans? Een of andere mediterrane versie van karma?'

'Ik weet het niet.'

Judy kijkt meelevend. 'Het is niets wat jij gedaan hebt, Mary. Jij hebt dit niet veroorzaakt. Jij bent er niet verantwoordelijk voor. Als het niet overgaat, en ik hoop van wel, zullen we eraan werken. We lossen het samen op.'

Judy drukt me bijna fijn in een omhelzing en we verlaten het restaurant. We besluiten geen wandeling te maken en ze koopt voor ons beiden wat veterdrop in een snoepwinkel in de kelder. Ze zegt dat het me vast zal opvrolijken, maar dat blijkt niet het geval te zijn.

Om 13:58 zit ik weer achter mijn bureau, worstelend met mijn angsten en de Noone-conclusie. Als die af is stuur ik hem naar de maat die erover gaat, Timothy Jameson. Ik lever goed werk want iedere maat heeft een stem bij de verkiezing van maten en ik kan me niet veroorloven in deze fase fouten te maken. Ik tel de stemmen voor de derde maal deze dag – ik lijk wel een anorexiapatiënte die dezelfde luttele calorieën telkens opnieuw berekent. Als Berkowitz voor mij kiest zou ik de benodigde stemmen al hebben, maar er is een groep die Berkowitz haat en Jameson is een van hen. Het zal erom spannen. Mijn hoofd begint te bonken.

's Middags ben ik in de raadkamer van de edelachtbare Morton A. Weinstein, ingezeten genie van de districtsrechtbank. Judy noemt hem Einstein, uiteraard. Einstein heeft afhangende schouders en kroezend zilvergrijs haar. Met zijn stalen leesbril met halvemaanglazen ziet hij er nog slimmer uit. Aan zijn zijde zit een rechtenstudent die margarine in zijn haar smeert bij wijze van gel. Zelfs de studenten willen op Pat Riley lijken.

We zitten aan een conferentietafel met kastanjefineer om mijn zaak te bespreken, Hart versus Harbison's, die tot mijn ontzetting zonder meer kansloos is. Ik had tijdens de taxirit naar de rechtbank de hoofdzaken uit het dunne dossier doorgenomen terwijl ik af en toe uit het raam keek of de donkere auto opdook. Ik weet niet wat me meer zorgen baarde. Ik heb heel wat erge discriminatiezaken – bewijs van de slechte behandeling van iedere minderheid onder de zon – maar Hart spant de kroon. Ik zou onmiddellijk een schikking treffen als het aan mij lag, maar ik heb een missie. Zoek, vernietig en petitioneer de kosten.

Om het nog erger te maken poseert er een cherubijn als raadsman van de tegenpartij. Hij is vast nog geen jaar afgestudeerd en zijn gezicht is zo jong en zacht als dat van een baby. Zijn haar, rossige piekjes, benadrukt de roze gloed van zijn wangen. Zijn aktetas is gloednieuw, zijn vlinderdas lijkt nep. Mijn taak is het om die snoeperige details te negeren en zijn ballen er met huid en haar af te rukken.

'Jongeman,' onderbreekt Einstein, 'sorry. Ik heb uw naam niet verstaan.'

'O jee. Het spijt me, edelachtbare.' Hij bloost charmant. 'Ik ben hier nog niet aan gewend, ik ben waarschijnlijk vergeten te zeggen hoe ik heet. Mijn naam is Henry Hart. Henry Hart junior.'

'Is de eiser je vader, Henry?' vraagt Einstein.

'Ja. Ze noemen me Hank. Ik heb het pas voor elkaar gekregen mijn moeder me geen kleine Hank meer te laten noemen. Ik moet haar eraan herinneren dat ik vierentwintig ben.' Hij glimlacht, totaal ongekunsteld.

Ik geloof mijn oren niet. Harbison's heeft dit de váder van het kind aangedaan? En dat moet ik rechtvaardigen?

'Vierentwintig, zo, zo.' Einstein draait zich naar zijn griffier en grinnikt. 'Ben ik ooit vierentwintig geweest, Neil?'

Neil weet op alles een antwoord. 'Kom, kom, edelachtbare. Zo oud bent u niet.'

'Nee? Ik herinner me de grote klap. De Tweede Wereldoorlog. Ik was navigator in het Oosten. Ik vloog B-24's uit Italië.'

'De vliegende goederenwagens?' Einstein kijkt opgetogen. 'Hoe weet jij dat die bestonden?'

'Mijn vader heeft een B-29 uit Engeland gevlogen.'

'Nou, ik ben geïmponeerd. Ik zou hem graag eens ontmoeten, zelfs onder deze omstandigheden.' Einsteins blik rust met een warme uitdrukking op Hanks gezicht. 'Terzake, is dit je eerste hoorzitting, Hank?'

'Ja, meneer.'

Einstein raakt Hanks mouw licht aan. 'Nou, jongen, het is niets om je zorgen over te maken. Ik wil alleen jullie beider verhaal horen. Misschien kijken of we een schikking kunnen treffen.'

'Goed, meneer.'

'Steek van wal en schets de feiten voor me. Je hoeft je niet te haasten.'

'Goed, edelachtbare. Dank u.' Hank kijkt naar zijn aantekeningen. 'De feiten in deze zaak zijn simpel. Mijn vader heeft tweeëndertig jaar voor Harbison's gewerkt, zolang als ik me kan herinneren. Hij is accountant. Hij is begonnen op de boekhoudafdeling.' Hank kijkt opnieuw naar zijn aantekeningen. 'Hij kreeg keer op keer promotie en opslag. In 1982 had hij een leidende functie. In 1988 werd hij gepromoveerd tot hoofd Financiën, waardoor hij direct onder de directeur, Frank Stapleton, kwam te staan. Maar onmiddellijk nadat hij vijfenzestig was geworden, edelachtbare, zei meneer Stapleton dat hij ontslag moest aanvragen. In duidelijke overtreding van de wet op leeftijdsdiscriminatie.' Hank kijkt me beschuldigend aan.

Ik krabbel op mijn schrijfblok om zijn blik te vermijden. Ik schrijf: *Ik haat mijn werk. Ik ga naar New Jersey verhuizen en tomaten kweken in de zon.*

'Ga verder, Hank,' zegt Einstein.

'Natuurlijk weigerde mijn vader dat. Hij was op het toppunt van zijn expertise en bovendien had hij het inkomen nodig. Dus als wraak hebben ze hem gedegradeerd. Ze namen hem zijn titel, zijn kantoor en zijn trots af, edelachtbare. Ze verlaagden hem tot chef van hun winkel in het King of Prussia-winkelcentrum. Dus, nadat hij Harbison's dertig jaar lang gediend had, nadat hij direct onder de directeur had gestaan, lieten ze hem oogbouten verkopen, edelachtbare.' Zijn borst zwoegt op en neer van verontwaardiging.

De raadkamer zwijgt. Ik schrijf: *Het strand zou fijn zijn. Ik zou naar muntjes kunnen zoeken met een metaaldetector.*

'Nou, Henry, ik stond op het punt je de les te lezen in hoeverre het wijs is familieleden te vertegenwoordigen,' zegt Einstein glimlachend, 'maar je vader heeft in jou een hele goede advocaat gevonden.'

'Dank u, meneer.' Hank bloost weer.

De rechter fronst over zijn montuurloze halve glazen van zijn bril. 'Mevrouw DiNunzio, u vertegenwoordigt Harbison's in deze zaak?'

Ik knik van ja. Ik voel me een wolf in schaapskleren.

'Dat is nogal een verhaal wat ik zojuist heb gehoord. Ik weet zeker dat de jury net zo onder de indruk zal zijn als ik.'

Ik schraap mijn keel alsof ik weet wat ik ga zeggen, maar ik heb geen flauw idee. 'Edelachtbare, ik heb deze zaak vandaag pas gekregen. We zijn de nieuwe verdediging.'

Einstein fronst opnieuw. Deze frons zegt: je zoekt excuses, dat is laakbaar.

Wat kan ik doen? Ik herhaal wat ik in de taxi in het dossier heb gelezen. 'Zoals u weet, edelachtbare, zijn er twee kanten aan elk verhaal. Harbison's ontkent dergelijke woorden tot de tegenpartij te hebben gericht en ontkent ook dat ze de eiser op grond van zijn leeftijd hebben gedegradeerd. Harbison's verklaart dat ze de tegenpartij hebben gedegradeerd omdat hij als manager agressief optrad en in het bijzonder was hij grof tegenover werknemers van het bedrijf.'

'Dat is een leugen en dat weet u!' roept Hank en springt overeind.

Een ontstelde Einstein klemt een stevige hand om Hanks arm. 'Ga zitten.'

Hank zakt weer in zijn stoel terug. 'Het spijt me, edelachtbare.'

Einstein rukt zijn leesbril af en gooit hem op het dossier dat voor hem ligt. De rechter volgt de regels, waarin schelden in de raadkamer niet geoorloofd is. Hij kan nauwelijks opkijken, zo beledigd is hij. 'Ik ben niet degene tegenover wie je je moet verontschuldigen, jongeman,' zegt hij uiteindelijk.

'Het is in orde, edelachtbare,' zeg ik. 'Ik zou ook van streek zijn als het om mijn vader ging.' Ik meen dit oprecht, maar het klinkt neerbuigend. Zonder het te willen heb ik de enige zwakheid in Hanks zaak uitgebuit: dat hij de zoon van zijn vader is.

Dat punt, hoe onbedoeld ook, gaat niet aan Einstein voorbij. Zo snel zijn de rollen omgedraaid. De rechter zet zijn bril weer op en zonder Hank aan te kijken vraagt hij koel: 'Henry, heeft jouw vader belangstelling voor een schikking?'

'Ja, edelachtbare.'

'Mevrouw DiNunzio, is Harbison's geïnteresseerd in een schikking?'

'Nee, edelachtbare.'

Einstein klapt zijn zwarte maandagenda open en bladert snel door de pagina's. 'De deadline voor de inzage van stukken is twee maanden na vandaag. De zaak komt voor op dertien juli. Ik laat u beiden weten wanneer het proces op de rol staat. Wissel tijdig bewijsmateriaal en deskundigenrapporten uit. Ik wens door geen van beide partijen benaderd te worden aangaande uitstel. Dat was het, raadslieden.'

We verlaten Einsteins kamer. Hank snelt voor me uit naar de liften. Als hij zich in een lift wurmt, zie ik dat hij in tranen is.

'Hank, wacht!' roep ik, terwijl ik naar de lift ren. Maar de roestvrijstalen deuren sluiten zich als ik daar ben en ik blijf achter en staar naar de zwarte rouwband ertussenin. Ik druk op de NAAR BOVEN-knop.

Ik hoor de stem. Hij klinkt ruwer nu, minder als Mike. *Niets gebeurt zomaar. Je hebt een engel tot tranen gebracht, nu krijg je het terug. Een telefoontje begroet je bij je thuiskomst. Er zit een anonieme brief tussen je post. En een donkere auto volgt elke stap die je zet.*

De liftbel weerklinkt, en legt de stem het zwijgen op.

De deuren schuiven open. Een steroïdenmaniak in een hemdje en met een zonnebril met spiegelglazen staat als enige in de lift. Zijn schouders zijn bedekt met acne en zijn heupen steken suggestief naar voren terwijl hij tegen de liftwand leunt. 'Kom erin, schat,' zegt hij lijzig. 'Het water is zalig.'

'Eh, nee. Ik ga naar boven.'

'Volgende keer misschien, snoes.'

Zo gauw de deuren dicht zijn, druk ik weer op de NAAR BENEDEN-knop. Ik glip dankbaar in de volgende lift die volgepakt is met eerbare burgers met gele JURY-buttons op. Ik neem een taxi terug naar kantoor en net als op de heenweg kijk ik angstig uit het raam naar iedere donkere sedan in Mark Street. Als ik terugkom bij mijn kantoor, is Brents bureau leeg. Hij heeft vanavond operales. Hij zegt dat er meer is in het leven dan steno.

Ik loop mijn kantoor in om mijn aktetas leeg te halen.

Daar zit, aan mijn bureau, over mijn papieren gebogen, Ned Waters.

7

Neds groene ogen kijken gealarmeerd op. De grote klok achter hem verspreidt een vage gloed. 'Mary. Ik wilde net een briefje voor je achterlaten.'

'Een briefje?' Ik verslik me. Heeft Ned het briefje van vanmorgen gestuurd? Rijdt hij in een donkere auto?

'Ik dacht dat je de hele dag weg zou zijn. Je assistent was er niet, dus kon ik geen boodschap doorgeven.'

'Hij heeft les in operazang.'

'Opera?' Ned staat onhandig op. Hij zet een van mijn balpennen in hun mok terug en pakt een papiertje van mijn bureau.

'Is dat het briefje?' Ik zet mijn aktetas op de dossierkast.

'Ja.' Hij verfrommelt het en stopt het in de zak van zijn colbert. 'Maar nu hoeft het niet meer. Ik kan je vertellen wat erop staat. Ik dacht dat je misschien zin zou hebben wat met me te gaan eten vanavond.'

'Eten?' Ik weet niet wat ik verder moet zeggen dus staar ik hem met open mond aan, als een forel.

'Ik hoorde dat een belangrijk bezwaarschrift van jou ontvankelijk is verklaard. We zouden het kunnen vieren.'

'Wil je mijn overwinning vieren?'

'Zeker wel. Waarom zou ik dat niet willen?'

'Misschien omdat we elkaars rivalen zijn. Weet je, om als maat aangesteld te worden.'

Dat raakt hem. 'Daar heb ik niet eens aan gedacht, Mary.'

Ik zucht, plotseling uitgeput door de intrige, het raden, de vreemde wending die mijn leven onlangs heeft genomen. 'Ik snap het niet, Ned. De laatste keer dat we uit eten gingen was toen we rechten studeerden.'

Hij kijkt naar de grond en bestudeert zijn schoenen. Als hij me weer aankijkt, is het met een bijna katachtige directheid. 'Ik wilde je terugbellen maar toen ik eindelijk genoeg moed verzameld had, was je praktisch verloofd.'

Het klinkt eerlijk. Ik voel me tegelijkertijd gevleid en op mijn hoede. Ik weet niet wat ik moet zeggen, dus zwijg ik. Ik probeer echter niet op een forel te lijken.

'Dat is toch zo?'

'Niet precies. Ik heb Mike ontmoet nadat wij die afspraak hadden. En zo snel was ik niet verloofd.'

'Nee? Ik had de indruk dat je tot over je oren verliefd was. Ik herinner me dat ik je in de bibliotheek zag, je zag eruit of je op wolken liep. Tenzij je zo blij was dat je voor Bitterman werkte.'

'Niet waarschijnlijk.'

'Hoe kon je die man verdragen? Ik weet dat hij bekendstaat als een rechtskundig genie, maar wat is het een klootzak. Ik heb van Malone gehoord dat hij een tiran is in de rechtszaal.'

'En daarbuiten. Hij werd woedend toen ik het onderzoek voor zijn tweede artikel niet wilde doen. Gaf me in zijn raadkamer op mijn lazer.'

'Waarom?'

'De wet zou mijn eerste liefde moeten zijn, zei hij.'

'Maar dat was niet het geval.'

Ik denk aan Mike.

Ned schraapt zijn keel. 'Hoe dan ook, je zag eruit als een verliefde vrouw, zelfs voor iemand als ik die weinig doorheeft. Ik ging ervan uit dat ik kansloos was, maar ik wilde wel vrienden met je zijn. Wat goed van mij, hè?'

'Wat goed van jou.'

Zijn handen bewegen in de zakken van zijn bobbelige seersuckerjasje. 'Dus. Maak het alsjeblieft niet moeilijker dan het is. Laat me je mee uit eten nemen.'

'Ik ga niet echt uit, Ned. Ik bedoel ik weet niet of je het hebt over een afspraak, maar ik...'

'Waarom moet het een naam hebben? Laten we gewoon samen eten. We zijn oude vrienden, studiegenoten, en we zijn een keer samen uit geweest. Ik ben in gebreke gebleven door je niet eerder te benaderen, maar, nou, er was van alles gaande.' Hij haalt ongemakkelijk zijn schouders op. 'Laten we gaan eten, ja?'

Ik kan niet beslissen. De stilte is ondraaglijk.

'Kom op, je zult er niet aan doodgaan.'

'Vertel me één ding. Wat voor auto heb je?'

'Over vrije associatie gesproken!' zegt hij met een diepe lach. Het is een vrolijk geluid, blij en opgelucht, en ik zie dat hij mooie tanden heeft. Wit en regelmatig. 'Oké, ik beken. Ik heb een Japanner.'

'Wat voor kleur?'

'Wit.'

'Heb je een autotelefoon?'

'Wil je mijn belastingaanslag zien? Ik kan me een etentje veroorloven, weet je.'

'Daarom vraag ik het niet en we zullen de kosten delen.'

'Waarom vraag je het dan? En nee, dat doen we niet.'

'Zeg het me gewoon, oké? Alsjeblieft.'

'Natuurlijk heb ik geen autotelefoon. De Japanner is al protserig genoeg voor me.'

Dus stem ik toe, met tegenzin.

Het eten is aanvankelijk helemaal niet geslaagd, omdat ik me zit af te vragen of Ned de auto waarin hij me volgt, huurt. Dan bestelt hij een gin-tonic, wat mijn angst onmiddellijk verzacht. Ik begin plezier te krijgen in het elegante restaurant dat uitkijkt op Rittenhouse Square, en in Neds conversatie, die gemakkelijker vloeit dan vroeger. In feite is hij erg veranderd, voorzover ik dat kan beoordelen. Hij lijkt vrijer, levendiger. We wisselen roddels van de werkvloer uit en hij bekent dat hij altijd al in Judy geïnteresseerd is geweest. Een enigma noemt hij haar. Dat vind ik grappig aangezien zij ook geen fan van hem is. Bij mijn tweede drankje beken ik dat Judy hem Cool noemt.

'Waarom noemt ze me zo? Ik ben helemaal niet cool.'

'Dat ben je wel, Cool.'

'Niet waar.'

'Wel waar.'

Hij lacht. 'Dit is volwassen.'

'Geef het toe! Moet je zien, je bent een kanjer van een student. Je bent net een J. Crewcatalogus, maar dan levensecht.'

Ik realiseer me dat ik aan het flirten ben terwijl ik spreek. Het beangstigt me niet alleen ontzettend, maar ik voel me ook bijzonder schuldig. Ik heb mijn eerste overwinning in de rechtszaal met Mike gevierd en hier zit ik mijn tweede met Ned te vieren. En ik ben nog steeds Mikes vrouw, van binnen. Ik klap dicht.

Ned merkt mijn zwijgzaamheid niet op en begint zijn levensverhaal te vertellen. Hij vertelt me over zijn rijke familie uit Main Line en over zijn vader, die de leidinggevende maat bij advocatenkantoor Masterson is. Als hij zijn tong op heeft, verandert hij van onderwerp alsof hij zich er plotseling van bewust werd dat hij een monoloog had gehouden. 'Nog maar twee maanden tot M-dag, 1 juni, de verkiezing van de maten.'

Ik schuif een radijsje over mijn bord.

'Ik dacht niet dat juni een goede maand voor jou was. Is toen je man niet...'

'Ja.' Mike is op achtentwintig juni overleden, maar ik wist niet dat Ned dat wist. 'Hoe wist je...'

'Ik herinner het me. Ik was op de begrafenis.'

'O ja?' Ik weet niet of ik er wel over wil praten.

'Ik dacht niet dat je er bezwaar tegen zou hebben. Ik wilde graag gaan. Mike leek me erg aardig. Het spijt me.'

'Ik wist niet dat je hem ooit ontmoet had.'

'Jazeker. Jij stelde ons aan elkaar voor toen hij je bij de universiteit kwam ophalen om te lunchen. Hij kwam op de fiets. Hij had een fiets, hè?'

Ik knik. Ik leg mijn vorken naast elkaar, met de tanden op gelijke hoogte.

'Het spijt me. Ik had er waarschijnlijk niet over...'

'Nee, het geeft niet.'

'Nou, laat eens kijken, er gebeurt in ieder geval iets goeds in juni.'

'Wat dan?'

'Jij wordt maat.'

'Alsjeblieft. Je zegt het alsof het een vaststaand feit is.'

'Dat is ook zo. Jij zit gebakken. Je hoeft nergens over in te zitten.'

Dan herinner ik me Berkowitz' opmerking over Neds bezoek aan hem. 'Ik heb gehoord dat ze maar twee maten in civiel recht willen, niet drie. Heb jij dat ook gehoord?'

'Ik probeer niet alles te geloven wat er gefluisterd wordt, er gaan zoveel geruchten. Eerst hoorde ik dat ze er drie wilden, toen werden het er twee. Vanmorgen hoorde ik dat het kantoor in Washington iemand kandidaat wilde stellen. Belachelijk.' Hij schudt zijn hoofd.

'Een procureur? In Washington? Shit.'

'Ik weet zeker dat ze er drie van Philadelphia nemen, Mary. Ons kantoor heeft een geweldig jaar achter de rug.'

'Dat klopt wel, denk ik.' Ik merk dat hij zijn gesprek met Berkowitz over dit onderwerp niet vermeldt. Ik beschouw dat als een belangrijke weglating waardoor ik hem tijdens het nagerecht, iets met chocoladesnippers, weer wantrouw.

Later staat Ned erop me thuis te brengen aangezien ik maar een paar straten bij hem vandaan woon. We lopen in stilte door de drukkende avond, zo vochtig dat de lucht in halo's rond de kwiklampen blijft hangen. Rittenhouse Square is vrijwel verlaten. De joggers zijn naar huis gejogd, de wandelaars zijn uitgewandeld. Alleen de daklozen blijven op de banken liggen slapen als we voorbijlopen. Ik kijk om me heen of ik de donkere auto zie, maar die is nergens te bekennen.

Plotseling, voor we bij de ingang van mijn flat zijn, kust Ned me. Ik ben er totaal niet op bedacht en zijn aarzelende zoen landt op mijn rechter wenkbrauw. Ik kan wel door de grond zakken. Ik vraag me af of mijn buren het gezien hebben. Ik vraag me af of Alice het heeft gezien. Ik vraag me zelfs af of Mike het heeft gezien. Ik spoed me naar binnen terwijl ik een haastig afscheid naar Ned mompel, die bezorgd en spijtig staat te kijken als ik de deur sluit.

Ik raap mijn post van de vloer en wil hem onder mijn arm steken als ik me herinner dat vanaf vanmorgen de posterijen niet langer mijn vriend zijn. Ik zet mijn aktetas neer en kijk met ingehouden adem de brieven door. Rekeningen: Elektriciteit, Kabel, Allstate, *Vanity Fair*. Nog twee catalogi, geadresseerd aan respectievelijk DiNunziatoi en O'Nunzion en dan een kleine witte envelop zonder afzender. Mijn naam staat op de voorkant, correct gespeld in blokletters, evenals mijn adres. De postzegel is een uitgevouwen Amerikaanse vlag. Net als op de brief op kantoor.

Ik moet slikken.

Ik ga met mijn vinger over de voorkant. Laserprint, niet getypt.

Ik scheur de envelop open. Er zit een wit stukje papier in:

En hier is het perfecte recept:
Artisjokdipsaus
1 blik artisjokharten van 200 gram
1 kop mayonaise
1 kop Parmezaanse kaas
knoflookpoeder naar smaak
Pureer de artisjokken, meng de rest erdoor
Verwarm in de oven, 30 minuten op 225°.
Serveer met pitabrood!
BEL SHERRY SIMMONS VAN JEFMAR MAKELAARDIJ!

Christus. Artisjokdipsaus.

Ik verfrommel het papier en loop de beklede trap op. Ik raak zo paranoïde dat ik mijn verstand verlies. Wat is er met me aan de hand? Mike is nog geen jaar dood en ik zoen een andere man. Wat is er aan de hand met Ned? Wil hij een verhouding beginnen nu een van ons op het punt staat ontslagen te worden en de ander heilig verklaard? Ik draai zuchtend mijn deur open en knip het licht aan. Ik gooi mijn aktetas op de bank en plof ernaast, terwijl ik de eerste rekening openmaak.

Philadelphia Elektriciteit. Je hebt een graad in exacte vakken nodig om de code op je rekening te breken. Ik probeer wijs te worden uit de minuscule cijfers als de telefoon op het bijzettafeltje gaat. Ik neem gedachteloos op. 'Hallo?'

Geen antwoord. Geen geruis.

Ik ben niet paranoïde. Het is werkelijkheid. 'Laat me met rust, vuile klootzak!'

Maar het enige antwoord is een klik.

'Godverdomme!'

Ik gooi de hoorn erop, met spanning in mijn borst en pak

hem even snel weer op. Ik hoor de hoge kiestoon. Interferentie, als door een snelle, potige onderhoudsmonteur gefikst. Zie maar dat je daar doorheen komt, lul. Alice, die als een sfinx heeft liggen dutten op het dekbed op de bank, doet langzaam haar ogen open en dicht en slaapt verder.

Kom op, mens. Ik hou de telefoon vast. De kiestoon gaat over in een vrouwenstem die langzaam en geduldig spreekt, als een jonge moeder tot een peuter. 'Als u wilt bellen,' zegt ze, 'hangt u dan op en kies het nummer van uw operator.'

Ik leun achterover en haal minder gespannen adem terwijl ik naar de stem van de jonge moeder luister. Ze zingt haar slaapliedje opnieuw. Ik laat het tot me doordringen en me kalmeren. Maar ze wordt overstemd door een doordringend BRR BRR.

Ik zit met een schok overeind.

'Godverdomme!' Woedend sta ik op en duw de hoorn tussen de kussens van de bank. Alice opent haar ogen wijd en legt haar oren plat in haar slanke nek. Dan springt ze weg van de onveilige plek.

'Loop naar de hel!' Ik bedek de hoorn met nog een kussen, en nog een zodat het lijkt of de bank vernield is, maar ik kan het geluid nog horen. Het wil mijn hoofd niet uit.

8

Ik kan niet slapen. Ik verander de lichtsterkte, het dekbed, de airco. Ik doe mijn T-shirt uit en weer aan. Ik maak een paardenstaart bovenop mijn hoofd en trek het elastiekje er weer uit. Ik probeer van alles. Niets helpt.

Mijn hoofd is vol beelden, gezichten die uit het donker naar me toe zwemmen. Starankovics gezicht als een gewond masker. Hank met een babyface, de tranen stromend over zijn wangen. Ned, met zijn kattenogen naast me, als een nachtmerrie. Ten slotte verschijnt Mikes krachtige gezicht, met zijn grove arbeidersneus in het midden. Omkranst door wilde bruine krullen, tot leven gebracht door ogen vol liefde. *Maar daarom houd je van me,* had hij gezegd. Ik begraaf mijn hoofd onder het kussen, wat net zomin helpt als de kussens bovenop de telefoon.

Ik voel me geradbraakt als ik de nacht in de vroege ochtend zie overgaan. Boos. Moe. Schuldig. Ik voel de behoefte boete te doen voor mijn afspraak met Ned, dus sta ik op en maak de badkamer schoon. Boetedoening, ter verklaring, is het idee dat de ziel gereinigd kan worden terwijl u wacht, als een camel rok. Waarschijnlijk de meest bizarre gedachte die ik ooit heb gehoord, na de erfzonde. Het idee dat een kinderziel bezoedeld wordt op het moment van geboorte, is iets wat zelfs Angie me niet duidelijk kon maken. Maar ik boen toch achter de wc-bril. Hoewel ik mijn uiterste best heb gedaan ervan los te komen, ben ik na al die jaren nog steeds katholiek.

Ik slof op mijn roze pantoffels, voetvegertjes, de woonkamer in en haal de telefoonhoorn onder de kussens vandaan.

Ik leg hem op de haak en herschik de kussens op de bank. Alice houdt me in de gaten, enigszins achterdochtig.

'Heb ik jou iets gevraagd?' zeg ik.

Ik slof de keuken in en trek een vacuüm blik koffie open. Geurig sissend laat de verpakking los, dan gaat de telefoon.

'Verdomme!' Ik geef de blikopener een zet zodat hij over het aanrecht draait. Is het de beller? Op dit tijdstip? Ik storm de woonkamer in, met de adrenaline in mijn bloed en ruk de hoorn van de haak.

'Met wie?'

'Mary? Met Ned.'

'O, Jezus.'

'Ik weet dat het vroeg is, maar dat is nog eens een begroeting.'

'Iemand belt me steeds en hangt dan op. Jij bent het toch niet, hè?' Het is niet echt als grap bedoeld.

'Heb je sterretje negenenzestig ingetoetst?'

'Wat is dat?'

'Als je sterretje negenenzestig intoetst nadat je gebeld bent, belt de telefoon hem of haar terug.'

'Hoe weet je dat?'

'Ik ben *cool*, weet je nog?'

'O. Ja.' Ik krimp ineen.

'Oké. Goed. Laat ik je vertellen waarom ik bel voor ik het helemaal niet meer durf. Ik wilde je zeggen dat het me spijt wat er na het eten is gebeurd. Dat ik het zo geforceerd heb. Ik kon er niet van slapen, zo'n sukkel voelde ik me. Ik heb je altijd gemogen, Mary. Heb me altijd tot je aangetrokken gevoeld. Maar dat had ik niet moeten doen. Het spijt me.'

'Eh... het geeft niet.'

'Het spijt me echt.'

'Dat weet ik.'

'Ik zou je graag nog een keer zien. Als jij mij wilt zien, uiteraard. Ik beloof je dat ik je niet zal aanvallen. Ik meen het.'

Ik ben even stil. Ik kan geen woorden vinden voor wat ik wil zeggen. Dat ik in tien jaar niet met een man ben uit geweest? Dat de laatste man met wie ik vóór Mike uit ben geweest, Ned was? Dat ik er nog niet aan toe ben? Dat ik er misschien nooit aan toe zal zijn?

'Goed,' zegt Ned ineens. 'Wat je maar wilt. Misschien verander je na juni van gedachten. Klinkt dat redelijk?'

'Ik denk van wel.'

'We kunnen vrienden zijn tot dan. Zou dat een mogelijkheid zijn?'

'Prima.'

'God, ik haat het om zo over gevoelens te praten. Het kan zo verdomd uitputtend zijn.'

'Hou er dan mee op. Wees zoals ik.'

Hij lacht zacht. 'Tot straks dan, op kantoor.'

'Oké.' Ik hang op, met een enigszins leeg gevoel. Ik vind hem aardig, maar ik ben niet toe aan wat hij wil. En hij is nog steeds een raadsel voor me. Waarom heeft hij niks over Berkowitz gezegd?

Miauw! Dat is Alice, die eten wil. Ze wandelt met opgeheven staart de keuken in.

'Je praat alleen tegen me als je wat wilt,' zeg ik en volg haar. Ik doe wat Gourmet-kattenvoer in haar schaaltje. 'Je belt niet, je schrijft niet.'

Alice negeert me, ze heeft het allemaal al eerder gehoord. Ik hurk naast haar neer om naar haar te kijken. Ze eet met gesloten ogen maar speelt het toch klaar elk stukje vis eruit te halen. Dat is haar specialiteit, besluit ik terwijl ik haar zijdeachtige rug aai. Ze zal mijn geaai tolereren tot alle stukjes vis op zijn, dan zal ze weer naar de vensterbank gaan. Haar volgende maaltijd zal ze krijgen wanneer ze weer erkent wie hier de huur betaalt. Ik zou haar onmiddellijk wegdoen, naar een laboratorium, maar Mike weerhoudt me. Hij heeft haar in een vuilnisbak gevonden en in de stromende regen mee naar huis genomen, in zijn spijkerjack. Ze bewoog helemaal niet, zodat Mike dacht dat ze dood was.

'Als ze dood is, waarom heb je haar dan meegebracht?' vroeg ik, als altijd praktisch ingesteld.

'Ik kon haar daar toch niet achterlaten als oud vuil,' zei hij. 'Ik zal haar morgen begraven, voor ik naar school ga.' Hij legde haar in een doos waar Converse-schoenen in hadden gezeten en zette de schoenendoos onder de wastafel in de badkamer. De volgende morgen vond Mike haar in de badkuip, met grote ogen staarde ze naar de lekkende kraan. Hij noemde haar Alice in Wonderland. Haar kattenbrein vormde een blauwdruk van hem als mammie. Ze waren stapelgek op elkaar.

Toen Mike dood was, kwam ik op het idee dat hij Alice nog een keer zou willen zien, om tenminste afscheid te nemen. Ik weet dat het absurd klinkt, maar ik reed met het beest naar het kerkhof en baande me met de kattenreismand een weg langs de graven tot ik bij een eenvoudige grijze grafsteen kwam waarop LASSITER staat. Er staat niet DIERBARE ECHTGENOOT op omdat ik er niet tegen kon dat zo onherroepelijk in zijn grafsteen gebeiteld te zien.

Ik zette het reismandje van Alice aan de voet van het graf neer en maakte het deurtje van de mand met trillende handen open. Alice kwam naar buiten en snoof de zomerlucht op. Ik keek toe met tranen in mijn ogen. Ik wist niet wat ik verwachtte, maar ik hoopte op iets magisch en betekenisvol. Het was geen van beide. Alice nam de vlucht, als een haas met grote sprongen tussen de graven door. Ik riep haar terug en rende op mijn espadrilles achter haar aan over heuvels waar ANTONELLI en MACARRICCI lagen, langs de vliegende adelaar waarop TOOHEY stond en de wenende engel op

FERGUSON. Alice hield de pas erin en ik ook, omdat ik Mikes kat vooral niet op het kerkhof wilde verliezen. Ik haalde haar in bij het mausoleum van CONLEY. Ze krabde me de hele weg terug naar LASSITER.

Luid gaat de telefoon over en haalt me met een ruk uit mijn overpeinzing. Ik sta op en klem mijn kaken op elkaar. Ik ben klaar voor je, klootzak. Sterretje negenenzestig. Ik ren naar binnen en neem op.

'Hallo?'

Geen antwoord, dan *klik* en de kiestoon. Mijn hart begint te bonzen. Geen geruis betekent dat hij niet in de auto zit. Hij is thuis, waar dat ook moge zijn, in bed. Met zijn gedachten bij mij. Ik sla op de toetsen sterretje negenenzestig.

Ik hoor de telefoon overgaan, en nog een keer. Wat ga ik tegen die man zeggen? De telefoon gaat nogmaals over, dan een vierde keer en een vijfde. Hij neemt niet op.

Ik hang op. Hier moet een eind aan komen. Ik kijk rond in mijn lege flat, me plotseling bewust van mijn eenzaamheid. Ik leg de koffie in de vriezer en glijd in de badkamer uit mijn T-shirt, uit de buurt van de ramen. Ik doe de deur van de badkamer op slot voor ik onder de douche stap. Ik ben niet gek, ik heb *Psycho* gezien.

Ik kleed me snel aan en ga naar kantoor. In de taxi kijk ik uit naar de sedan, maar die laat zich niet zien. Meteen als ik binnen ben, vraag ik Brent mijn telefoonnummer thuis te laten wijzigen.

'Halleluja,' zegt hij.

'Laat mijn werknummer ook maar veranderen.'

'Eindelijk verstandig.'

'Zit er nog iets slechters dan gewoonlijk bij de Slechte post?'

'Nee. En er is ook niet door mafkezen gebeld. Behalve degenen die hier werken.' Hij overhandigt me een stapel telefonische boodschappen op geel papier.

'Wat is er aan de hand met deze mensen, slapen ze nooit?'

Ik neem de boodschappen door. Martin, Jameson, een paar cliënten, een zekere Stephanie Fraser. Ik houd de boodschap omhoog. 'Ken ik Stephanie Fraser? Zit ze bij Campbell's?'

'Nee. Dat is Stephanie Furst. Deze zei dat ze je na je confrontatie met Bitterman had ontmoet. Ze wil dat je terugbelt.'

'O ja, ik weet het weer. Ze denkt dat Bitterman een vrouwenhater is. Absurd. Hij haat iedereen.' Ik geef Brent de boodschappen terug.

'Heb je de auto gisteravond nog gezien?'

'Nee.'

'Het gaat lekker,' zegt hij opgelucht. Hij ziet er goed uit, in een zacht kunstzijden overhemd.

'Nieuw overhemd?'

Hij kijkt ernaar als een klein jongetje. 'Van Jack gekregen. Heeft het je goedkeuring?'

'Het is mooi. Het heeft iets bekends. Even denken. Ik weet het! Het is zwart!'

'Kun je zien hoeveel verstand jij ervan hebt. Het is donkerblauw. En dat van gisteren was meer antraciet.'

'Juist.'

'Verdwijn uit mijn ogen. Ik moet dossiers opbergen. Nu, raar mens!'

'Ga je gang. Ik ga naar beneden, naar Judy.'

'Maar je hebt een getuigenverklaring, weet je nog? Tiziani is hier over een uur.'

'O, verdomme. Verdomme. Verdomme. Verdomme.' In alle consternatie ben ik de getuigenverklaring volkomen vergeten.

'Je hebt hem vorige week toch voorbereid?'

'Inderdaad. Ik moet ervandoor. Ik ben op tijd terug.'

'Heb je nog over politie gedacht?' vraagt hij, maar ik ben weg, via Stallings interne trappenhuis naar Judy's afdeling.

Judy's kantoor lijkt op een vogelnest. Het bureau is bezaaid met papiertjes, de boekenplanken staan vol slordige boeken en dossiers. Overal zijn foto's. Aan de muur hangt Kurt, twee zwarte labradors en Judy's enorme familie. De Carriers zijn het Californische antwoord op de Von Trapps. Ze grijnzen vanaf allerlei steile toppen met zware touwen, klemmen en katrollen die aan een riem om hun middel hangen. De eerste keer dat ik die foto's zag, dacht ik dat de hele familie voor de P T T werkte.

'Is er iemand?'

'Achter het bureau,' roept Judy. Ik vind haar gezeten op de vloer voor een verzameling bewijsstukken. Ze kijkt naar me op en glimlacht vermoeid. 'Ik herinner me je nog. Ik ken je van voor de tijd dat ik geobsedeerd raakte door de prijs van computerchips in Osaka.'

'Wat ben je aan het doen?'

'Het beroep van Mitsuko. Dat proces dat Martin vorige maand heeft verloren. De antitrust-zaak.'

'De megadollars antitrust-zaak.'

Ze giechelt ondeugend. 'Ik heb gehoord dat de advocaten van de civiele afdeling de ochtend nadat hij het proces had verloren, een stapel vuile sokken midden op zijn bureau hebben gegooid.'

'Ik begrijp het niet.'

'De geur van verlies! De geur van verlies!' Ze lacht, dan betrekt haar gezicht. 'Wat is er, vind je dat niet grappig?'

'Het is best grappig.'

'Je moest er niet om lachen.'

Ik vertel haar over mijn etentje met Ned, wat ik weiger als afspraakje te zien en ook dat hij zijn gesprek met Berkowitz verzweeg. We bespreken nogmaals de telefoontjes en de brief. Ze zegt dat ze Ned verdenkt omdat hij zo ambitieus is, of misschien Martin, omdat hij de zaak voor Mitsuko heeft verloren en ik hem voor Harbisons's heb vervangen. Dan herinner ik haar eraan hoe woedend Delia op me was en Judy harkt met een grote hand door een pluk afgesneden haar.

'Het kan iedereen zijn,' zegt ze.

'Dat is een troostrijke gedachte.'

'Luister. Kurt slaapt vannacht in zijn studio. Waarom logeer je niet bij mij?'

'Waarom?'

'Dan ben je veilig, mevrouw het genie.'

'Ik moet toch in mijn eigen flat kunnen wonen? Wat zou je willen, dat ik de rest van mijn leven bij jou thuis doorbreng?'

'Dat zou zo gek nog niet zijn. Jij kunt koken.'

'Ja, ongetwijfeld zouden we het geweldig met elkaar kunnen vinden. Ik geef ons een week voor we elkaar zouden vermoorden.'

Ze kijkt gekwetst. 'Dat zeg je altijd, ik weet niet waarom. Logeer een tijdje bij mij. Tot je een ander telefoonnummer hebt.'

'Nee hoor, ik red het wel.'

Ze schudt haar hoofd. 'Zo koppig.'

'Maar ik vind het lief aangeboden. Echt.'

'Neem tenminste de telefoon aan. Ik wil je kunnen bereiken.'

'Dat zal niet gaan. Brent laat mijn nummer uitschakelen en ik heb nog geen nieuw.'

'Dat zullen ze voor vanavond niet klaarspelen. Volgens mij duurt het een dag. Ik bel je vanavond met een code. Ik laat hem twee keer overgaan en bel dan meteen terug.'

Daar stem ik mee in en beloof haar twee reuzenkoekjes voor de moeite als we weer gaan lunchen.

'Hoera!' zegt ze.

9

'Tiziani was vroeg,' zegt Brent, als ik boven terug ben. 'Ik heb hem in vergaderkamer F gezet met koffie en broodjes voor de lunch.'

'Wat ben je toch een perfecte gastheer.'

Brent knipoogt. 'Het is een stuk.'

'Ik dacht dat jij je bij één man hield.'

Hij geeft me een speelse duw en ik verlaat het kantoor.

Nick Tiziani is de personeelschef bij Blake's, een nationale voedselfabrikant. Hij heeft zijn assistente ontslagen omdat ze zich verkeerd kleedde. Dat is de waarheid en hoewel het een slechte reden is om iemand te ontslaan, is het volgens de wet geoorloofd. Maar hij zei haar ook dat ze zich niet meer als een man moest kleden en gaf haar een abonnement op *Vogue*. Hij zegt dat hij probeerde haar te helpen. Zij zegt dat het seksisme is. Voor hem is het van belang dat zijn versie bij deze verklaring goed is.

'Mary! *Come sta?*' zegt Tiziani als hij me ziet.

'*Bene. Grazie*, Nick.'

Hij schudt me warm de hand. Nick is een beminnelijke man en heeft altijd een betere geur op dan ik. Hij is van top tot teen in Gucci gekleed, een van de redenen waarom ze hem financieel willen uitkleden. Kleding is heel belangrijk voor Nick. Hij is een fervent voorstander van vorm boven inhoud. De druppel die de emmer deed overlopen was toen zijn excentrieke assistente in camouflagebroek op haar werk verscheen, vooral omdat de baas van Blake hem die dag met een bezoek vanuit het hoofdkwartier vereerde. Nick ontsloeg haar ter plekke. Ze heeft geluk dat hij haar niet vermoord heeft.

Ik neem het incident met hem door en leer hem de mantra van de getuige à decharge: geef geen ongevraagde informatie, luister naar de vraag, geef mij tijd om bezwaar te maken. Geef geen ongevraagde informatie, luister naar de vraag, geef mij tijd om bezwaar te maken. Nick knikt beleefd terwijl ik praat, wat aangeeft dat hij geen woord van wat ik zeg in zich opneemt.

'Nick, volg je me?'

'Natuurlijk, Mary. Fluitje van een cent.'

'Zo gemakkelijk is het niet. Je bent nooit eerder verhoord.'

'Is dat dan zo moeilijk?'

'Moeilijker dan je denkt. Alles wat je zegt wordt opgenomen en mag in de rechtszaal gebruikt worden. Ze gebruiken het om je het vuur aan de schenen te leggen tijdens kruisverhoor, je eigen woorden naar je terug te spelen.'

'Je maakt het zo ingewikkeld. Het is gewoon zakelijk. Haar advocaat is een zakenman.' Hij strijkt met een gemanicuurde vinger over een maatoverhemd. 'Ik zal het hem uitleggen, we worden het wel eens. Regelen wel iets.'

'Nick. Geloof me, deze man is de vijand. Hij zal het niet vanuit jouw standpunt zien. Het is zijn taak het allesbehalve op jouw manier te zien. Zeg zo min mogelijk. Onthou: geef geen ongevraagde informatie, luister naar de vraag, geef mij tijd om bezwaar te maken.'

'Ja, ja.' Hij schuift in zijn stoel heen en weer. 'Zeg, ken je deze al? Wat is het verschil tussen een rioolrat en een advocaat?'

'De een wentelt zich in andermans drek en de ander is een rat.'

'Met jou kun je ook geen lol hebben,' zegt hij met een pruillip.

De getuigenverklaring is ten kantore van Masterson, Moss en Dunbar – een uitwedstrijd. Masterson, Moss vormt een extra reden waarom het een riskante aangelegenheid is. Zo'n prestigieus advocatenkantoor zou normaliter nooit een niet-vennoot vertegenwoordigen, maar deze eiseres is de dochter van een van hun gehaaide vennoten in beveiliging. In die hoedanigheid krijgt ze een van de lievelingen, Bob Mahler. Mahler zit in ieder comité van de jonge republikeinen in het drie-statengebied en is seksistischer dan Nick ooit zal zijn. Maar Mahlers ballen zitten niet in de muizenval. Deze keer niet tenminste.

Nick en ik zitten in de receptie van Masterson, het oudste advocatenkantoor in Philadelphia en het grootste met bijna driehonderdvijftig advocaten. Ik zie het als het Vaderkantoor in de heilige drie-eenheid omdat het zo traditioneel is. Iemand moet de traditie van het conservatieve deel van Phila-delphia hooghouden en Masterson heeft zich die functie toe-geëigend. De inrichting is als van een ouderwetse herenclub met overal bronzen muurlampen en grote leren fauteuils. Plattegronden van de stad tijdens het koloniale tijdperk sie-ren de gelambriseerde muren, delicate oosterse tapijten be-dekken de hardhouten vloeren. Het ziet eruit als Ralph Lau-rens-hemel. Nick geniet ervan.

'Stijlvol,' zegt hij.

'Prehistorisch,' antwoord ik.

Even later komt Mahler zelf naar ons toe. Mahler, een stoere jongen die op Yale heeft gezeten, neemt ons mee naar een grote vergaderkamer met een glazen muur die uitziet op een van de gangen. Hij schenkt Nick een kop hete, verse kof-fie in en stelt hem voor aan de gestroomlijnde rechtbankver-slaggeefster, Ginny, geen achternaam. Ginny complimen-teert Nick met zijn das. Nick uit zijn bewondering voor haar sjaal. Allebei lachen ze. Alles is zo kameraadschappelijk dat ik me voel als de nieuweling op een sleutelfeest. Ik concludeer dat Mahler de techniek van het een-rad-voor-ogen-charmeren perfect beheerst en Nick is te zeer ingenomen om het in de gaten te hebben.

Mahler begint het verhoor met makkies over Nicks persoonlijk verleden. Nick beschrijft de ene promotie na de andere met het aangeboren bravado van de Italiaanse man. Ik laat het gaan en zie de advocaten heen en weer snellen achter de glazen muur. Een rijzige advocaat met golvend zilverkleurig haar let niet op het heen-en-weergeloop. Met de benen over elkaar gekruisd zit hij in een Windsor-stoel *The Wall Street Journal* te lezen. Ik herken dit als typerend vertoon van een alfa te midden van bedrijfsjuristen.

'Meneer Tiziani... mag ik Nick zeggen?' vraagt Mahler.

'Als je het me maar tijdig laat weten.'

Mahler lacht om die grap, ha ha ha, alsof hij hem nog nooit gehoord heeft. Ik kijk op naar de zilveren alfa-wolf. Hij kijkt over zijn brede krant in de richting van de spreekkamer. Dat is ongebruikelijk. Waarom zou hij interesse tonen in een getuigenverhoor tenzij hij er een specifiek belang bij had? Dan valt het kwartje. Hij is ongetwijfeld de vader van de eiseres.

'Nick, wat is je huidige positie bij Blake's?'

'Ik ben plaatsvervangend directeur Personeelszaken. Ik heb een jaar geleden promotie gemaakt. In september een jaar geleden. Als onderdirecteur sta ik rechtstreeks onder Chicago. Het is een stippellijn naar de president-directeur in tegenstelling tot een rechte lijn. Ik weet niet zeker of je bekend bent met organisatorische planning, Bob, en ik ben graag bereid...'

Ik raak zacht Nicks mouw aan. 'Nick, waarom laten we Bob niet gewoon zijn vragen stellen? Dat bespaart ons tijd.' Geef geen ongevraagde informatie, luister naar de vraag, geef me tijd om bezwaar te maken. Geef geen ongevraagde informatie, luister naar de vraag, geef me tijd om bezwaar te maken.

'O, natuurlijk, Mary. Geen probleem,' antwoordt hij behulpzaam. De man heeft geen benul.

De vader van de eiseres slaat een pagina van de *Journal* om maar blijft over de rand naar ons kijken.

'Bedankt, Nick,' zegt Mahler. 'Ik zal daar later op terugkomen. En nu, ben je als plaatsvervangend directeur bekend met de federale wet die discriminatie op grond van sekse op de werkvloer verbiedt?'

Ik negeer de vader van de eiseres en leun naar voren. Het wordt heftiger en ik wil dat Nick me kan zien tijdens het verhoor. Misschien herinnert hij zich dan weer dat dit een verklaring onder ede is, in plaats van groepsseks.

'Wil de stenografe in het verslag vermelden dat de advocaat van de verdediging mij het zicht op de getuige ontneemt,' zegt Mahler scherp.

Ginny's vingers bewegen zich in een gestaag ritme over de zwarte toetsen van haar machine. Alles wat we zeggen staat genoteerd. Als je het je zwart op wit getypt kunt voorstellen, kun je zelf de realiteit invullen:

'Sorry. Wat zei je, Bob?'

'Ik zei dat je mij het zicht op de getuige belemmert.'

'Ik weet niet wat je bedoelt, Bob.'

'Ik kan hem niet zien als je zo zit.'

'Sorry.'

'Het heeft te maken met de manier waarop je naar voren leunt.'

'Wat? Ik begrijp het niet.'

'Niet zo dicht bij de getuige.'

'Is het zo goed, Bob?' Ik verroer me niet.

'Nog niet. Meer naar rechts.'

'Dit is dwaasheid, Bob. Wil de stenografe in het verslag

vermelden dat mijn overeenkomst met de advocaat van de ei-seres luidt dat de getuige vandaag maar drie uur aanwezig kan zijn. Als we mijn zithouding nog langer ter discussie stellen, zijn we hier niet voor zeven uur weg.'

Mahler houdt zich met een chagrijnige blik koest.

Nick herinnert zich dat hij De Getuige is, niet zeg-maar-Nick.

En ik leun achterover en ontmoet de blik van de advocaat buiten die mij nu openlijk over de *Journal* heen aanstaart. De ogen van een verontwaardigde vader. Zelfs op afstand lijkt het of ze zich in mij boren.

'Nick, heb je op een gegeven moment de eiseres, Donna Reilly, leren kennen?'

'Ja.'

'Had je op dat ogenblik een indruk van haar?'

'Bezwaar,' zeg ik.

'Waarom?' wil Mahler weten.

'Van welk belang is zijn indruk van haar? En de vraag is dubbelzinnig. Zijn indruk van wat?'

'Je weet wel degelijk dat relevantie geen terecht bezwaar vormt tijdens een getuigenverklaring. Bovendien kan de getuige zijn mond opendoen als hij de vraag onduidelijk vindt.'

'Ik houd mijn bezwaar in. En je hebt gelijk, Bob. Als de getuige de vraag niet begrijpt, kan hij dat zeggen.' Ik schop Nick tegen zijn Gucci-instapper.

'Ik begrijp de vraag niet,' zegt Nick.

Plotseling is er een heftige commotie buiten de spreekkamer. De vader van de eiseres is opgesprongen en heeft de krant op de stoel gegooid. Kolere. Hij moet gezien hebben dat ik Nick een schop gaf, want hij ziet er woedend uit. Als een voetbalcoach wanneer de scheidsrechter laat passeren dat een speler op grove wijze wordt getackeld.

'Goed, Nick, ik zal de vraag anders stellen,' zegt Mahler,

zich niet bewust van de scène die zich achter hem afspeelt. Ik krijg een droge mond. Wat gaat hij doen, me aangeven bij de tuchtraad? Niemand van ons heeft het nog nooit gedaan – niet één.

'Wie is dat?' vraagt Nick terwijl hij door het glas naar de aanstormende advocaat wijst.

Mahler draait zich om op het moment dat de deur open-vliegt. 'Dag meneer!' Hij springt op, maar vergeet te glimlachen.

De advocaat negeert hem. Hij is nog langer dan ik dacht en in zijn aristocratische trekken staan fijne rimpeltjes gegroefd. Zijn gezicht is roze van woede. Hij ziet er te kwaad uit om me te rapporteren maar hij lijkt kwaad genoeg om me te slaan. Hij worstelt om zijn zelfbeheersing te behouden. 'Ik wil deze zitting niet onderbreken, maar ik dacht dat dit een juist moment was om de tegenpartij te ontmoeten. Hallo, mevrouw DiNunzio.' Hij strekt een grote hand over de tafel naar me uit.

Ik ben er niet zeker van of hij me wil vloeren of de hand wil schudden. Het blijkt ergens in het midden te liggen: hij knijpt mijn hand fijn alsof het een lege tube tandpasta is.

'Dat is een stevige hand.' Ik trek mijn hand terug.

Hij knikt kort. 'Tenniscourt.'

'Juist.' Wat dat ook moge zijn.

'U schijnt wat problemen met uw stoel te hebben, mevrouw DiNunzio. Als u niet prettig zit, kan ik een andere voor u laten brengen.' Hij glimlacht maar het ziet eruit of zijn mondhoeken op hun plaats worden gehouden met het ijzerdraad dat voor opgebaarde lijken gebruikt wordt.

'Er is niets aan de hand, dank u.'

'Als u zich weer ongemakkelijk voelt, aarzelt u dan niet Bob erop attent te maken. Ik weet zeker dat hij alles zal doen om u zich meer op uw gemak te laten voelen. Nietwaar, Bob?'

Het is een bevel, geen vraag. De advocaat knikt naar Mahler, die er verward uitziet.

'Tenslotte,' vervolgt hij, 'heeft Masterson altijd op zeer goede voet gestaan met Stalling en ik hoor alleen maar goeds over u, mevrouw DiNunzio. Ik heb begrepen dat u een zeer bekwame jurist bent.'

'Dank u.'

'U zit op dezelfde afdeling als mijn zoon, bij Stalling, niet-waar?'

'Uw zóón?'

'Ja. Mijn zoon. Ned Waters.'

10

'Ik ben Nathaniel Waters. U weet misschien dat ik de leiding heb in dit kantoor.'

'O. Inderdaad.' Niet de vader van de eiseres, Neds vader!

'Ik heb ons van honderd naar honderdvijftig advocaten zien groeien, naar de voltallige bezetting. Ik heb de opening van ons kantoor in London geregisseerd. Nu krijgen we als eerste in Philadelphia een vestiging in Moskou. Masterson houdt een traditie van zeer hoge kwaliteit op, mevrouw DiNunzio, en van een onberispelijke ethiek. Ik ben ervan overtuigd dat Stalling hetzelfde doet.' Hij kijkt me recht aan, een dreigende versie van Neds groene ogen.

'Uiteraard.' Wat hij ook zegt, ik weet dat hij mensen als Nick een schop onder de tafel heeft gegeven. Je brengt het niet tot zijn positie zonder een paar zeer puntige schoenen. Zelfs al zijn ze in Engeland gemaakt.

'Dan zijn we het eens. Ik zal u niet verder ophouden. Het was aangenaam u te ontmoeten. Wilt u Ned de groeten van me doen? Gaat u verder.' Hij draait zich om en loopt met stijve passen de deur uit.

Mahler ontspant zich zichtbaar, en onze blikken kruisen elkaar. Een ogenblik zitten we in hetzelfde schuitje, groentjes. We worden weer vijanden als Mahler gaat zitten en de vragen beginnen. 'Nick, laat me deze vraag zo duidelijk stellen dat zelfs je advocaat hem begrijpt. Toen je mevrouw Reilly voor het eerst zag, heb je toen een indruk gevormd over haar kleding?'

'Ja.'

'Wat was je indruk?'

'Ik vond dat ze zich als een slons kleedde.'

Goed zo, Nick. Ik juich hem bijna toe. Gedurende het overige deel van de getuigenverklaring, die doorgaat tot het einde van de dag, reageer ik de onrust die Neds vader heeft opgeroepen af in een stroom bezwaren. Nick speelt op me in en we werken als een team, waarbij hij zijn verhaal sterk en geloofwaardig brengt. Tegen het einde van de zitting kan Mahler denken dat Nick een pietlut is op het gebied van kleding maar hij zal er een zware dobber aan hebben te bewijzen dat hij vrouwen discrimineert. Als we Masterson verlaten, feliciteer ik Nick, die me zegt dat ik 'als een man heb opgetreden'.

Ik blijf staan. 'Nick, wil je wat gratis juridisch advies?'

'Ja hoor.'

'Maak niet van dat soort opmerkingen. Je hebt het deze keer gered, maar een volgende keer zou het mis kunnen gaan. Snap je wat ik bedoel, Nick? Niets gebeurt zomaar.'

Er verschijnt een gekwetste blik op zijn knappe gezicht. 'Ik bedoelde het niet zoals het klonk, Mary.'

'Goed.'

We nemen onhandig afscheid. Ik baan me een weg door de drukke straat, enigszins versuft, terwijl ik me afvraag waarom ik zojuist een belangrijke cliënt heb beledigd.

Het werd tijd, zegt de stem en laat zich vervolgens niet meer horen. Mensen stromen de kantoorgebouwen uit – vrouwen met uitlopende make-up, mannen met onaangestoken sigaretten. Ze stoten me opzij om zich bij het menselijk verkeer op de smalle trottoirs te voegen dat om straatverkopers heen stroomt als bloedlichaampjes door een verharde slagader. Het is het eind van een werkdag in deze vermoeide stad en de gedachte komt bij me op dat ik beter in de drukte van het spitsuur naar huis kan gaan, voor het donker wordt en de auto verschijnt.

Ik meng me voor de veiligheid in de mensenmassa maar kijk toch vaak achterom. Ik blijf voor de etalage van een elektronicawinkel staan en zie een antwoordapparaat. Mike had een hekel aan antwoordapparaten, waardoor we er nooit een hebben aangeschaft. Maar ik word lastiggevallen door een of andere idioot en Mike is er niet meer. Ik ga naar binnen en laat een stukje plastic zien aan de vrouw achter de toonbank.

Als ik met het compacte apparaat in een plastic zak de winkel verlaat, verwacht ik dat ik me beter zal voelen, alsof ik doe wat ik kan om mezelf te beschermen. Maar ik voel het tegendeel. De aankoop maakt de dreiging des te reëler. Ik ben bang.

Ik loop snel over het plein en kijk naar het kantoorpersoneel dat moe naar huis loopt. Op dit uur, relatief vroeg voor de superprofessionelen, hebben we het over ondersteunend juridisch personeel, geen juristen. Secretaresses, geen managers. Het zijn bijna allemaal vrouwen, de enorme roze-boorden-onderklasse die Amerika voorziet van het geprinte woord, en directies geïnformeerd en geassisteerd houdt. Ik ga naast een oudere vrouw lopen. Ze heeft een lief, rond gezicht en draagt een zelfgebreide trui. Een verkoopster denk ik, of bibliothecaresse. We staan allebei op de stoep van het plein tegenover het Dorchester stil, in afwachting van een redelijke kans om over te steken.

'Er zou hier een stoplicht moeten staan,' zegt ze enigszins geïrriteerd. 'Of tenminste een bord.'

Ik kijk naar de voorbijflitsende auto's. 'Inderdaad.'

'Ze rijden je dood om vijf minuten eerder thuis te zijn.'

De bestuurder van een Cadillac gebaart dat we over kunnen steken. Ik raak de verkoopster op Twentieth Street kwijt, na de wolkenkrabbers waarachter het woongebied in het westelijk deel van de stad ligt. Ik kijk achterom. De mensen op het trottoir zien er normaal uit. Een halve straat verderop kijk ik weer om me heen, er zijn nog maar twee mensen over. Een jong meisje met een rugzak over haar schouder en een opzichtig geklede vrouw met een lading glanzende boodschappentassen.

Mijn blik wordt getroffen op de hoek van Spruce en Twenty-first. Niet door mensen maar door auto's. Twee witte auto's moeten stoppen voor de verkeerslichten en daarachter staat een bruine. Een bruine Cadillac, een ouder model, hier en daar een deuk. Een Eldorado of Toronado.

Ik kijk door half dichtgeknepen ogen naar de auto. Is het dezelfde Cadillac die me voor het Dorchester liet oversteken?

Ik weet het niet meer, maar probeer geen overhaaste conclusies te trekken. Er zijn wel een miljoen Cadillacs op de wereld zeg ik tegen mezelf, terwijl ik snel oversteek.

Ik loop Delancey Street in en kijk onwillekeurig over mijn schouder. De Cadillac rijdt langzaam in de richting van Delancey Street. Van dichtbij ziet hij er hetzelfde uit.

Relax, zou Judy zeggen. En al was het dezelfde auto? Misschien is het iemand op zoek naar een parkeerplaats. Dat deed ik altijd, zinloos dezelfde straat rondrijden. Nu betaal ik een fortuin voor een plaats in een nabijgelegen parkeergarage. Het is het geld in alle opzichten waard.

Ik loop met grote passen door Delancey Street, met in mijn hoofd de misdaadartikelen die ik heb gelezen. Gedraag je niet als een slachtoffer, anders word je er een. Sta met opgeheven hoofd, loop snel. Ik hijs de plastic tas omhoog en steven vooruit. Terwijl ik dat doe hoor ik de gladde acceleratie van een krachtige motor achter me in de straat. Ik versnel mijn pas voor de tweede helft van de straat en kijk op de hoek achterom.

Ik voel hoe mijn maag zich samentrekt.

Het is de Cadillac, geblokkeerd door een stationcar die zich in een parkeerruimte probeert te manoeuvreren. Ik houd mijn adem in. Ik zou het liefst de straat over rennen maar er is te veel verkeer. Er glijdt een limousine voorbij, vervolgens een eindeloze reeks Honda's. Ik ben maar één straat van huis.

Ik kijk om. De Cadillac heeft zich vrijgemaakt. Hij rijdt snel en moeiteloos naar de hoek.

Ik voel paniek in me opkomen. 'Schiet op, schiet op,' zeg ik tegen het verkeer. Ik ontdek een ruimte voor een lege schoolbus en zet het op een hollen met mijn aktetas slingerend tegen mijn dij. De buschauffeur reageert met luid getoeter. Ik laat bijna de aktetas vallen maar haal de andere kant van de straat, buiten adem.

Rennen, zegt de Mike-stem, zacht. *Rennen.*

Ik kijk aan het begin van mijn straat om. Het grootste deel van Delancey Street is onzichtbaar door het verkeer, maar tussen de rijdende auto's vang ik de glans van gedeukt chroomstaal. De Cadillac is er nog. Mijn hart gaat als een razende tekeer. Ik kan de bestuurder niet zien. Het windscherm weerspiegelt een bewolkte lucht.

Ren. Ren. Ren voor je leven.

Dat doe ik dan ook, keihard, zonder om te kijken. Onmiddellijk hoor ik de Cadillac gas geven als hij mijn straat inslaat. Ik loop harder. De Cadillac rijdt harder. Hij zit me bijna op de hielen als ik de straat als een dolle in hol.

Ren, ren.

De Cadillac is vlak achter me.

Ik hoor iemand roepen en ik ben het zelf. 'Nee! Nee! Help!' Ik ren door tot ik bij mijn voordeur ben.

Jezus! Mijn sleutels! Het antwoordapparaat klettert op het trottoir terwijl ik verward in mijn tas zoek. Waar zijn mijn sleutels verdomme?

De Cadillac remt gierend achter me, precies voor mijn deur.

'Nee!' Ik draai me om en roep naar de auto. Mijn rug is tegen de voordeur geplakt, mijn boezem gaat op en neer. 'Vuile klootzak, laat me met rust!'

In mijn angst en paniek zie ik de bestuurder.

Een vrouw met donker haar, van Spaanse afkomst. De Cadillac zit vol kinderen. De oudste, een jongen op de achterbank, heeft de slappe lach.

Ik kan het niet helemaal geloven. Ik knipper met mijn ogen.

Een moeder met kinderen. Ze ziet er overstuur uit, maar ik weet niet waarom, aangezien ik degene met de hartaanval ben. Zoals mijn grootvader vroeger zei, mijn hart heeft me aangevallen.

De moeder leunt over een kind in een plastic autozitje. 'Ach, ik maak u bang,' zegt ze in sterk gekruid Engels. 'Ik spijt zo. Ik maak u bang, arme mevrouw. Ik niet bedoel.'

Ik huil bijna van opluchting. Mijn aktetas valt met een droge klap op de grond.

De moeder draait zich om naar de jongen achterin die nog zit te lachen en zegt iets tegen hem wat ik niet kan horen. Hij leunt met een grijns uit het open raam. Een beginnende snor bedekt een vooruitstekende lip.

'Mijn moeder zegt dat het haar spijt dat ze u heeft laten schrikken. We zijn verdwaald. We zijn te snel van de grote weg af gereden. Zij had door moeten rijden. Dat zei ik ook tegen haar, maar ze wilde niet luisteren.' Hij lacht weer. 'Ik zei ook tegen haar dat ze niet achter u aan moest blijven rijden maar ze wilde u zeggen dat u niet bang hoefde te zijn. Ze luistert naar niemand.' Hij wijst naar zijn slaap en zijn moeder tikt hem op de schouder. 'Laat me met rust!' gilt hij naar haar, *muy* macho.

Ze wilden alleen de weg weten. Jezus. Ik probeer tot mezelf te komen als ze weer beginnen te praten.

De jongen leunt uit de auto. 'Ze wil weten of u in orde bent, naar het ziekenhuis wilt. Ik zei tegen haar dat je hiervoor niet naar het ziekenhuis hoeft, maar ze wil niet luisteren.'

'Bedank haar voor me, alsjeblieft. Er is niets aan de hand. Zeg tegen haar dat het in orde is. Het is niet haar schuld.'

Ze praten weer tegen elkaar, maar de moeder lijkt niet overtuigd.

'U kunt er niets aan doen!' roep ik in de auto maar ze wordt afgeleid door de kleine meisjes achterin die over een trolpop vechten. Ze trekt de pop uit hun handen en ze beginnen te jammeren, tegelijk. Ze zien er even oud uit. 'Is het een tweeling?'

De moeder houdt een hand bij haar oor.

'Een tweeling? Ik ben ook van een tweeling. Ik heb een tweelingzus.'

De moeder praat opgewonden tegen haar zoon en duwt hem naar het raampje. Hij rukt zijn arm los en steekt zijn hoofd uit de auto. Hij heeft een gepijnigde uitdrukking op zijn gezicht. 'Mijn moeder zegt dat tweelingen een speciale zegen van God zijn. U bent een speciaal persoon.' Dan slaat hij zijn ogen ten hemel.

Ik voel mijn ogen vochtig worden, als een dwaas. Ik wil zijn moeder omhelzen. 'Zeg tegen haar dat ik haar bedank. Zij is ook speciaal.'

Hij inspecteert zijn vuile nagels. 'Geweldig, we zijn allemaal speciaal. En, weet u al hoe we naar de South Street-afslag moeten rijden?'

'Zeg tegen je moeder hoe speciaal ze is.'

Hij kijkt naar me op, met een droge, uitdagende blik. 'Meent u dat werkelijk?'

Ik trek mijn blazer recht en raap mijn aktetas op. 'Allerwerkelijkst.'

Hij keert zich van me af en roept naar zijn tweelingzussen die nog steeds zitten te snikken. Dan zegt hij iets tegen zijn moeder en ze glimlacht blij naar me. Hij leunt weer uit het raam. 'Oké?'

'Dank u. Ga rechtsaf aan het begin van de straat, en dan links bij Spruce Street. Dan weer naar rechts tot Lombard Straat. Die komt uit op South Street.'

'Ik snap het.' Hij leunt terug in de auto en zegt iets tegen zijn moeder. De moeder zwaait. Als de Cadillac wegrijdt, steekt de jongen zijn middelvinger naar me op.

Ik lach, zonder reden uitgelaten. Ik raap het antwoordapparaat op en vraag me af of het kapot is gevallen, maar het ziet er goed uit. Ik neem het onder mijn arm en zoek, kalm nu, op de bodem van mijn tas naar mijn sleutels. Ik ben duizelig en herinner me mijn vaders oude grap. Waarom liggen je sleutels altijd op de laatste plaats waar je zoekt? Waarop Angie en ik in stereo kreunden: 'Omdat, als je ze gevonden hebt, je niet verder hoeft te zoeken.'

Ik vind mijn sleutels en ga naar binnen. Ik raap mijn post op. Ik voel me nog lichthoofdiger als ik zie dat er geen anonieme brieven bij zitten. Het is alsof ik respijt heb gekregen als ik de trap naar mijn deur beklim.

Maar halverwege de trap, als ik mijn huissleutel aan de sleutelring zoek, merk ik iets ongewoons aan het trappenhuis.

Dan besef ik waarom.

Bovenaan de donker wordende trap staat de deur naar mijn flat open.

Wijdopen.

11

Ik blijf als aan de grond genageld staan. Ben ik vanmorgen weggegaan zonder de deur op slot te doen? Is dat mogelijk?

Ik voel hoe mijn zintuigen zich schrap zetten. Ik span me in om iets uit mijn flat op te vangen, maar het is doodstil. Er hangt een vage sigarettenlucht, maar dat is gebruikelijk aangezien mijn huisbazen roken. De deur staat wijdopen en het is donker binnen. Alice is nergens te bekennen. Ik ben totaal van slag. Er kan iemand binnen zijn, op dit ogenblik. *Hij* zou het kunnen zijn.

Ik moet weg, naar buiten. Ik moet de politie bellen. Ik dwing mezelf tot beweging. Ik loop langzaam achterstevoren de trap af, met mijn rug langs de muur en mijn ogen op de deur gevestigd. Als hij naar buiten komt, als wie dan ook naar buiten komt, schreeuw ik de boel bij elkaar.

Stapje voor stapje sluip ik naar beneden terwijl ik probeer geen enkel geluid te maken. De plastic tas ritselt enigszins als ik beweeg en ik vervloek de aankoop van het antwoordapparaat.

De deur van mijn flat wordt steeds kleiner bovenaan de trap en ik bereik het portaal. Nog maar één korte trap. Een ogenblik maak ik me bezorgd om Alice. Zou hij haar iets aandoen? Zou hij haar vermóórden? Ik ben verbaasd een steek van pijn te voelen bij de gedachte. Ik wist niet dat ik iets voor de kat voelde. Toch ben ik te bang om terug te gaan. Ik ben bijna bij de entree als ik hoor:

Rennen.

En dat doe ik, de deur uit, het trottoir op, naar de telefooncel twee straten verderop. Mijn handen trillen als ik het alarmnummer intoets. Een vrouw zegt dat er over vijf minuten een politiewagen aankomt.

Ik loop terug en blijf staan op de hoek recht tegenover het begin van mijn straat, met mijn aktetas, tas, antwoordapparaat en post.

Vijf minuten later is er geen politie.

Tien minuten later is er nog steeds geen politie en ik voel me als een kuddedier in het nauw.

Een halfuur later is de enige verandering dat ik in het gezelschap ben van Marv, de man die boomhoge ficusplanten op de hoek verkoopt. Ik heb me in zijn krakkemikkige opklapstoel gevleid om de ingang naar mijn flatgebouw in de gaten te houden. Mijn angst is verdwenen, evenals de ijzig koude paniek. Beide zijn vervangen door een lichte spanning. Wie er ook in mijn flat was, is waarschijnlijk al vertrokken. Ik vraag me af wat hij meegenomen heeft en hoe het er binnen uit zal zien. En of Alice veilig is. Ik tuur naar de ramen van de flat, nog steeds donker. De kat zit niet op de vensterbank.

In ruil voor de stoel heb ik Marvs levensverhaal moeten aanhoren. Hij heeft dertig jaar lang alles verkocht wat niet beweegt – encyclopedieën, bronzen babyschoentjes, wasmiddelen en nu ficusplanten. Hij vertelde me dat hij met een vrachtwagentje naar een kwekerij in Florida rijdt waar hij de planten voor een prikje koopt en hoe hij ze dan hier brengt en voor een prikje verkoopt en hoe hij nog steeds als een beest tekeergaat. Het vrachtwagentje staat voor zijn flat geparkeerd. Elke ficus is aan een aparte parkeermeter geketend. Marv bezit deze hoek. Hij zegt: 'Wie anders?'

'Ze komen niet, Mary,' zegt hij. 'Je had moeten zeggen dat hij een pistool had. Als ze "pistool" horen, komen ze. Als ze niet "pistool" horen, komen ze niet.'

'Ik heb geen pistool gezien. Ik heb zelfs geen mens gezien.'
Ik kijk naar de deur aan de overkant, maar er is totaal geen
beweging. De enkele voorbijgangers kijken niet naar binnen,
waaruit ik afleid dat er niets bijzonders aan de hand is.

'Dan zeg je het toch.' Hij wrijft over een pokdalige wang en
kijkt bezorgd naar de lucht, die bijna donker is. 'Het gaat
slecht vandaag. Ik kan die planten aan de straatstenen niet
kwijt.'

Ik tuur naar de straat of ik politie zie aankomen. 'Misschien moet ik nog een keer bellen.'

'Heeft geen zin. Als ze niet "pistool" horen, komen ze niet.'

'Zelfs niet voor een inbraak?'

'Heb je gezegd dat er is ingebroken?'

'Niet precies. Ik weet niet of er is ingebroken. Ik weet alleen dat de deur open was en dat ik zo niet ben weggegaan.'

Hij duwt de rand van een gore tropenhelm omhoog, onderdeel van zijn junglethema. 'Heb je dát gezegd?'

Ik knik.

'Waarom heb je dat gezegd?'

'Omdat het de waarheid is.'

Hij barst in lachen uit. 'Moet je die meid horen! Omdat het
de waarheid is, zegt ze! Jij bent advocaat, wat kan jou de
waarheid schelen?' Hij buldert van het lachen. 'Mary, heb je
die gehoord van de olifant en de tijger?'

Ik ben niet in de stemming voor meer advocatengrappen.
Mijn kin zakt op mijn hand terwijl ik mijn straat in tuur.

'Mary?'

'Nee.'

Hij likt zijn lippen bij voorbaat. 'Er loopt een olifant in het
oerwoud en achter hem loopt een tijger. En om de zoveel meter laat de olifant een drol vallen. En de tijger loopt achter de
olifant en eet ze op.'

'Jezus, Marv.' Ik ril.

'Nee, nee, luister, het is een goeie. Dus de olifant krijgt de pest in. Hij draait zich om naar de tijger en hij zegt: "Hé! Waarom eet jij mijn drollen op?" En de tijger zegt: "Omdat ik net een advocaat heb opgegeten en ik wil die smaak uit mijn mond kwijtraken."' Marv barst in daverend gelach uit.

Ik schud mijn hoofd. 'Walgelijk.'

'Vond je die leuk?' zegt hij opgetogen. 'Wacht, wacht. Ik ken er nog een. Wat is het verschil tussen een stekelvarken en een advocaat in een Porsche?'

Plotseling draait een witte politiewagen mijn straat in. De cavallerie. 'Eindelijk. Ze zijn er.' Ik pak mijn spullen bij elkaar en kom overeind.

'Dus ze zijn toch gekomen.'

De patrouilleauto stopt voor mijn flat en aan weerskanten stapt een agent uit. Een zwarte en een blanke. Ze hebben allebei zulke brede kaken dat ze van een castingbureau zouden kunnen komen. Het lijkt wel of er een film voor mijn flat wordt opgenomen, met een etnisch verantwoorde rolbezetting. Maar het is geen film, het gaat om mijn leven. Mijn flat. Mijn kat. 'Ik moet ervandoor.'

'Wacht, wil je het antwoord niet horen?'

'Ik moet weg, Marv.'

'Bij een stekelvarken zit de lul aan de buitenkant.'

Ik ben te gespannen om te lachen terwijl ik me naar de overkant haast.

'Kom terug als je iets nodig hebt!' roept hij.

'Bedankt,' roep ik terug. Ik loop naar de agenten die als tweelingtorens naast elkaar staan. Ik voel enig ontzag, voor hun autoriteit. Zij zijn de goeden. Ik overweeg hun het hele verhaal te vertellen. Over de brieven en de auto.

'Woont u hier?' vraagt de zwarte agent ernstig. Op het naamplaatje op zijn brede borst staat TARRANT.

'Ja. Ik heb gebeld. Ik kwam thuis en zag dat de deur van

mijn flat openstond. Ik was te bang om naar binnen te gaan.'

'Was er enig teken van braak?'

'Nee. Maar de deur stond open. Ik weet dat ik zo niet ben weggegaan. Ik weet niet of er nog iemand boven is. Er is niemand naar buiten gekomen sinds ik de politie gebeld heb. Ik heb de benedendeur in de gaten gehouden.'

'Is er een achterdeur?'

'Niet naar mijn flat. Ik woon op de tweede verdieping.'

'Geen brandtrap?'

'Nee.'

'We zullen kijken. Hebt u een alarm?' Intussen tuurt de blanke agent, LEWIS genaamd, naar het flatgebouw. Als hij opkijkt zie ik dat hij een beugel heeft.

'Nee.'

'Is de flat uw eigendom?'

'Nee. De eigenaars zijn weg.'

'Woont u alleen?'

'Ik heb een kat.'

Tarrant schraapt zijn keel. 'Mag ik uw voordeursleutel?'

Ik graaf weer in mijn tas. Mijn vaders grap is wel het laatste waar ik aan denk. Met moeite haal ik de sleutels tevoorschijn. 'Deze is van de benedendeur. De volgende is van de flat.'

Hij pakt de sleutelring bij de sleutel van de benedendeur. 'We zullen de boel nakijken. Gaat u alstublieft achteruit en weg van de deur.' Hij steekt een gespierde arm uit en leidt me weg van de ingang. Mijn maag begint te draaien. Over een paar minuten zal ik weten wat er in jezusnaam aan de hand is.

Ze laten me daar staan en gaan het gebouw binnen. Een van mijn buren aan de overkant, met de Bianchi-fiets, kijkt nieuwsgierig uit het raam. Niemand van de andere buren staat voor het raam. De schermen in de flat tegenover de mijne zijn weer neergelaten. Degene die daar woont is nooit thuis. Een advocaat.

Uit mijn ooghoek zie ik Marv oversteken en mijn kant op lopen. Ik ga van het gebouw af staan en kijk naar boven of er iets in mijn flat gaande is. De jaloezieën lichten plotseling op. De agenten moeten in de woonkamer zijn. Ik bijt op mijn lip.

'Hebben ze iets gevonden?' Marv tuurt met mij naar boven.

'Ze zijn nog boven.'

'Maak je geen zorgen. Wat ze hebben meegenomen is vervangbaar. Het is alleen maar geld.'

'Behalve mijn kat.'

'Denk je dat ze je kat hebben meegenomen?'

'Nee. Ik ben gewoon ongerust over haar.'

'Ik haat katten.'

'Ik ook.'

Plotseling gaan de jaloezieën omhoog en het silhouet van agent Lewis verschijnt in het raam van Alice. Hij morrelt aan de hor en steekt even zijn hoofd naar buiten, dan trekt hij het terug. Ik rek mijn hals om naar binnen te kijken, maar ik kan niet verder zien dan de agent. Hij doet hetzelfde bij het andere raam.

'Ik vraag me af wat hij doet,' zeg ik.

'Hij kijkt hoe de man binnen is gekomen. Ik heb gehoord dat er iemand in een flat in Lombard Street heeft ingebroken, vorige week. Is helemaal langs de voorkant van het gebouw naar de tweede verdieping geklommen. Als een bergbeklimmer. Als Spiderman.'

Ik kijk naar boven. Twee verlichte ramen kijken op de straat uit, als de ogen van een uitgeholde pompoen. Ik vraag me af hoelang de agenten nog zullen blijven. Ik vraag me af wat ze vinden. Plotseling springt Alice op haar vensterbank en rekt zich uitgebreid uit.

'Dat is Alice! Dat is mijn kat!' Ik kan me niet herinneren dat ik ooit zo blij was haar te zien.

'Lief,' zegt Marv zonder enthousiasme. Hij fronst naar het raam. 'Weet je, iemand als jij moet geen kat hebben. Jij hebt een hond nodig, voor bescherming. Katten deugen nergens voor.'

Agent Lewis verschijnt achter Alice voor het raam en pakt haar op. Hij laat haar naar me wuiven, tot ze uit zijn armen springt.

'Moet je zien, Marv!'

'Heel schattig.'

Een paar minuten later komen de agenten uit de toegangsdeur tevoorschijn. Lewis heeft een niesbui. Hij rent hoestend en niesend voorbij en springt in de patrouillewagen. Agent Tarrant loopt met een brede glimlach naar ons toe. Ik heb geen idee wat er aan de hand is.

'Leuke kat,' zegt hij tegen mij.

'Wat is er gebeurd?'

'Mijn partner is erachter gekomen dat hij allergisch is.'

Ik kijk in zijn richting. De blanke agent heeft een hevige niesbui. 'Gaat het wel met hem?'

'Misschien moeten we hem wel neerschieten.' Tarrant lacht evenals Marv.

'Wat hebt u boven gevonden?'

'Alles is in orde, mevrouw. Alles ziet er prima uit. Er heeft niemand aan uw spullen gezeten.'

'Echt waar?'

'Werkelijk.'

'Is er echt niemand?'

'Nee.'

'Dus het is helemaal veilig?'

'Tenzij je allergisch voor katten bent.' Hij bukt zich naar de auto waar Lewis door een niesbui is overvallen.

Ik begrijp het niet. 'Maar de deur was open.'

'Gaat u maar met mij naar binnen. Dan lopen we de flat

even door en kunt u me zeggen of er iets verdwenen is.' Tarrant houdt de deur voor me open.

'Vindt u het erg om voor te gaan?'

'Leeftijd voor schoonheid, hè?' zegt hij en gaat me voor. Het lijkt allemaal zo vreemd, ik heb de deur nog nooit opengelaten. Als we bij mijn voordeur zijn zwaait hij hem wijdopen en we gaan naar binnen.

Alles ziet er normaal uit. Een kleine woonkamer, met een bank van paisleystof en een geloogd grenen koffietafel. De tv staat op zijn plaats met de video eronder. De stereo staat op de plank. Als gewoonlijk keurt Alice me geen blik waardig. Ik wil haar oppakken maar ze springt met een plof uit mijn armen.

'Hebt u het zo achtergelaten?' vraagt Tarrant.

'Het ziet er hetzelfde uit.'

'Laten we de slaapkamer controleren.' Hij loopt voor me uit en knipt het licht in de slaapkamer aan. Het bed is onopgemaakt, mijn kleren liggen in een bundel bovenop de computer en er ligt een stapel pockets naast het bed op de grond. Netjes is het niet. Maar het ziet eruit als altijd.

'Kijk even in uw juwelendoos,' zegt hij.

Ik loop gehoorzaam naar mijn bureau en kijk in de geopende juwelendoos. Ik heb niet veel juwelen, maar er zijn een paar gouden kettingen, een parelsnoer en mijn gouden oorbellen die ik voor effect draag als ik een afspraak heb met een cliënt. 'Alles is er.'

'U hebt geluk. U hebt veel dure dingen staan. De tv, de video, de computer. U zou eens moeten overwegen uw juwelen in een kluis te leggen.'

'Hebt u de hele flat doorzocht? Ik bedoel: ben ik alleen?'

Tarrant knikt. 'We hebben zelfs onder het bed gekeken.'

Ik denk dat hij dat als grap bedoelt, maar ik moet ervan huiveren.

'Zoals ik al zei, u hebt geluk, mevrouw. Ik heb flats helemaal overhoop gezien, alles meegenomen. Doet u volgende keer uw deur goed op slot.'

'Weet u zeker dat u overal gekeken hebt? Ik bedoel: ik twijfel niet aan u, alleen zijn er de laatste tijd een paar vreemde dingen gebeurd.'

'Zoals wat?'

Zijn ogen zijn donkerbruin en vriendelijk, en hij straalt professionaliteit uit. Ik voel dat ik hem kan vertrouwen. Ik haal diep adem en vertel het hele verhaal.

12

'Wacht even,' zegt Tarrant. 'Hebt u hier iets van aangegeven?'

'Nee. Als ik dat zou doen, zou u een onderzoek instellen.'

'Daar gaat het om, nietwaar?'

'Nou, wat zou een onderzoek inhouden?'

'We zouden uitgaan van uw verklaring. Vervolgens zouden we iedereen die u verdenkt ondervragen, evenals mensen die getuige zijn geweest van de voorvallen met de auto.'

'Er zijn geen getuigen.'

Hij tuit zijn lippen. 'Verdenkt u iemand?'

'Ik denk dat het iemand van mijn kantoor is.'

'Ik begrijp het. Wat stond er precies in de brief?'

'Er stond: *Gefeliciteerd met je promotie.*'

Hij lacht. Ik zie mijn geloofwaardigheid afnemen.

'Is dat alles? Waarom noemt u dat een scheldbrief?'

'Het was sarcastisch, omdat ik...'

'Geen dreigementen dat u iets zou worden aangedaan?'

'Nee.'

'Zo'n brief zou van een vriend kunnen zijn, een grap.'

'Maar de auto klopt niet, wel?'

Tarrant schudt zijn hoofd. 'Nee. Komt u dus maar aangifte doen. Neem de brief mee. Die sturen we naar de afdeling Documenten. Daar testen ze het papier en analyseren ze het handschrift.'

'Maar ik kan geen aangifte doen.'

'Waarom niet?'

'Ik kan me nu niet permitteren dat de mensen met wie ik werk ondervraagd worden. Dat zou een hele slechte indruk maken. Het zou me mijn baan kosten.'

'Wij kunnen niets doen, als u in gebreke blijft.'

'Het is onmogelijk.'

Hij haalt zijn schouders op. 'Dan kan ik u alleen adviseren voorzichtig te zijn. Ga niet alleen ergens heen. Als u de auto weer ziet, belt u dan ons alarmnummer.'

'Goed.'

'En probeer niet overal gevaar te zien, zoals vandaag. Ik vermoed dat u gewoon bent vergeten de deur op slot te doen.'

'Ik weet het niet. Zo ben ik niet.'

Hij knikt een laatste maal en het is me duidelijk dat onze conversatie is beëindigd. 'Luister naar ome Dave. Negen van de tien keer is het een grap. Of een oud vriendje. Een of andere vent die je de bons hebt gegeven of voor wie je geen belangstelling had. Ze komen er wel overheen.' Hij slaat zijn handen ineen. 'Nou moet ik gaan kijken of mijn partner nog leeft.'

'Misschien moet ik hem iets te drinken geven. Water of frisdrank.'

'Ik behandel hem meestal niet zo aardig, maar als u dat wilt, is het misschien geen gek idee.'

'Goed.' Ik loop naar de keuken waar het licht al aan is en kijk snel rond voor ik een cola pak. Alles is zoals ik het heb achtergelaten. Mijn ogen gaan automatisch naar het magnetische messenrek. Vier vleesmessen, allemaal aanwezig. Plus een hakmes dat er dodelijk uitziet. Mikes favoriet als hij samoerai-kok speelde. Het ziet er allemaal prima uit. Misschien heb ik inderdaad de deur opengelaten. Misschien was ik er niet bij met mijn gedachten. Ik pak de cola en loop met Tarrant naar beneden.

Buiten ben ik verbaasd als ik Marv nog zie, die tegen de patrouillewagen leunt en met agent Lewis praat. Lewis' gezicht zit onder de bulten en zijn ogen zijn opgezwollen en bijna dicht.

Tarrant barst in lachen uit en zwalkt als een komiek achteruit bij de aanblik van zijn partner. 'O, man. Je ziet er goed uit, Jimmy. Wat doe je vrijdagavond?'

'Kom, Dave. Ik moet naar een apotheek voor ik het loodje leg.'

Tarrant lacht zo hard dat hij geen woord kan uitbrengen. Ik overhandig Lewis de cola. 'Het spijt me werkelijk. Misschien helpt dit.'

Hij neemt het blikje ongelukkig aan. 'Ik zie het niet, maar ik voel dat het goed is.'

'Kalm maar, Jim. Het is geen alcohol. Het is cola light.'

'Dat weet ik,' zegt hij verontwaardigd. 'Bedankt, mevrouw.'

'Bedankt voor uw hulp.'

Tarrant gaat aan het stuur zitten en ze rijden weg. Ik blijf achter met Marv. Hoewel ik moe ben, heb ik geen haast terug naar boven te gaan.

'Je hebt vast de deur opengelaten,' zegt Marv.

Hij heeft zijn tropenhelm afgezet en zijn haar zit in een krans op zijn hoofd geplakt.

'Ik denk het. Bedankt dat ik bij je mocht zitten.'

'Luister, ik ben in de buurt gebleven omdat ik je iets wil vertellen.' Hij leunt naar voren. 'Je moet eens over zelfbescherming nadenken.'

'Ik kan geen hond nemen, Marv. Ik ben nooit thuis.'

Hij kijkt steels om zich heen. 'Ik heb het niet over een hond. Ik heb het hierover.' Hij slaat zijn ogen neer en ik doe hetzelfde. Midden in zijn eeltige palm ligt een klein, zwart pistool. Op de greep is een reliëfversiering in de vorm van een zwarte drietand. Het ziet eruit als splinternieuw speelgoed.

'Is dat echt?'

'Het is een Beretta.'

'Marv, wat moet je daarmee? Ben je gek?' Ik kijk wild om me heen. De man met de Bianchi is van het raam verdwenen. De fiets ook.

'Sst. Sst. Ik probeer je iets duidelijk te maken.'

'Daar kun je niet zomaar mee in je zak rondlopen, verdomme. Is hij geladen?'

'Anders kun je geen gaten boren.'

Ik doe een stap naar achter. 'Jezus, Marv, ben je gek? Dat is een verboden wapen!'

'Het is legaal. Ik heb een vergunning.'

'Dat betekent niet dat je het op zak mag hebben! Had je dat bij je toen je met die agent stond te praten?'

Hij lacht sluw. 'Recht onder zijn neus en hij had geen idee. Ik zeg je, Mary, je hebt zo'n ding nodig. Je woont alleen. De enige bescherming die je hebt is die uitgemergelde kat. Word wijs.'

Hij duwt het pistool in mijn hand.

Alleen de aanraking geeft me de kriebels. Licht en dodelijk. 'Neem het terug. Houd het uit mijn buurt.' Ik geef het hem, maar hij duwt het terug in mijn handen. Ik raak in paniek. 'Marv, neem het terug! Straks gaat hij af!'

Hij neemt het grinnikend terug. 'Het kan niet afgaan. Het is beveiligd.' Hij laat het in zijn zak glijden alsof het kleingeld is.

'Marv, waarom heb je dat ding?'

'Denk je dat je in deze stad een zaak met contant geld kunt runnen zonder pistool? Bovendien is het mijn goed recht. Het staat in de grondwet van de Verenigde Staten. Ik heb het recht wapens te dragen.'

'Vertel mij niet wat er in de grondwet staat. De grondwet heeft het over noodzakelijkheid van een leger. Zodat het leger wapens kan hebben, Marv, geen lieden die planten verkopen.

Je raakt zelf gewond door dat ding.'

'O alsjeblieft.'

'Jawel. Ik heb erover gelezen. Ze pakken het van je af en gebruiken het tegen je.'

'Weet je zeker dat je het niet één nachtje wilt lenen? Als je moet schieten, hoef je alleen de veiligheidspal te ontgrendelen en het met twee handen vast te houden, net als in *Charlie's Angels*. Zo.' Hij maakt een Luger met zijn vingers.

'Nee, dank je.'

'Zeker weten?'

'Ik zou het toch niet kunnen gebruiken. En nu ga ik naar bed.'

'Ja, dat zou je wel. Als het moest. Als iemand probeerde je te vermoorden, zou je dat vast en zeker wel kunnen.'

'Tot ziens, Marv.'

Zijn zwakke stem roept me achterna. 'Houd jezelf niet voor de gek, Mary. Je zou het gebruiken. Wij zouden het allemaal gebruiken. Houd jezelf niet voor de gek.'

Ik laat hem achter in de gele gloed van het licht dat uit mijn raam schijnt. Een sjacheraar met een speelgoed-maat pistool in de zak van zijn katoenen broek.

13

Ik ga mijn flat binnen en kijk overal of er een brief ligt, of er iets beschadigd is, of er iets weg is. Of er enige aanwijzing is dat er iemand binnen is geweest. Ik kan niets vinden.

Ik doe mijn best me op mijn gemak te voelen. Ik loop rond en raak alles aan, herdoop het. Ik ruim de slaapkamer op. Ik maak een blik soep open. Toch kan ik het gevoel niet van me afzetten dat er iets veranderd is in de flat. Ik ga in de woonkamer op de vloer zitten om de handleiding van het antwoordapparaat te ontcijferen, maar ik kan me niet concentreren.

Alice komt naar me toe en snuffelt aan de geopende doos. Zij heeft alles gezien. 'Heb ik de deur opengelaten, Alice?'

Ze negeert me en loopt weg.

'Jij bent vervangbaar!' roep ik haar achterna. Ik zit midden op de vloer met een kop linzensoep en kijk rond in mijn lege flat. Ik voel me onrustig en besluit Judy te bellen. Zij vindt het allemaal net zo eng als ik, maar overtuigt me ervan dat ik de deur open heb gelaten. Iedereen maakt fouten, zegt ze, zelfs jij. Vervolgens windt ze zich op over Marvs pistool. Het kost me tien minuten om haar ervan te overtuigen dat ik er niet over zou piekeren er een aan te schaffen. Ik sluit het antwoordapparaat aan en bepaal zo welke telefoontjes ik aan wil nemen. Ik neem op als ik Neds stem hoor.

'Hé Mary, ik wist niet dat je een antwoordapparaat had.'

'Het is nieuw.'

'Ga je dat gebruiken in plaats van sterretje negenenzestig?'

'Tot ik een ander nummer heb.'

'Ik vind het wel leuk, het is grappig. Je klinkt als een klein meisje.'

'Geweldig. Ik wilde als een huurmoordenaar klinken. Huurmoordenares.'

Hij lacht. 'Geen kans. Maar hoe is het met je? Je lijn staat roodgloeiend.'

'Vraag maar niets.'

'Is er iets mis?'

'Ja, maar ik ben te moe om erover te praten.'

'Geef me alleen de kop.'

'Ik dacht dat ik gevolgd werd door een auto, maar dat was niet zo. Ik dacht dat er iemand bij me had ingebroken, maar dat was niet zo. Geen beste dag.'

'Eigenaardig.'

'Ja. Nu ben ik moe. Ik wilde net naar bed gaan.'

'Dan moet ik je maar laten gaan.'

'O, dat vergat ik bijna. Ik moest je iets doorgeven. Je moet de groeten hebben van je vader.'

'Mijn vader *wat*?'

'Ik was bij Masterson. Hij stelde zich aan me voor.'

'Aan jou? Waarom?' Ned klinkt ongerust, bijna angstig.

'Ik weet het niet. Hij zei dat hij me wilde ontmoeten, ik neem aan dat jij hem verteld hebt dat we...'

'Ik heb al vijftien jaar niet met mijn vader gesproken, Mary.'

'O nee? Waarom niet?'

'Dat is een lang verhaal. Ik vertel het liever niet over de telefoon. Kan ik morgen bij je langskomen in je kantoor?'

Ik zeg aarzelend toe en we hangen op. Niets van dit alles is logisch. Waarom zou een volwassen man angstig voor zijn vader klinken? Waarom hebben ze anderhalf decennium niet met elkaar gesproken? Hoe weet zijn vader iets van me? Ik heb de laatste tijd zoveel vragen en helemaal geen antwoorden. Ik vind dit geen prettig gevoel, dat ik nergens meer controle over heb. Ik heb alles in de hand gehouden na de dood van Mike en dat was niet gemakkelijk. Nu ligt alles onder vuur. De grondvesten van mijn bestaan bedreigd.

Ik laat de jaloezieën in de woonkamer zakken en controleer de grendel. Ik besluit een heet bruisbad te nemen om te kalmeren. Ik zet het antwoordapparaat aan en laat het bad vollopen. Ik kleed me snel uit en gooi mijn kleren in een hoop op de vloer van de badkamer. Ik laat me diep in het warme, geurige, namaak-Caraïbisch blauwe water zakken. De verpakking beloofde dat de saffieren stromingen mijn zorgen weg zouden wassen. Maak je niet druk, wees blij. Ik lig stil in het bad, en luister of ik geluid in de flat hoor. Ik hoor alleen de zeepbelletjes uit elkaar spatten bij mijn oren. Ik probeer te genieten van het reinigende water, maar wanneer dat lijkt te lukken, gaat de telefoon. Ik verstijf en wacht tot het antwoordapparaat aanklikt.

De telefoon gaat niet meer over en er klinkt een mechanisch geluid als het bandje begint te draaien. 'Mary, met Timothy Jameson. Kom morgenochtend meteen naar mijn kantoor. Je weet wanneer ik arriveer.' Klik.

Hij is het tenminste niet.

Ik ontspan in het warme, zijdeachtige water. Het voelt goed, therapeutisch. Ik zink dieper, zodat de golfjes tegen mijn kin kabbelen. Ik sluit mijn ogen. Alles kits, zo.

Wanneer ik de telefoon weer hoor, is het water afgekoeld. Nauwelijks bij bewustzijn hoor ik het antwoordapparaat inschakelen. Een vrouwenstem zegt, te luid: 'Met Stephanie Frazer. We hebben elkaar in de rechtszaal van rechter Bitterman ontmoet na je betoog. Ik heb naar je werk gebeld, maar je hebt niet gereageerd. We kunnen dit niet onder het tapijt vegen, Mary. We moeten van ons laten horen. Bel me dus alsjeblieft terug. Ik weet dat je het druk hebt, maar dit is belangrijk. Bedankt.' Klik.

'Ga weg, Steph.'

Maar nu is het water koud en ik ben wakker. Wat onaangenaam. En ik moet mijn benen scheren, een karwei waardoor ik me vroeger volwassen voelde maar dat nu slechts een rot-klus is. Chagrijnig vis ik onder water naar de Dove en zeep de stoppeltjes op mijn benen in. Ik gebruik een nieuw plastic scheermesje, voor dat speciale gladde effect. Zo hoef ik het drie dagen niet te doen. Ik ben geconcentreerd bezig met mijn enkel als de telefoon weer gaat.

Hij stopt en het antwoordapparaat schakelt in.

Stilte. Geen boodschap. Geen geruis. *Hij* is het.

Klik.

Ik voel een scherpe pijn bij mijn enkel. Een donkerrode lijn loopt over het bot. Door de zeep prikt het.

'Verdomme!'

Ik gooi het scheermes tegen de betegelde muur en het valt op de grond.

En dan zie ik het: Mikes foto, de kleine van zijn gezicht, in een porseleinen, hartvormig lijstje. De enige foto van hem die ik niet heb ingepakt. Hij staat op het make-upplankje in de badka-mer. Het is een privéplekje dat alleen ik kan zien, elke morgen.

Maar vanavond staat de foto niet op het make-upplankje. Hij ligt op de vloer. In scherven.

'Nee!' Ik klim uit het bad en raap het lijstje op. Het ligt aan stukken in mijn hand terwijl ik op de vloer sta te druppelen. Het porselein is aan scherven en het glas over Mikes gezicht is een web kleine splinters.

Hoe is dit gebeurd? Ik wil niet denken wat ik denk.

Ik controleer over mijn toeren het make-upplankje. Een tube Lancôme-foundation. Een glas met oogpotloden en mascara. Een paar lippenstiften en een fles contactlenzenvloeistof. De make-up staat er onaangeroerd. Als Alice de foto van het plank-je heeft gestoten, is ze behoorlijk kieskeurig geweest.

Ik kijk naar mijn hand. Ik kan Mike helemaal niet zien. Het lijkt alsof er een stormwolk over zijn gezicht is getrokken.

Als iemand me probeert te kwetsen, weet hij precies hoe.

14

Ik neem een taxi naar mijn werk op het godvergeten tijdstip waarop Jameson arriveert. Mijn zenuwen staan onder hoogspanning, mijn maag trekt zich samen. Ik ben aan het afvallen, maar het is dit niet waard.

Ik stap uit de lift op Jamesons verdieping, Onkuisheid. Als ik bij zijn kantoor ben, zegt Stella, zijn secretaresse, me dat hij naar de wc is. Ik stel Stella, mijn *paisana,* voor dat als Jameson niet zo vroeg op zijn werk zou komen, hij 's morgens gewoon thuis kon poepen, net als iedereen. Stella schiet in de lach en vertelt een mop die te grof is om te herhalen. Vanwege haar grappen noemt Judy haar De Verbluffende Stella.

Ik ga Jamesons kantoor binnen en ga zitten. Het kantoor straalt een vaag nautisch thema uit, een plek voor Jameson waar hij kan pretenderen dat hij de kapitein is. Want Jameson is klein en heeft een gigantisch minderwaardigheidscomplex. Plotseling komt hij binnenrennen als een losgelaten mopshond en slaat de deur achter zich dicht. 'Nou, Mary, ik denk dat het waar is wat ik de laatste tijd heb gehoord.'

'Hoe bedoel je?'

Jameson blijft staan, met zijn vingers in de zakken van een marineblauwe blazer. 'Wat ik ga zeggen is voor je eigen bestwil, Mary. Ik vertel het je omdat ik weet dat je heel graag hier bij Stalling maat wilt worden.'

'Waar gaat het over?' Hij maakt dat ik me nog meer paranoïde voel dan ik al was.

'Ik heb gehoord dat je Berkowitz' favoriet bent en dat je alleen voor hem je best doet.'

'Maar ik...'

Jameson houdt een pootje omhoog, als een hondenpaus. 'Aanvankelijk dacht ik dat het niet waar was. Het klonk niet als de Mary DiNunzio die ik ken. Maar ik kreeg gisteren de Noone-conclusie onder ogen en was buitengewoon teleurgesteld.'

'Ik...'

Het pootje weer. 'Ik weet dat je meer kunt, Mary, want dat heb je in het verleden bewezen, en voor mij ook. Maar als je denkt dat je op dit kantoor kunt blijven door alleen Sam Berkowitz het naar de zin te maken, heb je het mis. Ik zou je er niet aan hoeven te herinneren dat je een verplichting hebt rechtstreeks aan de cliënt in deze zaak. *Mijn* cliënt, Noone Pharmaceuticals. Noone is bijna zo groot als SmithKline en groeit gestaag. Noone is niet een cliënt die ik graag zou verliezen. Dat begrijp je wel, nietwaar?'

Ik knik, met droge mond.

'Goed. Dat dacht ik al.'

Hij plukt de conclusie van zijn bureau en geeft hem aan mij. 'Verander dit aan de hand van mijn commentaar, wat ik in rood heb aangegeven. Breng tijd in de bibliotheek door. Als je geen relevant materiaal kunt vinden, wil ik jouw woord erop dat het niet bestaat.' Hij maakt een aantekening in zijn agenda om de twee minuten die het hem kostte om me de les te lezen, in rekening te brengen. 'Ik heb het aan het eind van de middag nodig.'

'Dat lukt niet, Timothy. Ik heb...'

'Je zou het aan het eind van de middag afhebben voor Sam Berkowitz, dus heb je het aan het eind van de middag af voor Timothy Jameson. Klaar uit.'

'Oké... ik zal wat dingen verzetten.'

'Prima.'

Ik verlaat zijn kantoor met een rood gezicht en een rozentuin in bloei op mijn borst. Als ik me langs Stella's bureau haast, geeft ze me een plastic bekertje koffie op een blad. 'Trek het je niet aan, Mare,' fluistert ze. 'Hij heeft geen ander pispaaltje, snap je wat ik bedoel?'

Ik ontsnap naar mijn kantoor en val in mijn stoel. Ik kan wel huilen en niet alleen om de conclusie. Mijn leven staat op zijn kop. De kern is niet meer vast. Mijn werk gaat bergafwaarts, ik vergeet getuigenverklaringen, beledig cliënten. De maten spreken negatief over me. Niets gebeurt zomaar.

En het achtervolgt je, zegt een stem.

'Mary, ben je daar?' zegt iemand bij de deur.

Voor ik kan antwoorden, gaat de deur op een kier open en een witte papieren tas verschijnt in de opening gevolgd door Neds knappe gezicht. Zijn gezicht betrekt als hij binnenkomt en de deur achter zich sluit. 'Mary?'

Het heeft geen zin, ik kan het niet verbergen. Ik voel me ellendig. Het moet te zien zijn.

'Wat is er?'

Ned kijkt zo bezorgd en zijn stem klinkt zo betrokken dat ik me laat gaan. Ik begin te huilen en beland in zijn armen waardoor ik nog harder huil. Ik huil om Mike, die niet terugkomt en om Jamesons resumé dat ik onmogelijk in een dag kan herschrijven en om Angie die liever de hele dag met God praat dan met haar tweelingzus. Ik huil om mijn flat, mijn thúís, waar ik me nooit meer veilig zal voelen. Ik huil als een baby, vrij en zonder schaamte terwijl Ned me tegen zich aan houdt.

Het volgende ogenblik zoent hij me op mijn voorhoofd en wangen. Het werkt zo troostend. Ik sla mijn armen om hem heen en hij tilt me op mijn bureau en begraaft zijn gezicht in mijn hals. Ik ruik de verse geur van zijn aftershave en heb geen idee wat er tussen ons gebeurt als ik mijn Rolodex van het bureau hoor vallen, gevolgd door de plons van een kop koffie en het geknars van de deur van mijn kantoor.

'Mary! Het tapijt!' roept Brent verbijsterd, met zijn hoofd om de deur, en hij slaat de deur weer dicht.

Dat breekt de betovering. Ik duw Ned weg en veeg mijn ogen droog. 'Jezus. Jezus Christus, Ned. Ik lijk wel gek.'

'Mary, er is niets verkeerds aan...'

'Jawel. Ik moest niet. Ik kan niet...'

'Ik wil in je buurt zijn, Mary. Daar heb je behoefte aan, dat zie ik. Ik was vroeger net als jij, ik hield alles in...'

'Alsjeblieft, Ned.'

'Vertel me wat er is. Ik kan je helpen.'

'Wil je me helpen? Stuur me dan geen brieven meer. En volg me niet meer.' Het is een test. Ik speur op zijn gezicht naar een reactie.

'Waar heb je het over?'

'Heb jij in mijn flat ingebroken?'

'Wat?' Hij kijkt gechoqueerd.

'Heb jij die brief geschreven?'

'Welke brief?'

'Die brief. "Gefeliciteerd met je promotie." Jij moet het zijn. Ieder ander is onlogisch.'

Hij heft zijn handen op. Zijn mond is droog, dat zie ik. 'Wacht even. Wacht even. Waar heb je het over? Waarom zou ik je zoiets aandoen?'

'Vertel me de waarheid, Ned. Heb jij me een brief gestuurd of me in een auto gevolgd? Naar het huis van mijn ouders bijvoorbeeld?'

Hij raakt mijn schouder aan. 'Waarom zou ik dat doen, Mary?'

'Geef antwoord.'

'Nee. Nee, natuurlijk niet.'

Ik kijk recht in zijn groene ogen om te zien of hij liegt, maar ik raak van mijn stuk door de eerlijkheid die ik daar aantref. De deur gaat een stukje open en Brent glipt naar binnen. Hij heeft een stapel papieren handdoekjes bij zich en een plastic fles met Palmolive-afwasmiddel. Hij kijkt niet naar mij of Ned, maar gaat onmiddellijk aan de slag met het opdeppen van de gemorste koffie.

'Misschien kan ik beter gaan, Mary,' zegt Ned.

'Misschien wel!' snauwt Brent.

Ned is de deur nog niet uit of Brent barst los. 'Mary, ben je gek geworden? Heb je je hersens thuisgelaten? Ben je hartstikke *loco* geworden, verdomme?' Hij boent de vloerbedekking zo heftig dat het afwasmiddel schuimt als scheerschuim.

'Brent...'

'Op het bureau neuken!' Hij kijkt woedend naar me op, zijn aderen gezwollen in zijn slanke nek.

'Brent, kalm aan! We waren niet aan het...'

'Weet je eigenlijk wel wat ze zouden doen als ze je zouden betrappen? Als je zonder zakdoek niest, halen ze je ballen eraf met een nagelschaartje! Wat denk je dat ze zouden doen als ze je *neukend op het bureau aantroffen*? Nou?'

'Ik zou nooit...'

'Ik weet zeker dat je niet aan veilig vrijen doet!'

'Brent, we waren niet...'

'Zelfmoord! Mary, het is zelfmoord! Ik ga ieder weekend naar een begrafenis! Iedereen die ik ken is ziek, behalve ik. En nou Jack.' Hij gooit de papieren handdoek op de grond.

Ik word er koud van. 'Jack?'

Hij kijkt naar me op met betraande ogen. Mijn god. Brent moet Jack verliezen. Mijn eigen ogen beginnen te branden. 'Jezus, wat erg voor je.' Ik kniel en wrijf over zijn rug door zijn dunne zwarte trui. Hij boent weer over de vlek, mechanisch.

'Ik weet het al een tijdje, Mary, het is niet zo onverwacht, zoals met jou en Mike. En over mij hoef je niet in te zitten. Ik ben seronegatief. We hebben altijd veilig gevreeën, zelfs in het begin.'

'Mijn god.' Het was niet eens bij me opgekomen dat ik Brent kon verliezen. Ik zou hem niet kunnen missen. We zijn al acht jaar samen. Ik weet niet wat er met me zou gebeuren.

'Het is geen geintje, Mary. Het is de realiteit. Iedereen kan het krijgen, zelfs Magic Johnson, zelfs jij. Je speelt met vuur.'

'We hebben het niet gedaan, Brent.'

'Je stond op het punt.'

'Nee, dat is niet zo.' Zo ver zou ik niet zijn gegaan, maar ik voelde wel iets voor Ned toen hij me zoende en ik voelde ook iets anders, een lichamelijke behoefte waarvan ik dacht dat die begraven was met Mike. Het wond me op, het beangstigde me. Ik kijk naar de bevlekte vloerbedekking, Brent ook.

'Al dat werk,' zegt hij, 'en het is alleen van koffiebruin in Palmolivegroen veranderd.' Hij geeft me een papieren handdoekje en neemt er zelf ook een.

Ik snuit mijn neus. 'Het lijkt wel Hawai.'

'Nee. Het lijkt wel Placido Domingo.' Hij veegt over zijn ogen en slaat een arm om mijn schouders. 'Vertel eens, Mare. Waarom doen katholieke vrouwen het altijd op bureaus?'

'Brent!' Ik geef hem een duw.

'En nog wel met Waters, die je gifbrieven schrijft. Die je achtervolgt.'

'Hij is het niet.'

'Hij neukt je verstand, vriendin. Die man is een breinneuker.' Hij staat op en trekt me overeind.

'Ik weet wat ik doe, Brent.'

'Wat zeg je?' Hij barst in lachen uit.

Ik lach mee, ondanks mezelf. 'Goed, misschien ook niet. Maar ik denk niet dat het Ned is. Dat voel ik gewoon.'

'O werkelijk? Nou, dan hoop ik dat je daar zeker van bent, want er zit weer een brief bij je post van vanmorgen.'

118

'Nee, echt?'

'Dat wilde ik je komen zeggen.'

Uit zijn achterzak haalt hij een stuk papier. De boodschap is met een laserprinter in hoofdletters gedrukt en luidt:

KIJK UIT WAAR JE LOOPT, MARY

De envelop, de postzegel, alles is hetzelfde als de vorige keer.

De moed zinkt me in de schoenen. 'Wie doet dit, Brent? Dit is zo erg.'

'Je moet de politie bellen, Mare.'

'Ik heb ze gisteravond gesproken.'

'Halleluja! Heb je gebeld?'

'Omdat ik dacht dat er in mijn flat was ingebroken. Wat niet zo was. Hoop ik.'

Brent kijkt verbijsterd. 'Mary, wat is er in godsnaam aan de hand?'

'Ik weet het niet. Het enige dat ik weet, is dat de deur openstond toen ik thuiskwam. Er was niets weg. Er was niets ondersteboven gehaald. Alleen Mikes foto, die van de plank was gevallen...'

'Ik geloof mijn oren niet. Dit is krankzinnig. Wat zei de politie?'

'Ze denken dat ik de deur open heb gelaten. Er was geen spoor van braak.'

'Wat denk jij?'

'Gisteravond toen ik de foto zag, was ik ervan overtuigd dat er iemand binnen was geweest. Vandaag weet ik het niet meer.'

'Heb je het niet aangegeven?'

'Brent, als ik een aanklacht indien, gaan ze onderzoek doen. Dat zei de agent. Ze gaan mensen op kantoor ondervragen, mensen die ik verdenk. Wat op dit moment iedereen is, behalve jou en Judy. Kun je het je voorstellen? Zelfs als ze een handjevol mensen ondervragen, denk je dan niet dat dat de doodsteek voor me zal zijn?'

'Ze zouden het vertrouwelijk kunnen behandelen.'

'Juist, ja, net zoals ze het aantal maten vertrouwelijk houden. Jij weet wel beter – mensen staan in de rij om je zwart te maken. En als de roddelmachine eenmaal in werking is gesteld, ben ik de klos. Of ik beschuldig hen van crimineel gedrag, óf ik ben een hysterische vrouw.'

Plotseling gaat de telefoon. Brent neemt op en overhandigt mij de hoorn, terwijl hij met zijn lippen het woord Martin vormt.

'Hallo, Martin.' Ik staar naar het briefje in mijn hand.

'Heb je het te druk om op mijn telefoontjes te reageren?'

'Het spijt me, Martin. Ik was gisteren de hele dag bij Masterson.' Ik lees het briefje opnieuw. KIJK UIT WAAR JE LOOPT, MARY.

'Bernie Starankovic heeft gebeld. Denk je dat je een gaatje kunt vinden om hem terug te bellen?'

'Zeker, Martin.'

'Fantastisch. Doe het dan.'

Ik leg langzaam neer en geef de brief terug aan Brent. 'Kun je dit veilig opbergen, bij de andere?'

'Nu heb ik bewijsmateriaal in mijn bezit. De politie hoort dit te hebben, ik niet.'

Maar ik ben in gedachten verzonken. 'Zeg, hoe zit het met Martin? Hij klinkt goed kwaad en ik acht hem er wel toe in staat dit soort briefjes te schrijven. Hij heeft een motief omdat ik Hart van hem heb overgenomen. Als Berkowitz mij klaarstoomt om zijn werk over te nemen...'

'Je raadt maar wat, Mary. Alleen rechercheurs zijn goed in speurwerk. Laat ze je verdomme helpen! Als jij ze niet belt, doe ik het.' Brent grijpt naar de telefoon, maar ik duw zijn hand op de hoorn. Onze handen liggen op elkaar als bij een bloedserieus spelletje Olleke Bolleke.

'Nee, Brent. Wacht. Je zet mijn carrière op het spel. Als ze onderzoek gaan doen, raak ik mijn baan kwijt, dat kan ik je zo vertellen. Zo zeker als wij hier staan.'

Onze ogen ontmoeten elkaar boven de telefoon. Hij lijkt verbaasd over mijn felheid. Ik ook.

'Ik heb deze baan nodig, Brent. Dat is mijn zekerheid op dit moment. Ik ben acht jaar geleden begonnen en ik wil het er goed vanaf brengen. Het is een blijvende factor. Er mag veel mis zijn met dit kantoor, maar als ik maandagochtend hier kom, zie ik jou en Judy en De Verbluffende Stella en ik weet waar de waterkoeler staat.'

'Dat weet ik, Mare, we zijn al samen vanaf de eerste dag. Ik hou van je. Je bent mijn vriendin.'

'Luister dan naar me. Ik maak een afspraak met je. Na de verkiezing, als het nog zo is, geef ik het aan. Ik zal alle registers opentrekken, dat meen ik. Maar pas na de verkiezing.'

'Met dit soort zaken moet je geen risico's nemen, Mare.'

'En mijn baan dan?'

'Wat dacht je van je leven?'

Ik knijp hem in zijn hand. 'Doe niet zo dramatisch. Dit is geen *Camille*, derde bedrijf. Er is niemand dood.'

'Nog niet,' zegt hij en zijn glanzende ogen boren zich in de mijne. 'Nog niet.'

15

Vanwege mijn gesprek met Brent, wat we oplossen door te erkennen dat we een meningsverschil hebben, ben ik tien minuten te laat voor de procesvergadering van vrijdagochtend. Niemand schijnt het te merken behalve Judy, die me vreemd aankijkt als ik in een stoel tegen de muur ga zitten en het Noone-dossier met het etiket naar boven leg. De vergaderingen worden in vergaderkamer G gehouden. Kamer G is op de vijfde verdieping, Gierigheid, maar G heeft niets met gierigheid te maken. Tenminste niet officieël.

Vroeger ging ik met plezier naar die vergaderingen, waar krijgsverhalen de ronde deden over heuse criminele zaken en echte jury's. Ik nam er nog steeds graag aan deel toen ik besefte dat het doel zelfpromotie was, niet zelfonderricht. Ik hield van die vergaderingen omdat deze groep juristen – of alligators, zoals Judy ons noemt – de mijne was. Ik dacht dat ik in hun moeras thuishoorde. Ik geloofde, in het volste vertrouwen, dat ze me niet zouden verslinden, want ik was een van hun jongen. Maar dat geloof ik niet langer. Ik ben mijn geloof verloren.

Ik kijk hoe de alligators zich gulzig te goed doen aan luxe vissoorten, Deense, en harde broodjes. Je zou denken dat ze in geen eeuwigheid hadden gegeten. Ik kijk de ruimte rond, alsof ik hen voor het eerst zie. Ik neem elk gladgeschoren of opgemaakt gezicht kritisch op. Welke alligator stuurt mij deze vreselijke brieven? Wie heeft er in mijn flat ingebroken of daar misschien iemand anders voor betaald?

Is het Berkowitz? Hij opent hevig rokend de vergadering

en vertelt iedereen over de overwinning voor Vitriool die eeuwen geleden lijkt. Hij noemt familiair mijn naam en komt gevaarlijk dicht in de buurt me te prijzen. Alle hoofden draaien zich naar me toe. Ik hoor een onderstroom van klappende kaken.

Is het Jameson?

Is het Martin? Is het de Man Die Van Uilen Houdt, Maar Mij Haat?

Is het Lovell, een gedeeltelijk gepensioneerde maat die Italianen nog altijd spaghettivreters noemt?

Is het Ackerman, een gedreven vrouwelijke maat die de pest heeft aan andere vrouwen, een bizarre hybride, eeuwig in het pak?

Dan is er Ned, die me nadenkend aankijkt. Hij niet, denk ik.

En Judy, met heldere, onopgemaakte ogen. Uiteraard niet Judy.

Wie dan? Ik laat mijn blik over alle maten gaan, alle dertig van de afdeling en pijnig mijn hersenen of iemand een reden heeft me niet te mogen. Ik kijk naar iedere jonge advocaat, net uit het ei gekropen, tweeënzestig in totaal. Ze zijn vrij van erfzonde. Zo zien ze er tenminste uit.

Als de vergadering voorbij is, ga ik rechtstreeks naar de bibliotheek en ga in een privé-cabine zitten. Alle cabines zijn geluiddicht en uitgerust met slechts een bureau en computer. En de deur kan op slot, iets waar ik tot nu toe geen gebruik van heb gemaakt. Ik doe de deur op slot en neem het resumé door op Jamesons agressief-rode commentaar.

Hij vindt mijn zinnen VRESELIJK en het centrale argument NIET CONSEQUENT. Verder heeft hij overal REFERENTIE! gekrabbeld. Het mag arrogant klinken, maar ik kan je zeggen dat er niets mis is met dit resumé. Jameson laat het me alleen herschrijven omdat hij daartoe bevoegd is, zelfs al kost het Noone evenveel als een middelgrote auto. En ik doe het omdat ik Jamesons stem nodig heb.

Ik zet de computer aan en die komt tot leven. Ik start Lexis, een juridisch researchprogramma, op en tik een verzoek om de zaken die ik nodig heb. Er worden geen zaken gevonden. Ik herformuleer mijn vraag, maar nog steeds geen zaken. Ik verander mijn vraag keer na keer en krijg uiteindelijk zaken van een districtsrechtbank in Arizona. Zo gaat het met juridisch onderzoek, je graaft en graaft tot je op een reeks zaken stuit, als een kronkelige ader kostbare mineralen. Dan ontgin je die als betrof het de bron. Ik raak enthousiast door mijn ongebruikelijke toevalstreffer. Dan wordt er op het glazen ruitje in de deur geklopt.

Het is Brent, met een afgedekte salade en een cola light. Ik maak de deur open om hem binnen te laten.

'Ben je vacuüm verpakt, Mare?' Hij zet mijn lunch neer.

'Kun je me dat kwalijk nemen?'

'Nee, ik ben er blij om. Luister, ik heb je toestelnummer laten veranderen. Ik heb ze verteld dat we steeds gebeld werden voor Jacoby en Meyers – meer hoefden ze niet te horen. Vanmiddag heb je een nieuw nummer. Ik heb de cliënten al aangeschreven.'

'Geweldig. En mijn privénummer? Ik word nog steeds gebeld.'

'Verdomme. Ze hebben jouw toestemming nodig om het te veranderen, dus heb ik een brief voor jou geschreven en doorgefaxt, goed?'

'Fantastisch.'

'Het enige probleem is dat het drie dagen duurt voor het veranderd is en de weekenden tellen niet mee. Dat betekent pas volgende week woensdag.'

'Dat is niet best.'

'Heb ik gezegd dat ik je gewaarschuwd heb? Ongetwijfeld. Zo ben ik nu eenmaal.'

'Oké, ik vat hem.'

'Het is niet jouw schuld, maar die van hen. Het telefoonbedrijf is zoveel efficiënter sinds het geprivatiseerd is.' Brent rolt met zijn ogen. 'Wat zonde. Het was mijn favoriete monopolyhouder na Baltic en Mediterranean.'

'Je kunt geen geld verdienen aan Baltic en Mediterranean.'

'Dat weet ik, maar ik vind de kleur mooi. Aubergine,' zegt hij met een nichterige stem. Brent doet dat wel eens om de advocaten aan het lachen te maken. Hij zegt: 'Zij worden in de maling genomen, ik bén zoals een homo klinkt. Het goede nieuws is dat ik een voorkeurnummer voor je heb geregeld.'

'Wat is dat?'

'Weet je wel, dat je de letters bij het nummer zelf mag kiezen,' zegt hij met een grijns.

'Brent, nee toch?'

'Niets grofs, schat. Heb wat vertrouwen in me.' Hij trekt een geel memoblaadje uit zijn zak en geeft het aan mij.

Ik lach. '546-ARIA?'

'Leuk?'

'Het is grappig.'

'Op die manier maak je een gecultiveerde indruk.'

'Inderdaad.' Ik geef hem de memo terug. 'Bedankt. En ook voor de lunch. Ik sta bij je in het krijt.'

'Helemaal niet. Er moet toch iemand voor je zorgen?'

'Ik weet iets beters. Ga met me uit eten vanavond.'

'Afgesproken. Maar niet van gedachten veranderen, straks.' Hij aait me over mijn hoofd en is vertrokken.

Ik doe de deur op slot en werk de hele middag door, herschrijf het resumé en voeg de nieuwe zaken toe. Als ik me met de diskette ter correctie van mijn typewerk naar Brent haast, heb ik voor de tweede maal perfect werk geleverd. Ik herinner me dat ik Starankovic moet bellen als ik weer aan mijn bureau zit. 16:45. Hij klinkt nog steeds gekwetst vanwege de wonden die hem door Vitriool zijn toegebracht en vecht als Matlock voor de ene eiser die hij nog vertegenwoordigt.

'Ik ga volgende week de twee chefs in de winkel in het noordoosten horen, meneer Grayboyes en mevrouw Breslin,' zegt hij. 'Dan ga ik al jouw werknemers stuk voor stuk ondervragen.'

'Bernie...'

'Als je geen toestemming geeft voor de ondervragingen, dien ik een bezwaarschrift in.'

'Wacht even, Bernie.' Starankovic weet dat hij ons schriftelijk moet laten weten wanneer de hoorzitting op de rol geplaatst wordt. Hij probeert mij te pakken, dus pak ik hem terug. 'Geen schriftelijke bevestigingen, dan ook geen hoorzittingen.'

'Ik heb de schriftelijke bevestigingen verzonden!'

'Wanneer? Ik heb niets ontvangen.'

'Ik heb hem aan Martin gestuurd. Ik heb ze persoonlijk laten afgeven. Ik heb extra betaald.'

Dat valt me koud op mijn dak. Martin. 'Ik wist niets van de kennisgevingen af, Bernie. Ik heb de verhoren niet ingepland. Ik heb zelfs de getuigen niet opgeroepen.'

'Dat is mijn probleem niet.'

'Christus. Werk mee, wil je?'

'Waarom zou ik?'

'Omdat ik Harbison's zal adviseren jou de verhoren te laten doen. Dan hoef je geen bezwaarschrift in te dienen.'

'Nou en?'

'Bespaart het je geld.'

'Bespaart het jóú geld,' zegt hij.

'Wil je nog een keer naar Bitterman? Werkelijk, Bernie? Heb je behoefte aan die *acido*?'

Er volgt een korte stilte. 'Goed, Mary. Praat met je cliënt. Regel de verhoren. Maar het moet snel. Ik wil de mensen ondervragen.'

Ik hang op, met het gevoel dat ik een kogel heb ontweken. maar ik weet niet wanneer de volgende op komst is, of wie aan schot is. Waarom heeft Martin me niets over de kennisgevingen gezegd? En als Martin de brievenschrijver is?

Brent brengt me de gecorrigeerde versie van de Noone conclusie. Na een snelle controle loop ik ermee naar Jameson die weer van zijn plaats is. De Verbluffende Stella zegt: 'Die gek brengt de helft van de tijd op de wc door.'

'Waar de man vol van is, loopt zijn kont van over,' fluister ik.

Ze grijnst en wenkt me dichterbij met een bloedrood gelakte vingernagel. 'Weet je wat hij daar doet?'

'Wat dan?'

'Zich aftrekken.'

'Jezus, Stella!' Ik kijk om me heen om te zien of er iemand binnen gehoorafstand is. De secretaresses zijn naar huis, het is na vijven.

'Mary, je denkt altijd dat iedereen zo'n engel is. Ik zeg je, hij heeft een la vol pornobladen in zijn bureau. Hij houdt hem op slot, maar ik heb het een keer gezien. Er liggen ook pornografische speeltjes. Echt pervers.'

'Pornografische speeltjes?'

'Pervers,' herhaalt ze rillend. Plotseling is ze weer een en al secretaresse. 'Meneer Jameson! Mevrouw DiNunzio komt net deze conclusie naar uw brengen.'

'*U*, Stella.' Jameson voegt er nog net niet 'stomme spaghettivreetster' aan toe.

Ik probeer normaal naar hem te kijken maar moet bijna kokhalzen bij de gedachte aan de pornografische speeltjes. Ik moet iets zeggen, dus zeg ik: 'Ik heb toch nog wat referenties kunnen vinden. Met Lexis.'

'Dat wist ik wel. Ik zal er straks naar kijken.' Hij schuift langs me zijn kantoor in. Hij laat me weten dat hij de conclusie niet echt aan het eind van de middag nodig had, hij wilde me gewoon kunstjes laten opvoeren. Perverse kunstjes, denk ik en ril bijna zelf.

Brent ligt hierom later in een deuk, tijdens het eten. We zitten bij Il Gallo Nero, een favoriet restaurant van Brent omdat Riccardo Muti er vaak at. Brent had het zwaar te pakken van Muti. Hij droeg een zwarte rouwband om zijn zwarte overhemd de dag dat de maestro naar Milaan vertrok.

'Ik wist het! Ik wist het!' roept Brent lachend. 'Jameson is een stiekeme nicht, Mare, een nicht in het geniep.'

'Dat heeft ze niet gezegd, Brent.' Ik heb te veel chianti gedronken, evenals hij. Het kan me niet schelen, ik heb het naar mijn zin. En Brent is vergeten tegen me te zeuren over de politie, waarvoor ik dankbaar ben, omdat ik weet dat ik er in juni voor zal boeten.

'Dat heeft ze wel gezegd! Pornografische speeltjes zei ze. Wat denk je dat ze daarmee bedoelt?'

'Ik weet het niet. Ik ben een brave meid.'

'Vibrators! Tepelklemmen! Wurgkettingen. Hij speelt hondje! Hij neukt neushoorns! O nee!' We lachen tot de tranen ons over de wangen stromen.

Als we weggaan, slaat Brent een arm om me heen en we lopen Walnut Street in. Het wordt er opnieuw geasfalteerd om de kuilen weg te werken, die als mijnenvelden overal in de straten van de stad liggen. Aangezien Philadelphia zo'n goed gesmeerde machine is, werkt er niemand op straat hoewel het grootste deel voor verkeer is afgesloten. Auto's slingeren om de zaagbokken van de politie te vermijden, hoewel er vanavond niet veel verkeer is. De nieuwe burgemeester heeft niet veel succes gehad het centrum voor mensen uit de voorstad tijdens de weekends aantrekkelijk te maken. Ik kan me niet voorstellen waarom dat zo is. Het is een geweldige theaterstad als je *Fiddler* nog niet hebt gezien en er is altijd die vriendelijke zakkenklopperij voor je een film te zien krijgt.

'Moet je deze straat zien. Wat een zootje,' zegt Brent. 'Kom, laat mij aan de buitenkant lopen.' Hij danst om me heen zodat hij het dichtst bij de stoeprand loopt en slaat zijn arm weer om mijn schouder.

'Waarom deed je dat?'

'Traditie. De man loopt aan de kant van de weg, om de vrouw tegen het verkeer te beschermen, voor het geval ze modder spatten.'

'Dat is seksistisch, Brent, en bovendien ben je homo.' Ik wissel van plaats met hem, om hem heen springend zodat ik aan de kant van de stoeprand loop.

Toet toet! Vlak achter me raast een vrachtwagen.

Ik schrik, gealarmeerd door het harde geluid. De koplampen van de vrachtwagen passeren in een dubbele vage vlek. De auto's, in de war door de wegversperringen, rijden in alle richtingen. Plotseling word ik bang. Ik heb niet uitgekeken naar de donkere auto. Ik wil het tegen Brent zeggen, maar hij valt lachend tegen me aan en neemt mijn plaats bij de stoeprand in.

'Wat maakt het uit dat ik homo ben?' zegt hij. 'Ik tel nog steeds mee.'

Op dat moment, net als Brent naar de weg danst, schiet er een auto achter hem over de stoeprand. Hij veert het trottoir op, raast recht op hem af en botst met een misselijkmakende knal in zijn rug.

Ik geloof mijn ogen niet.

Het is de auto, de auto die mij volgt.

'Nee! Brent!' roep ik, maar het is te laat.

Brents gezicht vertrekt van pijn en schrik als de auto hem op de grille neemt, zoals een razende stier een matador met zijn hoorns doorboort. Zijn lichaam klapt terug tegen de auto en zijn mond is een geluidloze schreeuw.

'Stop! Nee!' Ik kijk in afgrijzen hoe de auto Brents tengere lijf van het trottoir de lucht in slingert. Hij schreeuwt als hij letterlijk door de lucht vliegt en tegen de spiegelglazen ruit van een bank wordt geworpen. Het glas breekt met een afschuwelijk gerinkel en bedekt Brent met een dodelijke laag. Dan is er alleen nog het rumoer van het bankalarm.

En het gegier van de moordzuchtige auto terwijl hij de aan alle kanten versperde Walnut Street indraait en een zaagbok van de politie met een versplinterend gekraak omverrijdt.

Ik draai om mijn as, en probeer als een waanzinnige een kenteken te ontwaren.

Dat is er niet.

De auto dendert als een dolle door de straat en verdwijnt uit het zicht.

16

De grove houten tandenstoker in de mond van rechercheur Lombardo schuift verontwaardigd heen en
weer. 'Allemachtig! Waarom ben je zo grof? Ik werk
met agenten die honderdmaal beschaafder spreken dan jij.'
We zitten in de gang van het ziekenhuis te wachten tot Brent
geopereerd is.

'Wat is er mis met mijn spraak?'

'Het staat niet, voor een dame.'

'Weet je, als je net zo opgewonden raakte over wie Brent
heeft aangereden als over mijn taalgebruik zouden we het
goed doen.'

'Ik hoef me niet op te winden om mijn werk te doen. Ik
weet wat ik moet doen. Ik ben ermee bezig.' Hij wijst met zijn
spiraalblocnote in mijn richting.

'Goed zo.'

'Dan is het goed.'

'Goed.' We zitten al uren zo te bekvechten. Lombardo is
op het toneel verschenen toen de ambulance arriveerde omdat ik het voorval als opzettelijk heb aangegeven. Hij stelde
veel vragen en schreef de antwoorden langzaam op met een
stomp potlood, hetgeen volgens hem blijkbaar het enige was
wat hij moest doen. Lombardo zat in het rugbyteam voor
Pennsylvania, maar ik begin me af te vragen of ze hem een
helm hebben gegeven.

Plotseling lichten zijn bruine ogen met hun zware oogleden op. Alsof Fred Flintstone een ingeving krijgt. 'Hé, Mary,
wat dacht je van homohaat?' Hé Barney, zullen we gaan
bowlen?

'Je kunt niet zien dat Brent homo is.'

'Dat kun je altijd.'

'Wat moet dat betekenen?'

'Precies wat ik zei.'

Ik voel de tranen in mijn ogen opwellen. Ik wist niet dat er nog tranen over waren. 'Dat wil ik niet horen, Lombardo. Hou het voor je, want je weet niet waar je het over hebt. Brent is een prachtig mens evenals zijn vrienden. Verder is alles vooringenomenheid.'

'Begrijp me niet verkeerd, ik zei niet dat ik homo's niet mag.' Hij kijkt door de glanzende gang. 'Ik heb een broer, weet je, die een beetje van het handje is.'

'Christus.'

Lombardo leunt naar me toe en ik ruik Brut. 'Het enige wat ik wil zeggen is dat je het kunt zien. Ik wist het van mijn broer. Die liep als een mietje. Ik wist het, vanaf het begin.'

'Jij wist het.'

'Ik wist het. Vanwege zijn wenkbrauwen. Er was iets met zijn wenkbrauwen.' Hij trekt een wenkbrauw op, moeizaam. 'Zie je?'

Ik kijk de andere kant op. Ik ben blij dat Jack niet bij deze conversatie aanwezig is. Ik heb hem meteen gebeld en hij kwam in tranen aan. Hij stopte een lading kwartjes in de telefoon en belde al zijn vrienden. Ze kwamen onmiddellijk en gaven hem op alle fronten steun en warmte. Ik probeerde hem over de auto te vertellen, maar hij was te overstuur om te luisteren. Het maakt niet uit hoe Brent hier beland is, zei Jack, alleen dat hij hier weer uitkomt. Ze zijn zojuist met zijn allen naar buiten gegaan om een sigaret te roken, in afwachting van het bericht of ze dit weekend weer een begrafenis hebben.

'Tom, luister naar me, die auto was voor mij bedoeld. Het is dezelfde auto. Ik weet het zeker.'

Hij fronst naar de aantekeningen op zijn notitieblok. 'Je hebt de kleur niet gezien.'

'Ik heb gezegd dat hij donker was. Donkerblauw, zwart. Een van beide.'

'We weten het merk niet.'

'Het is een sedan. Een oude. Een bakbeest, waarschijnlijk Amerikaans.'

'We weten niet of de bestuurder een man of een vrouw is. Je zei dat er geen kentekenplaat was.'

'En de brieven dan? En de telefoontjes?'

'Ik heb het je al gezegd, ik neem die brieven mee en ik zal je verklaring over de telefoontjes noteren.'

Lombardo klapt zijn notitieblok dicht en laat hem in zijn achterzak glijden. 'Mary, we gaan naar de plaats van het ongeluk, we zullen onderzoek doen. Christus, de heren in uniform zijn al ter plaatse. Zij zullen de getuigen ondervragen.'

'Er waren geen getuigen. Er waren nauwelijks auto's. Er is niemand gestopt.'

'Misschien is er dan een taxi die nog dienst heeft. Over een dag of twee horen we iets van een van de auto's. Intussen schrapen de agenten wat verf van de zaagbok – dat zou ons enige informatie kunnen opleveren. Kijk me niet zo aan, Mary. AOO is behoorlijk efficiënt.'

'AOO?' De naam klinkt bekend, maar ik kan hem niet thuisbrengen.

'Afdeling Onderzoek Ongevallen. Zij doen al het vooronderzoek op de plek van het ongeluk.'

Ik leun met mijn hoofd tegen de muur en vecht tegen een vlaag van misselijkheid. AOO. Natuurlijk. Zij hebben Mikes ongeluk onderzocht. Getuigenverklaringen. Onderzoek van de fatale plek. Analyse van de korte broek die hij op de fiets droeg. Zelfs een circulaire naar plaatselijke winkels voor auto-onderdelen gestuurd.

'Waar zijn die brieven eigenlijk?' vraagt Lombardo.

'Brent had ze. Ik weet niet waar ze liggen, waarschijnlijk in een la van zijn bureau.'

'Wil je me daarheen brengen?'

'Nee. Ik wil hier blijven om te zien wat er met Brent gebeurt.'

Lombardo zuigt op zijn tandenstoker. 'Het is niet jouw schuld, hoor.'

Ik reageer niet. Mijn mond heeft een bittere smaak. Natuurlijk is het mijn schuld. De bestuurder probeerde mij te vermoorden. En ik heb niet naar Brent geluisterd en een aanklacht ingediend, omdat ik me meer zorgen maakte om mijn briljante carrière. Ik voel me misselijk en schuldig en vooral, in de donkere, draaiende bodem van mijn maag voel ik een hevige angst. Ik wil Brent niet kwijtraken zoals ik Mike heb verloren. Ik sluit mijn ogen en zie het beeld in mijn hoofd, hoe de auto zich in Brents lichaam boort. Het is als een nachtmerrie terwijl je wakker bent, en een die ik zoveel slapeloze nachten na Mikes dood heb gehad, terwijl ik me voorstelde hoe de auto hem op zijn fiets raakte. Ik sluit mijn ogen voor de afschrikwekkende beelden en probeer ze uit mijn hoofd te bannen. Maar ze laten me iets zien, iets wat ik niet eerder had gezien. Ik ga rechtop zitten in de plastic stoel.

'Moet je naar de wc?' vraagt Lombardo.

Ik sta versteld over mijn inval. Ik kijk Lombardo aan, maar kan niets uitbrengen. Stel je voor. Dat er een verband bestaat tussen wat er met Mike is gebeurd en nu met Brent?

'Mijn man is vorig jaar doodgereden door een automobilist die doorreed.'

'Jezus, Mary, wat erg. Jee, Mary, had ik het maar geweten. Jezus.' Zijn vlezige gezicht wordt rood van gêne.

'Wat ik wil zeggen is dat het misschien in verband staat met wat er met Brent is gebeurd. Brent is ook aangereden door iemand die is doorgereden.'

Lombardo neemt de tandenstoker uit zijn mond.

Ik worstel om mijn argument duidelijk te maken, de juiste woorden te vinden. Mijn hersens zijn uitgeput, zo leeg, en ik kan niet snel genoeg denken. 'Tom, zou het dezelfde automobilist kunnen zijn? Als we aannemen dat iemand woedend op me is, me om een of andere reden haat. Hij of zij vermoordt mijn man zelfs, rijdt hem dood. Hij of zij schrijft me scheldbrieven, belt me op, achtervolgt me. Breekt bij me in, maakt de foto van mijn man kapot...'

'Hé, wacht even...'

'Laat me uitspreken. Dan, bijna een jaar later, ongeveer rond hetzelfde tijdstip als waarop ze mijn man hebben doodgereden, probeert hij of zij mij te vermoorden. Op dezelfde manier nog wel. Maar per ongeluk raken ze Brent. Net voor het gebeurde, dansten we nog rond op het trottoir.'

'Hoe hebben ze de dood van je man beschreven?'

'Als een ongeluk. Hij fietste langs de rivier. Het was een ongeluk, dachten we toen allemaal.'

'Waarom denk je nu dat het niet zo was?'

'Om wat er met Brent is gebeurd, Tom! Hetzelfde!'

Lombardo knippert traag met zijn ogen. 'Hij zat niet op een fiets, wel?' Hij steekt de tandenstoker opnieuw in zijn mond en grijpt naar zijn notitieblok.

Ik pak zijn hand. 'Nee, Brent was niet op de fiets. Hij liep.'

'Jij zei dat het hetzelfde was. Het is niet hetzelfde.'

'Wel waar. Ze zijn allebei doodgereden. Door iemand die door is gereden.'

'Het is niet hetzelfde. De een zit op de fiets en de ander loopt.'

'Goed, het is niet precies hetzelfde.'

'Je kunt zeggen precies hetzelfde, of hetzelfde. Het is niet hetzelfde.' Geagiteerd strijkt Lombardo zijn nylon windjack glad.

Ik kan het wel uitschreeuwen. 'Maar ze zijn allebei door een auto...'

'Er zijn nog andere verschillen.'

'Wat?'

'Ander tijdstip van de dag. Andere plaats. Door de werkzaamheden aan Walnut Street is het waarschijnlijk een ongeluk.'

'Maar het is logisch!'

Lombardo kijkt me ernstig aan, alsof ik gek ben omdat ik onlangs weduwe ben geworden. 'Mary, je bent van streek. Laat de dingen aan mij...'

'In hemelsnaam, wil je godverdomme je verstand gebruiken!'

'Nou ben ik het zat! Praat niet zo tegen me!' Hij prikt met zijn tandenstoker in de lucht tussen ons in. Een voorbijlopende verpleegster kijkt bezorgd naar ons.

Plotseling zwaaien de dubbele deuren van de operatiekamer open en de chirurg, een oudere man, loopt naar buiten. Ik sta op en Lombardo verrast me door me bij de arm te nemen. Ik zoek in de ogen van de dokter naar een teken over Brent, maar ik zie niets. Hij trekt zijn groene mondmasker af en loopt met een zucht naar ons toe.

De zucht herken ik. De zucht ken ik. Precies zo is het de laatste keer gegaan. O nee.

'Het spijt me. We hebben alles geprobeerd. Hij was zwaargewond. Er waren gecompliceerde fracturen in borst en schedel. De halsslagader was geraakt. Er was te veel bloedverlies.'

O nee. Precies wat ze over Mike zeiden. Schedelbreuk. Verwondingen aan de hersenen. De medische hocuspocus als achtergrondgeluid voor het ergste bericht van je leven.

'We hebben voor hem gevochten. Uw echtgenoot ook,' zei hij.

Mijn echtgenoot. Niet mijn echtgenoot. O nee.

'Het was haar man niet,' zegt Lombardo. 'Het was haar assistent, een mannelijke secretaresse.'

'Het spijt me,' zegt de dokter onhandig. 'Wel, uw assistent heeft hard voor zijn leven gevochten. Het spijt me heel erg.'

Ik knik en voel Lombardo's stevige greep op mijn arm. Hij voert me naar de lift en we verlaten het ziekenhuis. Jack en zijn vrienden die nerveus bij de ingang staan te roken, hoeven slechts naar ons te kijken om te weten dat Brent dood is. Ik loop naar Jack, maar die stort in en zijn vrienden vormen een kring om hem heen. Ze huilen openlijk, dit bleke groepje te magere homo's. De twee veiligheidsbeambten wisselen een blik, maar zonder medeleven.

Lombardo leidt me naar zijn wagen en rijdt me naar mijn flat. Geen van beiden zeggen we iets onderweg. Ik laat Brent achter in het ziekenhuis, net zoals ik Mike achter heb gelaten. Mijn man, niet mijn man. Ik hoor de stem, zwak en ver weg, van binnen uit:

Ik heb geprobeerd je te waarschuwen, maar je wilde niet luisteren. Ik heb mijn best gedaan, zegt hij en vervolgens verlaat hij me.

'Mary?'

Het is Lombardo, die de auto voor me opendoet. Hij helpt me de auto uit en loopt met me naar mijn flat. 'Je redt het wel, hoor. Probeer wat te rusten.'

'Wil je even in mijn flat kijken? Voor de zekerheid?'

'Maar natuurlijk.' Ik geef Lombardo de sleutel en hij loopt naar binnen. Hij vindt de lichtknop en ik hoor de vloeren in de flat kreunen, niet gewend aan zo'n zware tred. Binnen een minuut is hij terug bij de deur. 'Alles is in orde. Er is hier niemand.'

'Bedankt.'

'Ik zal wat zaken in verband met je man natrekken. Als A O O een zaak onderzoekt, maken ze een rapport. Die lui zijn zeer grondig.'

Ik knik. Lombardo knijpt me in de schouder en loopt de trap af. Voorzichtig ga ik de flat binnen. Alice zit op de vensterbank, haar verborgen gestalte vormt een bobbel achter de jaloezieën. Ik loop naar het raam en kijk door de jaloezieën.

De auto die Brent heeft doodgereden is niet te zien buiten. Ik kijk hoe Lombardo's patrouillewagen van de stoeprand wegrijdt. Als ik me omdraai, gaat het rode lichtje van mijn antwoordapparaat aan en uit. Ik sla met gebalde vuist op de afluisterknop.

De eerste boodschap is stilte, dan *klik.*

Klootzak! Krijg de kanker! schreeuw ik in stilte.

De tweede boodschap is van Ned. 'Ben je aan het feesten daarbuiten? Bel me. Ik ben coooooool.' Dan het geluid van mechanisch gelach, dan KLIK.

Hij moet het zijn. Het kan niet anders.

Hij probeert je in de war te brengen, zegt Brent.

Hij is te cool, zegt Judy.

Negen van de tien keer is het een oude vlam, zegt agent Tarrant.

Ik kijk op mijn horloge. Het is vier uur in de ochtend.

Ik word gek.

Ik ga naar Ned.

Kijk uit waar je loopt, Mary.

17

Ik ren in één ruk naar Ned, gedreven door een kracht die ik niet onder controle heb. Ik sta in een oogwenk voor zijn deur en bonk erop met mijn vuist, vlak naast het bronzen huisnummer, 2355. De gekartelde rand haalt de zijkant van mijn hand open. Er komt bloed uit, maar ik voel niets.

Doe verdomme open, Cool.

Boem boem boem! Mijn bloed besmeurt het nummer. Dan gaat de deur open. Hij is het in trainingbroek en T-shirt waarop ANDOVER staat. Hij wrijft in zijn ogen en glimlacht slaperig. 'Mary, dit is een aangename verrassing.'

Zo cool.

Ik duw hem naar binnen en sla hem midden op het vetgedrukte ANDOVER waardoor er bloedspatten op verschijnen. 'Waar was je godverdomme vanavond, Cool?'

Hij kijkt stomverbaasd, met opengesperde ogen. 'Mary?'

Ik knarsetand en geef hem nog een duw. 'Waar was je vanavond?' Ik loop op hem af en hij doet een stap achteruit. 'Geef antwoord, Cool! Waarom geef je nooit antwoord, verdomme?'

'Mary, wat is...'

'Zeg op!' Ik geef hem een klap in zijn gezicht. Mijn bloed brandmerkt een perfect jukbeen. Zijn hand vliegt naar zijn gezicht en hij leunt met zijn rug tegen de trap.

'Ik... was hier!'

'Wat was je aan het doen?' Ik geef hem nog een klap, zo hard dat het bloed van mijn hand in een waaiertje over zijn T-shirt spat.

'Mary, hou op!'

'Jij hebt Brent vermoord! En Mike!' Ik wil hem weer slaan, maar hij grijpt mijn opgeheven pols.

'Mary, nee!' Hij houdt allebei mijn armen vast.

'Jij hebt het gedaan! Jij!' schreeuw ik, schoppend en graaiend naar zijn armen en benen. Ik begrijp niet wat er gebeurt, dat ik in zijn armen aan het worstelen ben, dat ik als een razende tekeerga.

Hij dwingt me op de grond, en houdt me daar vastgedrukt.

'Hou er nu mee op!' roept hij.

'Jij! Jij!' Ik hoor mezelf steeds opnieuw schreeuwen, en dan het geluid van mijn gehijg. Ik ben buiten adem. Het lijkt wel of ik een toeval heb gehad.

'Hou ermee op, Mary!' schreeuwt hij.

'Jij!'

'Niet waar!'

'Cool!'

'Ned... ik heet Ned! Ik heet geen Cool! Ik weet niet wie dat is. Ik weet niet waar je het over hebt. Ik zou je nooit pijn doen, dat weet je!'

'Laat mijn polsen los!'

'Alleen als je kalmeert.'

Ik kijk naar hem, boven op me, op me neerkijkend. Zijn gezicht is nauwelijks zichtbaar in het halfdonker. Er zitten bloedvlekken tussen zijn sproeten. Ze zijn moeilijk van elkaar te onderscheiden. Ik kan zijn ogen zien, zijn groene ogen, ongewoon helder en open. Zijn uitdrukking is vol pijn. Hij is niet de moordenaar, onmogelijk. Hij lijdt voor mij, ik zie het daar in zijn dierenogen.

'Brent is dood,' fluister ik.

'Je assistent?'

'Hij is door een auto gegrepen. Het was geen ongeluk.'

'Mijn god. En jij denkt dat ik het gedaan heb?' Hij schudt zijn hoofd in ongeloof. 'Dat nooit, Mary. Nooit.' Hij zit nog boven op me maar laat mijn polsen los.

Ik beweeg niet, ik kan het niet. Ik voel me volslagen leeg, tot op het bot geschokt. Ik wil me overgeven aan de macht daarbuiten die me wil kwetsen, me wil straffen voor wat ik heb gedaan. Die macht had mij moeten opeisen. Niet Brent, niet Mike.

'Het komt door mij.'

'Nee, Mary.' Hij leunt voorover, steunend op zijn armen en zoent me zacht.

Zonder na te denken, louter als reactie, als een kind op de borst, zoen ik hem terug. Hij zoent me weer, heel voorzichtig, in een poging om tot me door te dringen. Hij streelt mijn haar en gaat op me liggen. Ik wil me in hem verliezen, op de een of andere manier dat enorme gapende gat sluiten dat bezit van mijn hart heeft genomen toen ik Mike heb verloren en nu Brent. Ik wil dat hij van me houdt, me van binnen opvult. Ik wil niet meer alleen zijn. Ik wil dat de pijn overgaat.

Het enige waar ik me van bewust ben, is dat hij me zoent, intens en teder. En zijn handen, die mijn haar strelen en me vervolgens omvatten, heel zacht. Ik geniet van zijn aanraking, ik ben zo lang niet op deze manier aangeraakt en het is zo'n goed gevoel dat ik het over me laat komen. Ik voel hoe mijn lichaam zich tegen het zijne drukt terwijl hij me zonder moeite op de bank tilt en mijn broekje en panty uittrekt. Hij doet mijn rok omhoog en ik voel het koele leer van de bank onder me en het gewicht van zijn heupen die mijn benen uit elkaar duwen. Hij zoent me terwijl ik voel hoe hij langzaam en doelgericht met zijn vingers bij me binnendringt.

Het is wat ik wil en wat me tegelijkertijd doodsbang maakt.

Hij glijdt voorzichtig bij me naar binnen en mijn adem stokt als ik hem in één keer helemaal binnenhaal. Ik kan niets zeggen hoewel ik hem in mijn oor hoor fluisteren, omdat hij in me beweegt. Ik ben buiten adem. Ik kan alleen nog zijn rug vastgrijpen en hem vasthouden. Dat doe ik, terwijl ik me tegen hem aan druk. Zwevend tussen hemel en hel.

18

Ik word wakker met mijn wang op Neds borst en zijn armen om me heen. Zijn sproetige huid voelt koel aan en zijn bijna onbehaarde borst is glad en perfect. Ik beweeg voorzichtig, omdat ik hem niet wakker wil maken en laat mijn blik dwalen over de vier muren van zijn slaapkamer die me nu bijna zo vertrouwd zijn als die van mij. De muren hangen vol zeilfoto's op locaties waarvan ik gehoord heb, maar waar ik nooit geweest ben. Wellfleet. Bar Harbor. Newport.

Ik draai me behoedzaam om en leg mijn hoofd op het vlezige deel van Neds onderarm. Dat brengt me op ooghoogte met het bureau van een keihard werkende advocaat. Gele notitieblokken liggen keurig op een stapeltje, evenals gekopieerde verslagen van rechtszaken, waarvan de tekst met roze en gele viltstift bewerkt is. Een bos geslepen potloden staat in een koffiekan. Er staat een doos indexkaartjes, met zelf gefabriceerde tabblaadjes, te beginnen met MOGELIJKHEID TOT BEROEP tot en met ZENIT (BEWIJSKWESTIES). Daarnaast staat een foto van een boot waarmee Ned de weekends op de Schuylkill zeilt.

Ik trek het laken over mijn borst en om me heen. Ik schat het een uur of tien, te oordelen naar de felle zon die door het raam schijnt. Het moet zondag zijn. Ik weet dat het niet zaterdag is, omdat ik het grootste gedeelte van die dag in tranen heb doorgebracht en Ned het hele verhaal over Brent heb verteld. Hij heeft geduldig en lief geluisterd. Hij heeft me van aspirine en water voorzien en is zelfs wat schone kleren in mijn flat gaan halen. Ik heb zaterdag ook Jack gebeld, maar hij was te zeer van streek om te praten. Hij liet het over aan een vriend die me vertelde dat er zondagavond een herdenkingsplechtigheid voor Brent zou zijn.

Zaterdagavond hebben Ned en ik cornflakes met rozijnen gegeten en zijn terug naar bed gegaan. We sliepen tot midden in de nacht dicht tegen elkaar aan, toen ik hem voelde bewegen. Ik herinner me hoe hij zachtjes achter me aan het friemelen was. Ik stak mijn hand naar hem uit maar hij voelde koud en glad aan.

'Een condoom,' fluisterde hij. 'Ik ben gek op je, maar ik ben niet gek.'

Toen draaide ik me naar hem toe, slaperig en maar half wakker. We vreeën weer, langzaam en geluidloos in het donker en de dagelijkse realiteit leek verder weg dan ooit. Het was een pauze voor ons allebei denk ik. Alleen wij tweeën, die daar samen bewogen. Naar elkaar bewogen.

We sliepen tot de vroege ochtend, toen Ned beneden naar de keuken verdween om een ontbijt voor ons te halen. Hij kwam terug met een *Hammond's World Atlas* beladen met Amerikaanse kaas, wit brood en een plastic fles mineraalwater. We aten en praatten. Toen belde ik mijn moeder en vertelde haar wat er met Brent was gebeurd. Ze stond erop naar de herdenkingsplechtigheid te komen, om Brents ouders te condoleren. Ik vertelde haar niet dat Brent in onmin met zijn familie had geleefd sinds de dag dat hij hen verteld had dat hij homo was. Ook zei ik niet dat ik naast Brent had gestaan toen hij werd doodgereden.

Ik kijk naar Neds antwoordapparaat. Er staan geen boodschappen op, wat betekent dat Judy niet heeft teruggebeld terwijl we sliepen. Ik heb haar meteen uit het ziekenhuis gebeld, maar ze was niet thuis. Dat was vreemd, omdat ze me verteld had dat Kurt het weekend in New York zou zijn en zij geen afspraken had. Ik probeerde haar zelfs daar te bellen, zonder succes. Ik sprak een aantal malen in op haar antwoordapparaat thuis en op het werk. Ik vroeg haar me bij Ned te bellen maar zei niet waarom.

Het voelt verkeerd dat Judy nog niet op de hoogte is. Ik stap uit bed om haar beneden te bellen zodat ik Ned niet wakker maak. Ik kijk over mijn schouder naar hem. Hij is diep in slaap. Ik stap voorzichtig op een katoenen kleed en loop op mijn tenen de kamer uit. Ik ga eerst naar de badkamer. Die ziet er smetteloos uit. De man is of obsessief netjes of moet veel boete doen. De wastafel glimt en er kleeft geen tandpasta aan de randen, zoals bij mij. Er staat in feite niets op de wastafel – geen scheermes, aftershave of tandpasta. Waar bewaart hij dat allemaal? Ik kijk naar het medicijnkastje. In de spiegel zie ik een erg nieuwsgierige vrouw.

Nee. Het zijn mijn zaken niet. Ik spoel mijn gezicht af met wat warm water, maar er is geen zeep te bekennen. Ik kijk in de douchecabine, maar tevergeefs. Waar is de zeep, verdomme. Ik besluit er geen halszaak van te maken en open het medicijnkastje.

Wat ik daarin vind, brengt me van mijn stuk.

Pillen. Veel pillen. In bruine plastic potjes en ook in doorschijnende. Ik herken geen enkele naam. Imipramine. Nortriptyline. Nardil. Ik pak zo geluidloos mogelijk een potje en lees snel wat erop staat.

NED WATERS – EEN TABLET VOOR HET SLAPEN GAAN – HALCION

Halcion. Het klinkt bekend. Ik herinner me geloof ik dat George Bush ze had tegen jetlag. Ik zet het potje terug en pak een ander.

NED WATERS – ELKE OCHTEND EEN CAPSULE – PROZAC

Prozac ken ik. Een antidepressivum. Een omstreden antidepressivum. Is Prozac niet waar mensen gek van kunnen worden? Als ik het potje terugzet, ratelen de pillen. Wat is dit allemaal? Waarom neemt Ned Prozac?

'Mary, waar ben je?' roept Ned uit de slaapkamer.

Ik sluit haastig het medicijnkastje en graai een Oxford-overhemd van de deurknop. Ik trek het aan en loop de slaap-kamer in.

'Daar ben je,' zegt hij met een luie glimlach. Hij draait zich om en strekt een arm naar me uit. Ik loop naar hem toe en hij trekt me naar zich toe zodat ik op het bed kom te zitten. Ik kijk naar zijn gezicht. Zijn ogen zijn een beetje opgezet van de slaap, maar hij ziet eruit als Ned. Gebruikt hij op dit moment Prozac? Is het tijd voor de volgende pil?

'Zie ik er zo vreselijk uit?' Hij gaat overeind zitten en strijkt zijn haar glad.

'Nee hoor. Je ziet er prima uit.'

Hij ploft weer neer. 'Goed zo. Ik voel me prima. Ik voel me meer dan prima. Ik voel me gelukkig!' Hij pakt mijn hand beet en kust de binnenkant. 'Allemaal door jou.'

Gisteren zou ik geroerd zijn door het gevoel, maar nu trek ik het in twijfel. Vanwaar deze plotselinge uitbundigheid? Is het een bijwerking van de Prozac of de reden dat hij het ge-bruikt? Wat zijn al die andere pillen die hij inneemt?

'Hé, je hoort iets aardigs terug te zeggen.' Hij trekt een overdreven pruillip.

'Hoe komt het dat wanneer knappe mensen een gezicht trekken, ze nog steeds knap zijn?'

'Dat weet ik niet, dat moet je aan een knappe man vragen. Maar niet als je zo gekleed bent. Geef me mijn hemd nu maar terug.' Hij trekt me naar zich toe en draait me met gemak om. In een ogenblik ben ik op het gekreukte dekbed gevallen en ligt hij boven op me.

'Hé, hoe doe je dat?'

'Ik heb op school aan worstelen gedaan.' Hij kust me plotseling, met gevoel. Ik voel hoe ik reageer, zij het minder vurig dan eerst. Ik kan de inhoud van het medicijnkastje niet uit mijn hoofd zetten. Misschien ken ik hem niet zo goed als ik dacht. Ik maak me los.

'Ik moet Judy bellen.'

'Heeft ze niet gebeld?' vraagt hij met een frons.

'Nee.'

Hij zit op zijn hurken en trekt me op aan mijn hand. 'Als je haar niet kunt bereiken kunnen we naar haar huis gaan en een kijkje nemen. Woont ze niet in de stad?'

'Ja. Olde City.'

'Dat is gemakkelijk. Mijn auto staat beneden.'

'Parkeer jij hem op straat?'

'Nee, er zit een garage bij dit huis.'

'Ik probeer haar nog één keer.'

Ned wrijft in zijn ogen en rekt zich uit. 'Ik ben wakker. Heb je honger, schat? Wil je iets, misschien?'

'Misschien. Als ik haar gebeld heb.'

Hij raakt mijn wang aan, teder. 'Hoe is het met je?'

'Ik voel me beter vandaag. Normaler.'

'Goed. Het zal moeilijk zijn om het Judy te vertellen, hè? Jullie drieën hadden een hechte band.'

Ik knik.

'Ik ga douchen, dan kun je even alleen zijn, oké?'

'Bedankt.'

'Wil je met me mee? Denk eens aan al het water dat we zouden besparen.' Hij leunt naar voren en zoent me. Ik voel zijn heftigheid, zijn behoefte aan meer, maar ik kan het rijtje potjes niet vergeten. Ik merk hoe gespannen ik raak. Ned voelt het ook. 'Is er iets?'

Ik weet niet wat ik moet zeggen. Ik wil open kaart met hem spelen, maar ik had niet in het medicijnkastje horen te kijken. Het is mijn zaak niet, zelfs niet of hij wel of geen medicijnen neemt. 'Eh, nee hoor.'

'Zo ziet het er niet uit. Het voelt ook niet zo aan.' Hij laat me los en kijkt me aan. 'Heb je spijt?'

'Nee.'

'Wat dan?'

'Het is mijn zaak niet.'

'Je slaapt met me. Als het over mij gaat, is het jouw zaak.' Hij houdt zijn hoofd scheef.

'Nou, goed.' Ik schraap mijn keel.

'Is het zo erg?'

Het is moeilijk om hem aan te kijken. Zijn ogen zijn zo helder en als hij lacht, lachen ze mee waardoor de lachrimpeltjes zichtbaar worden. Ik ben dol op lachrimpeltjes. Bij andere mensen. 'Oké, hier komt mijn bekentenis. Ik wilde mijn gezicht wassen en ik kon de zeep niet vinden. Dus keek ik in het medicijnkastje. Sorry, maar ik moest het wel zien.'

Zijn gezicht is zonder uitdrukking. 'Wat zien?'

Ik kijk naar hem. Hij lijkt zo oprecht. Ik wil hem niet kwetsen. Hij is alleen maar goed voor me geweest.

'Mijn Clearasil?'

'Nee. De potjes. De pillen.'

'Ooo,' zegt hij met een diepe zucht, alsof hij ter plekke leegloopt.

'Het maakt me niet uit. Ik heb er niets tegen of zo. Het is alleen...'

Zijn groene ogen schitteren gekwetst. 'Alleen wat?'

'Ik was verbaasd, denk ik. Ik vind je zo'n goed iemand, Ned, werkelijk. Maar dan kijk ik in het medicijnkastje en tref een pillenritueel aan. Waarom heb je die pillen nodig? Je bent helemaal in orde. Of niet?'

'En als ik niet in orde was? Zou je dan opstappen?'

'Eerlijke vraag. Ik weet niet zeker of ik het antwoord weet.'

'Laat maar, Mary. Je wil het begrijpen, nietwaar?'

'Juist.'

'Nou, ooit heb ik die medicijnen nodig gehad. Allemaal. Maar nu niet meer. Ik ben beter. Eroverheen. Als je naar de datum op de potjes kijkt zie je dat ze jaren oud zijn.'

'Goed.' Ik voel me opgelucht. Wat ik heb gezien, waren echte emoties, geen euforie onder invloed van drugs.

Hij trekt het dekbed om zijn middel. 'Wil je het hele verhaal horen?'

'Ja.'

'Ik weet niet waar ik moet beginnen. Even wachten.' Hij trekt een nadenkend gezicht. 'Ooit was ik heel depressief. Ik wist het zelf niet, in het begin. Ik was al zolang depressief dat ik dacht dat ik zo was. Ik was nooit echt in staat me aan iemand te binden, met name aan vrouwen. Daarom was ik zo gereserveerd tijdens onze eerste afspraak. Ik was te veel bezig met hoe ik overkwam.'

'Je was inderdaad wat stil.'

'Aardig om het zo te zeggen,' zegt hij met een zwakke glimlach. 'Sinds ik volwassen ben, ben ik voornamelijk nogal rustig geweest. Het enige wat ik ermee bereikte was eenzaamheid – en dat er over me geroddeld werd. Toen bereikte ik een aantal jaren geleden de bodem wat mijn werk betreft. Niets interesseerde me meer. Ik had nergens energie voor, zelfs niet voor zeilen. Ik kon 's morgens nauwelijks uit bed komen. Ik verscheen niet meer op mijn werk. Ik weet niet of je dat hebt gemerkt.' Hij kijkt naar me.

'Niet echt.'

'Niemand had het door, behalve mijn secretaresse. Zij dacht dat ik de beest uithing.' Hij lacht ironisch. 'Ik was een wrak. Was de weg kwijt. Overspannen noemde mijn moeder het, maar dat is een stomme term. Klinisch gesproken had ik volgens het handboek der psychiatrie een zware depressie, dat komt dichter in de buurt.'

'Handboek der psychiatrie?'

'Wil je alles over me lezen? Ik wist vroeger het betreffende paginanummer, maar dat ben ik nu kwijt.' Hij staat op alsof hij de kamer wil verlaten, maar ik pak zijn hand.

'Laat het boek maar. Vertel je verhaal.'

Hij gaat weer zitten. 'Waar was ik? O ja. God, het lijkt wel of ik bij Sally Jessy zit.'

'Sally Jessy?'

'Ontbijtshow. Heel populair bij depressieve mensen.' Hij glimlacht. 'Hoe dan ook, om een lang verhaal kort te maken, mijn moeder zocht hulp voor me. Reed de stad in, trok me uit bed en zette me in de auto. Zij vond een therapeut voor me, dokter Kate. Kleine dokter Kate. Je zou haar vast mogen.' Hij lacht zacht en raakt enthousiast.

'Ja?'

'Ze is geweldig. Knap. Sterk. Net als jij.'

Plotseling verschijnt er een gespannen uitdrukking op zijn gezicht. 'Ik zou zelfmoord gepleegd hebben zonder haar, ongetwijfeld. Ik heb er vaak genoeg over gedacht. Voortdurend in feite.' Hij kijkt hoe ik reageer.

Ik hoop dat de shock niet van mijn gezicht valt af te lezen. 'De eerste keer bij haar zat ik op zo'n IKEA-bank en het eerste wat ze zegt is: "Geen wonder dat je gedeprimeerd bent, je stinkt."' Hij lacht.

'Dat is niet bepaald aardig.'

'Ik had geen behoefte aan aardig. Ik had behoefte aan een schop onder mijn kont. Ik moest mezelf en mijn familie begrijpen. Ik ging bij haar in therapie. Elke dag. Soms twee keer per dag, tijdens de lunch en na het werk. Ze schreef me medicatie voor, ik weet niet meer wat, maar het hielp niet. We probeerden wat anders tot we bij Prozac kwamen – dat was toen nieuw. Dat hielp, en Halcion, zodat ik kon slapen. Ik kon nooit slapen. Christus, het ging slecht met me.' Een lok zijdeachtig haar valt over zijn gezicht en hij veegt hem snel weg.

'Het klinkt moeilijk.'

'Dat was het ook. Maar het was een tijd geleden en ik heb het doorstaan. Ik heb erover gedacht de medicijnen weg te gooien, maar ze herinneren me eraan hoe het met me gesteld was. Hoe ik erbovenop ben gekomen. Kate zegt dat ik daar trots op hoor te zijn. Elke ochtend een bevestiging moet ui-ten.' Hij rolt met zijn ogen. 'Zie je het voor je? Mij, voor de spiegel terwijl ik tegen mezelf zeg: "Ik ben trots op je, Ned. Ik ben trots op je, Ned".' Hij barst in lachen uit. 'Niet dus.'

'Ik ben trots op je, Ned.'

Hij lacht. 'Ik ben trots op jou, Mary.'

'Nee, ik meen het. Ik bén trots op je.'

'Ja?'

'Ja.'

'Dus je gaat er niet vandoor?'

Ik schud mijn hoofd. Ik heb moeite met spreken. Ik voel zoveel voor hem.

Zijn groene ogen vernauwen zich als die van een kat in de zon. 'Zelfs al ben ik niet zo cool als je dacht?'

'Je bent cooler dan ik dacht.'

'O, dus therapie is cool?'

'Ja. We leven in de jaren negentig. Het decennium van de democraten.'

'Juist.' Hij lacht. 'Dan vind je het ook niet erg dat ik Kate nog steeds zie.'

'Doe je dat dan?'

'Drie keer per week, tijdens de lunch. Haar kantoor is als mijn huis, alleen beter. Ik heb het thuis altijd gehaat. Mijn ouderlijk huis, moet ik zeggen.'

'Wat is er met jou en je vader? Dat zou je me vertellen.'

'Hij is een tiran. Hij denkt dat hij God is. Hij domineerde ons huis zoals hij bij Masterson de boel runt. Produceer of je gaat de laan uit!' Ned wordt plotseling kwaad. Onder de woe-de hoor ik de pijn.

'Praat je daarom al zolang niet meer met hem?'

'Ik heb niet met hem gesproken sinds de dag waarop ik hem ervan moest weerhouden mijn moeder te wurgen. Omdat ze zonder zijn toestemming de plaats van de stoelen had gewijzigd.'

'Mijn god.'

'Aardige man, hè?'

'Gebeurde dat vaak? Dat hij gewelddadig was, bedoel ik.'

'Ik zat op school, dus was ik er niet bij. Maar ik wist wel wat er gebeurde.' Hij leunt achterover op zijn handen. 'Ontkenning is iets vreemds. Je bent ergens waar je het weet maar toch ook weer niet. Je hebt geheimen voor jezelf. Ik denk dat hij me daarom een toelage geeft. Hij heeft me de vernieling in geholpen, maar hij heeft me tenminste de middelen verschaft om uit te vissen hoe.' Hij lacht maar het klinkt hol, ditmaal.

'Waarom denk je dat je vader me wilde ontmoeten?'

'Ik wed dat hij weet dat we uit zijn geweest, vorige week. Ik denk dat hij me in de gaten houdt.'

Ik ga langzaam overeind zitten. Ik herinner me de blik op zijn vaders gezicht toen hij de conferentiekamer met de glazen wand binnenstormde, met nauwelijks verholen woede. Het is niet moeilijk voor te stellen dat hij gewelddadig tegen zijn vrouw is. Of zelfs tot moord in staat. 'Bedoel je dat hij je volgt? Of je laat volgen?'

Ned kijkt gechocqueerd als hij het verband ziet. 'Wat zeg je? Denk je dat hij Brent heeft vermoord? Denk je dat hij jóú probeert te vermoorden?'

'Denk jij dat?'

'Waarom zou hij?'

'Zodat jij maat bij Stalling wordt. Om je van de positie te verzekeren.'

'Nee. Nee, dat kan ik me niet indenken. Het is onvoorstelbaar.' Hij schudt zijn hoofd.

'Maar je zegt dat hij je in de gaten houdt.'

'Niet op die manier. Hij denkt dat hij dingen oppikt, de roddel. Ik denk niet dat hij me volgt. Absoluut niet.'

'Weet je het zeker, Ned? Anders moeten we zijn naam aan de politie doorgeven.'

'Mary, het is mijn vader, verdomme. Laat me eerst met hem praten.'

'Wil je dat? Na vijftien jaar?'

'Ja. Geef me een paar dagen om zover te komen. Als ik maar het minste vermoeden heb, bellen we de politie. Ik neem geen risico met je veiligheid, dat weet je.'

Plotseling gaat de telefoon. Ned leunt over me heen naar het nachtkastje en neemt op. 'Hallo? Zeker Judy, hier is ze.' Hij bedekt de hoorn met zijn hand. 'Ik ga onder de douche.'

Ik knik en hij geeft me de telefoon. Als hij opstaat, valt het dekbed van hem af. Hij negeert volkomen dat hij naakt is en loopt naar de kast. Typisch mannelijk.

Judy begint te praten voor ik de telefoon bij mijn oor houd. 'Mary, wat is er aan de hand? Wat doe je bij Ned?'

'Ik probeer je al sinds vrijdagavond te bellen. Waar was je?'

Ned pakt zijn badjas van een haakje aan de kastdeur en loopt de slaapkamer uit.

'Het is een lang verhaal,' zegt ze. 'Mijn broer zou naar Princeton gaan en ik moest... laat maar. Wat is er met je? Wat doe je eigenlijk bij Ned? Ik heb net je boodschappen doorgekregen.'

'Slecht nieuws, Judy. Heel slecht.' Ik slik een brok weg.

'Wat?'

'Is Kurt in de buurt? Ben je alleen?' Uit de badkamer komt het geluid van douchegordijn dat over de metalen rail wordt geschoven en van de kraan die wordt opengedraaid.

'Hij is in New York, maar ik verwacht hem elk moment thuis. Waarom ben je bij Ned... 's mórgens?'

'Dat vertel ik je nog wel. Luister, Judy.'

Ik haal diep adem. Ik moet haar vertellen wat er met Brent is gebeurd. Het herinnert me aan toen ik haar moest vertellen over Mike. Mijn ouders hadden haar vanuit het ziekenhuis gebeld, maar ze was niet thuis. Ik kreeg haar later te pakken. Het was vreselijk. Ik kon nauwelijks een woord uitbrengen. Zij ook niet. Ze trok praktisch bij me in. Judy, meer dan wie ook, hielp me door de begrafenis.

'Mary, wat is er?'

Ik vertel haar alles en dat ik het vermoeden heb dat het dezelfde auto was als die mij gevolgd heeft. Het enige wat ze steeds opnieuw zegt is: 'O, mijn god. O, mijn god.' Haar stem klinkt flets en ingeblikt aan de andere kant van de lijn.

'Heeft hij geleden, denk je?' vraagt ze ten slotte.

Ik herinner me Brents gezicht en zijn gekwelde uitdrukking toen de auto hem raakte. Er is geen reden om dat Judy te vertellen. 'Ik weet het niet.'

'Arme Brent. Arme, arme Brent. O, mijn god.'

In de douche wordt de kraan dichtgedraaid. Ik hoor Ned in de badkamer rommelen.

'Wat doe je bij Ned?'

'Ik ben hierheen gegaan. Ik dacht dat hij het gedaan had.'

'Waarom ben je er dan nog? Brent is vermoord en jij bent bij Ned?'

'Hij heeft het niet gedaan, Judy.'

'Ik snap je niet. Waar ben je mee bezig?'

Ik hoor hoe Ned zijn tanden poetst, en toonloos neuriet.

'Hij is geweldig voor me geweest, Judy. Hij...'

'Neuk je met Ned Waters? Mary, doe je dat echt?' Ze klinkt kwaad.

'Zo is het niet...'

'Je bent in gevaar, Mary! We weten niets over hem. Hij heeft alle reden om je iets aan te willen doen.'

Ned draait de kraan van de wastafel dicht en ik hoor hem richting slaapkamer lopen. Zijn vals geneurie is overgegaan in een valse marsmelodie. *H.M.S. Pinafore* gezongen door een prairiewolf.

'Dat zou hij nooit doen, Judy.'

'Maar Mary!'

Ned verschijnt in een dikke badstof badjas in de deuropening naar de slaapkamer. Zijn natte haar is piekerig en ongekamd, zijn baard is stoppelig. Hij rolt een natte handdoek op en mikt hem in een rieten mand in de hoek van de kamer. Hij belandt erin, ternauwernood, en Ned grijnst naar me.

'Maak je geen zorgen, Judy. Het gaat prima met me.'

'Is hij daar? Je kunt niks zeggen, hè?'

'Niet precies.'

'Ik vind dat je daar weg moet.'

'Het gaat best, Judy. Je kunt me hier bellen als je me nodig hebt. Op elk tijdstip.'

Ned gaat achter me op het bed zitten. Ik voel zijn handen op mijn rug, nog warm van de douche.

'Maar als hij het is?' vraagt Judy.

'Ik ben veilig, werkelijk.'

Ned masseert mijn schouders, oefent achter mijn rug met zijn vingers druk uit. Zijn aanraking is stevig, vasthoudend.

'Je begaat een grote fout, Mary.'

'Geloof me, het is in orde.'

'We spreken elkaar vanavond. Kijk naar me uit voor de dienst begint.'

'Goed. Wees voorzichtig.' Ik hang op. Ik wou dat ze zich geen zorgen maakte om mij en Ned. Mijn schouders zijn warm en gloeiend onder zijn handen.

'Hoe voelt dat?' vraagt Ned zacht.

'Geweldig.'

'Dus Judy maakt zich zorgen om je.'

'Inderdaad.'

'Ze denkt dat ik de slechterik ben.'

'Eerlijk gezegd wel.'

'Dat dacht ik al.'

'Ik zal met haar praten.

'Therapie les 101. Je kunt geen invloed uitoefenen op wat mensen denken.'

'Advocatuur les 101. Ja, dat kun je wel.'

Hij lacht. 'Doe je ogen dicht, schat.'

Ik sluit mijn ogen en concentreer me op de zacht knedende beweging van zijn vingers op mijn schouders.

'Ontspan je nek. Laat je hoofd naar voren vallen.'

Dat doe ik, als een lappenpop, terwijl zijn handen naar mijn nek toewerken. Hij doet het langzaam, centimeter voor centimeter. Het doet me denken aan hoe hij met me gevreeën heeft in het donker. Hij had geen haast. Omdat hij het voelde.

'Alles komt goed, Mary,' zegt hij rustig.

Ik geloof hem bijna.

19

Die avond zit ik tussen mijn ouders en Ned in bij de herdenkingsdienst voor Brent. De dienst wordt gehouden in het Philadelphia Art Alliance, een elegant oud gebouw op Rittenhouse Square. Zes straten verderop is Brent doodgereden. Enkele vrienden van Brent hebben vandaag bloemen op het trottoir voor de bank gelegd en zijn dood werd op alle nieuwszenders besproken. Men zei dat de bestuurder van de auto was doorgereden na de aanrijding, wat ik een eufemisme vind. Maar wat er op de tv wordt gezegd is onbelangrijk. Het is veel belangrijker wat de politie erover te zeggen heeft. Ik vraag me af of Lombardo vanavond ook zal verschijnen.

Ik kijk om me heen naar de hoeveelheid mensen die alsmaar toeneemt, maar Lombardo is nergens te bekennen. Er zijn allemaal vrienden uit de verschillende kringen waarin Brent zich bewoog. Zijn homovrienden, zonder meer de grootste groep, evenals de mensen met wie hij zang studeerde en een afvaardiging van Stalling. Judy is er met Kurt, evenals de meeste secretaresses van het kantoor, die in tranen bij elkaar zitten en onder wie Delia, Annie Zirilli en Stella zich bevinden. Zelfs de personeelschef van Stalling die Brent zo de mantel uit heeft geveegd over de kwestie dienblad. Ze kijkt met verachting naar de homo's. Haar uitdrukking zegt: ik wist het.

Als ik naar haar kijk herinner ik me wat Brent vorige week nog heeft gezegd. Als ik doodga, wil ik dat mijn as in de vloerbedekking bij Stalling & Webb wordt gewreven. Dat was niet als grap bedoeld.

Ik kijk op het programma waarop zijn foto staat. Een lachend gezicht in een zwart overhemd omgeven door een zwart vierkant. Dit hoort niet te gebeuren. Hij hoort niet te sterven. Hij is te jong om in een zwart vierkant te staan. Hij zou gezegd hebben: wat is er fout aan deze foto?

Mijn moeder raakt mijn hand aan en ik knijp plichtmatig terug. Ik wil niets voelen vanavond. Ik wil verdoofd zijn.

De grafredes beginnen en als eerste spreekt Brents zangdocente. Ze is een brunette van middelbare leeftijd met grote borsten en theatraal rode lippenstift. Brent heeft haar ooit beschreven als robuust. Robuustig zei hij. Maar vanavond ziet ze er allesbehalve robuust uit. Ze ziet er gebroken uit. Haar spreekstem, van een opmerkelijk timbre, klinkt zo overmand door verdriet dat ik er niet naar kan luisteren. Ik kijk rond en zie Lombardo, alleen op een klapstoel tegen de muur. Zijn haar is achterovergekamd met water en hij heeft een slecht zittende zwarte regenjas aan. Hij lijkt op een uit de kluiten gewassen misdienaar, niet iemand die slim genoeg is om de moordenaar van Brent in de kraag te pakken. En misschien die van Mike.

'Hij had een mooie stem,' zegt de zangdocente. Ze spreekt met opgeheven hoofd, bijna als een danseres. 'Maar Brent had niet echt ambities in de muziek. Hij deed nooit mee aan zangcompetities die ik hem aanbeval, zelfs niet als ik hem de formulieren gaf. Hij weigerde. "Ik ga niet bij *Star Search*, Margaret,' zei hij dan. '*Dance Fever* misschien. Maar S*tar Search*, dat nooit."'

Er klinkt gelach en discreet gesnik.

'Brent nam les omdat hij dol was op muziek. Hij zong omdat hij dol was op zingen. Het was een doel op zich voor hem. Ik probeerde dat al mijn leerlingen bij te brengen, maar daar hield ik mee op toen ik Brent had ontmoet. Dat was de les die ik van Brent heb geleerd. Je kunt mensen geen vreugde leren.'

Ze kijkt waardig naar de aanwezige mensen en verlaat het podium.

Je kunt een speld horen vallen.

Ik probeer niet stil te blijven staan bij wat ze gezegd heeft.

Twee jongemannen verschijnen op het podium. Een van hun is vrijwel uitgeteerd – duidelijk erg ziek – en wordt ondersteund door de ander. Allebei hebben ze een rood lintje op, wat bij hen veelzeggender is dan bij alle Shannen Doherty's bij elkaar.

Ik weet dat ik hier niet naar kan luisteren.

Ik scherm het af.

Ik ga in mijn gedachten elders heen.

Ik denk aan wat Judy zei voor de plechtigheid begon. Hoe ze zich verontschuldigde dat ze zo scherp was over de telefoon. Dat ze Ned werkelijk niet vertrouwt. Ik kon niets zeggen om haar tot andere gedachten te brengen. Het was voor het eerst dat we bijna ruzie hadden en ten slotte krabbelde ze terug. Ze was op van de zenuwen zei ze. Ik kijk naar haar, geluidloos huilend naast Kurt. Zij hield ook van Brent. Daarom doet ze zo gestoord.

De lofredes zijn bijna voorbij en de laatste spreker wordt geïntroduceerd.

Meneer Samuel Berkowitz.

Ik kijk stomverbaasd op.

Zonder twijfel is het Berkowitz in een donker pak die het onder bloemen bedolven podium beklimt. Hij verstelt de microfoon, die onder de witte lelies zit verborgen en schraapt zijn keel. 'Ik kende Brent Polk niet erg goed, maar terwijl ik hier vandaag naar u allen luister, zou ik willen dat dat wel het geval was geweest. Wat ik wel weet over Brent is dat hij een intelligente jongeman was, een competente assistent en een goede en trouwe vriend voor velen. Ook, dat hij elke regel waaraan mijn conventionele oude advocatenkatoor waarde hecht, met voeten trad.'

Er wordt gelachen en opnieuw gesnikt. Ik glimlach zelf en ben zo trots op Berkowitz dat hij er is. Hij heeft meer stijl dan het hele zootje bij elkaar. Ik knijp in Neds hand maar hij lacht niet. Noch mijn ouders. Ze kijken somber en verdrietig. Ze denken zeker aan Mike. Ze hebben Brent nauwelijks gekend.

'Verder wil ik vermelden dat er uit naam van Brent een gift wordt toegekend in opdracht van alle maten van Stalling en Webb. Morgen geven we uit naam van Brent Polk tienduizend dollar aan "Pennsylvania tegen rijden onder invloed".' Wij hopen oprecht dat we kunnen voorkomen dat wat er met Brent is gebeurd, andere veelbelovende jonge mannen en vrouwen overkomt. Dank u.' Er klinkt applaus terwijl Berkowitz naar beneden loopt en in de menigte verdwijnt.

'Waar hebben ze het over?' fluister ik boven het tumult uit tegen Ned.

'Geen idee.' Hij ziet er grimmig uit.

'Dronken bestuurder, mijn rug op!'

Mijn moeder stoot me aan. Niet praten in de kerk, betekent dat stootje.

Ik draai me om en kijk naar Lombardo. Zijn doffe ogen geven me een seintje dat ik me niet moet laten gaan. Rijden onder invloed, beweeg ik met mijn lippen naar hem.

Hij legt een vinger op zijn mond.

Jezus! Ik kan me nauwelijks inhouden. Brent is in koelen bloede vermoord en ze noemen het rijden onder invloed. Ik kan me nog net bedwingen na de plechtigheid niet meteen op hoge poten op hem af te stappen maar ik moet me eerst met mijn ouders bezighouden. Ned en ik helpen hen de trappen van het Art Alliance af en wachten met hen op een taxi. Mijn moeders ogen zijn zwart uitgelopen en betraand achter haar brillenglazen. Mijn vader ziet er terneergeslagen uit.

'Ik mag die man van je kantoor niet, Maria,' zegt ze. 'Die grote. Weet je wie ik bedoel? Die grote?'

'Ja ma.'

'Nee. Ik mag die man totaal niet.' Ze schudt haar hoofd en haar zware bril zakt naar beneden.

'Waarom niet, mevrouw DiNunzio?' vraagt Ned met een zwakke glimlach.

Ze steekt geheimzinnig een vinger op. 'Dunne lippen. Je kunt zijn lippen niet eens zien. Het lijkt wel een potloodlijntje.'

'Ma, zijn lippen zijn niet dun. Je ziet het gewoon niet goed.'

'Niet zo slim doen, ik heb het gezien. Hij heeft dunne lippen. Let op mijn woorden.'

Ned lijkt geamuseerd door wat ze zegt. 'Hij is de baas, mevrouw DiNunzio.'

Ze boort haar wijsvinger in het handgestikte revers van Neds jas. 'Het kan me niet schelen wie hij is. Ik mag hem niet.'

'Maak het de kinderen niet moeilijk, Vita,' zegt mijn vader. 'Ze hebben het al moeilijk genoeg op dit moment. Een vracht problemen.'

'Ik maak het ze niet moeilijk, Matty. Ik let op Maria!' Mensen die vertrekken kijken onze kant uit, geschrokken door haar luide stem. 'Daar zijn moeders voor! Dat is de taak van een moeder, Matty!'

Er stopt een gele taxi bij het stoplicht en ik wenk hem.

'Kijk naar Maria, Viet,' zegt mijn vader, een ogenblik opgevrolijkt. 'Echt een dame uit de grote stad.' Mijn moeder kijkt trots naar me. Ik heb een taxi aangehouden, *mirabile dictu.*

'Alsjeblieft, mensen. Breng me niet in verlegenheid tegenover Ned, goed? Ik probeer een goede indruk te maken.'

Mijn vader glimlacht en mijn moeder geeft me een duw. 'Jij. Altijd de grappenmaker.'

De taxi stopt en Ned opent het portier voor hen. Ik leun naar beneden en geef ze allebei snel een zoen. Ned helpt mijn vader in de donkere taxi, maar mijn moeder laat niet zo gemakkelijk los. Ze pakt me bij mijn jas en fluistert: 'Bel me. Ik wil het met je over deze jongeman hebben.'

'Oké, ik zal je bellen.'

Ze fluistert luid in mijn oor. 'Het doet me goed je met iemand te zien. Je bent te jong om jezelf af te schrijven.'

'Ma...'

Ze kijkt Ned streng aan. 'Pas goed op mijn dochter. Of je krijgt met mij te maken.'

'Dat zal ik doen,' zegt hij verbaasd.

'Je moet gaan, ma.' Ik moet me bedwingen haar de taxi in te duwen.

'We houden van je, pop,' zegt mijn vader terwijl mijn moeder instapt.

'Ik ook van jullie,' zeg ik en sla opgelucht het zware portier dicht. Ik heb het gevoel alsof ik ze in bed heb gestopt. Ik zwaai en de taxi rijdt weg.

Ned omhelst me. 'Ze zijn geweldig,' zegt hij vrolijk.

'De vliegende DiNunzio's. Een handvol, vind je niet?'

'Je hebt geluk, besef je dat?'

'Ik weet het, maar laten we het daar nu niet over hebben. Help me liever Lombardo te vinden.' Ik tuur naar de menigte die uit de smalle voordeuren van het gebouw stroomt.

'Ik weet niet hoe hij eruitziet.'

'Fred Flintstone.'

Judy komt naar buiten met Kurt die het heeft klaar gespeeld voor de gelegenheid een passend jasje te vinden. Ze zwaait over de zee mensen heen gedag. Ik zwaai terug.

Ned wijst naar het achterste deel van de menigte. 'Is dat hem?'

'Ja!' Het is Lombardo in levenden lijve. Ik zwaai opvallend

en ten slotte krijgt hij me in het oog. Zelfs op afstand geeft zijn uitdrukking aan dat hij er niet blij mee is.

'Wind je niet op, Mary.'

'Ik ben al opgewonden. Ik heb zin om zijn gezicht te verbouwen.' Ik begeef me tussen de menigte mensen met Ned aan mijn zijde. Lombardo baant zich een weg naar ons toe en we ontmoeten elkaar in het midden.

'Rijden onder invloed, Lombardo?' zeg ik tegen hem. 'Dat meen je niet!'

Lombardo kijkt nerveus om zich heen. 'Mary, rustig aan.'

'Dat is bijna zo absurd als potenrammer.'

Lombardo neemt me terzijde en Ned volgt. 'Luister, Mary, het is maar een voorlopige conclusie, we zijn niet met het onderzoek gestopt. Jij zei dat de auto als een gek het trottoir afreed. Hij is tegen een zaagbok gebotst. We weten dat hij als een gek reed toen hij...'

'Gelul.'

'Mary, speel geen politieagentje. Ik ben politieman.'

Een van de homo's in de menigte kijkt achterom. Op zijn korte leren jasje zit een roze knoop waarop staat: WEES LASTIG. Ze hebben vorig jaar tijdens een demonstratie in de clinch gelegen met de politie. De twee groeperingen mogen elkaar niet bepaald. Lombardo zegt: 'Laten we ergens anders heen gaan.'

We vormen een nieuw groepje bij de ingang naar het Barclay Hotel, naast het Art Alliance. Het linnen zonnescherm klappert in de windvlagen rond Rittenhouse Square. 'Stel je me niet voor aan je vriend?' vraagt Lombardo.

'Ik ben Ned Waters, rechercheur Lombardo.' Ned steekt een hand uit, maar Lombardo aarzelt voor hij hem schudt. Hij herinnert zich dat Ned een van degenen is wier naam ik in het ziekenhuis als verdachte heb genoemd.

'Hij is oké, Tom,' zeg ik.

Lombardo kijkt van mij naar Ned. Wat hij ook mag denken, hij besluit het niet te uiten. 'Mary, ik heb nagetrokken wat je me over je man hebt verteld. Ik heb het A O O -dossier naar aanleiding van zijn ongeluk opgezocht. Ik heb zelfs met een van de mannen gesproken die bij het onderzoek betrokken waren. Je man is aangereden op de West River Drive, waar hij de stad uitgaat, bij die eerste bocht.'

'Dat weet ik.'

'Het is bijna een blinde bocht, Mary. Ik ben er zelf heen gegaan. Ik ben erachter gekomen dat je man niet de enige fietser is die op die plek is doodgereden. Drie maanden geleden was het een architect.'

'Daar heb ik over gelezen. Hij was pas zesentwintig.'

'Je man en de architect zijn ongeveer op hetzelfde tijdstip doodgereden – op de vroege zondagochtend. Waarschijnlijk door iemand die de nacht tevoren had feestgevierd en terugreed naar de buitenwijken.'

'Maar...'

'Wacht even.' Lombardo haalt zijn notitieblok tevoorschijn en bladert het door in het licht van het hotel. 'Wacht. Hier staat het. Er is daar ook een arts doodgereden. Een internist, die in Mount Airy woonde. De man was achtenvijftig. Twee jaar geleden, dezelfde bocht. Brent is op een totaal andere plek en tijdstip aangereden. Dus ik... '

'Is dat geen onderscheid zonder verschil?' vraagt Ned.

Lombardo kijkt op van zijn boekje. 'Wat?'

'Maakt het werkelijk wat uit dat het ene incident in de ochtend en het andere 's avonds gebeurde? Alleen omdat ze op verschillende tijdstippen en locaties plaats hebben gevonden, betekent niet dat we niet met dezelfde dader te maken kunnen hebben.'

'Luister, meneer Waters, ik ben al iets langer rechercheur dan u.'

'Dat begrijp ik.'

'Mijn instinct zegt me dat het niet dezelfde man is.' Hij wendt zich tot mij. 'Ik heb je aanwijzing nagetrokken, Mary. Ik heb het serieus genomen want ik geef toe dat het vreemd lijkt, dat die twee voorvallen zoveel overeenkomsten vertonen. Maar ik moet afgaan op wat het meest logisch lijkt, en dat is niet moord. Ik zie twee ongelukken, beide met drank in het spel. Het is heel erg dat het de ene keer je man en de tweede keer je assistent betrof, maar dat is noodlottig toeval. Tenminste, zo zie ik het tot nu toe.'

'Maar, Tom, het kenteken.'

'De helft van de auto's in deze stad heeft geen kenteken. Crackgebruikers schroeven ze eraf om ze te verkopen. Dieven halen ze eraf om de registratiestickers. Kijk, zoals ik het zie, is de man die Brent heeft doodgereden het trottoir opgereden om de wegwerkzaamheden te vermijden. Mensen van A O O hebben me verteld dat er diezelfde dag nog twee aanrijdingen in Walnut Street waren, allemaal vanwege de werkzaamheden aan de weg.'

'En waarom is hij dan doorgereden?'

'Dat komt veel voor, Mary. Vaker dan je denkt. Iemand heeft wat te veel op, vooral op de vrijdagavond en voor hij het weet – knal – ze rijden de stoep op. Ze zijn onder invloed, raken in paniek. We vinden ze meestal een paar maanden later. Sommigen geven zichzelf aan vanwege hun schuldgevoel. Dat was het geval met de architect.' Hij pauzeert en stopt het notitieblok terug in zijn achterzak. 'A O O heeft niet zoveel onopgeloste fatale ongelukken, weet je. De arts, een jongen op een zebra in het noordoosten en je man. Hij is een van drie gevallen.'

Ik voel me weer verdoofd. Mike is een fataal ongeluk. Een onopgelost fataal ongeluk.

'En de telefoontjes?' vraagt Ned korzelig.

'Heb je er dit weekend nog meer gehad, Mary?'

'Ik weet het niet. Ik ben nog niet thuis geweest.'

'En de brieven?' zegt Ned.

Lombardo kijkt hem strak aan. 'Ik zal ze bij Mary ophalen. Ik zal ze bekijken en doorsturen naar de afdeling Documenten, maar ik denk niet dat ze iets met Brent te maken hebben. Ze klinken niet als het soort brieven dat van een moordenaar afkomstig is.'

'Hoe bedoel je?'

'Er staat niet in de brieven: "Ik ga je vermoorden, ik zal je verbouwen, je dagen zijn geteld", dat soort teksten. Die brieven krijg je van een maniak die in staat is tot moord. Een maniak met *cipollini*. Weet je wat dat betekent, vriend?'

'Vertel me dat eens, rechercheur Lombardo.'

'Ik weet wat het betekent, uitjes. Maar het staat voor...'

'De ballen!'

'Tom, Ned, alsjeblieft.'

Lombardo kromt zijn rug om zijn regenjas weer aan te doen. 'Ik wil de brieven zien, Mary, maar het moet me van het hart, volgens mij zijn ze van een of andere gestoorde dame die iets tegen je heeft. Misschien iemand van vroeger of iemand die je nu kent. Het kan zelfs iemand zijn die je helemaal niet kent, zoals iemand van de postkamer op je werk. Een of andere oetlul die verliefd op je is. Dat is het patroon, vooral bij types als jij, carrièrevrouwen. Hun naam staat in de krant, ze zitten in allerlei comités. Zit jij in comités?'

'In sommige.'

'Dit soort man is geen vechter, het is een liefhebber. Hij zit thuis te kwijlen boven je foto, probeert moed te verzamelen om je aan te spreken. Bel me morgen, dan maken we een afspraak.' Lombardo wordt plotseling afgeleid door Delia, die uit de duisternis opduikt, gevolgd door Berkowitz.

'Thomas!' zegt Berkowitz hartelijk en schudt Lombardo de

hand. 'Bedankt voor alles wat je gedaan hebt.'

'Niets te danken, Sam.' Lombardo kan zijn ogen niet van Delia afhouden.

'Mary,' zegt Berkowitz, 'heel erg wat er met je assistent is gebeurd.'

'Dank je.'

'Waarom neem je niet een paar dagen vrij? Ik neem wel voor je waar.'

Delia pruilt met glanzende roze lippen.

Het aanbod verrast me. Voor iemand waarnemen is strikt tussen maten onderling. 'Eh, bedankt, ik zal erover nadenken.'

'Laat me weten als je me nodig hebt, Mary. Het is aan jou.'

'Afgesproken.'

Berkowitz draait zich om. 'Thomas, nogmaals bedankt.'

'Graag gedaan.'

Berkowitz loopt weg, met wapperende zware regenjas, en blijft even staan om een sigaret aan te steken. De vlam van de aansteker verlicht de contouren van zijn gezicht.

Lombardo wijst met zijn hoofd naar Berkowitz. 'Dat is een grote jongen, maar een goeie kerel. Hij denkt ook dat de brieven niets betekenen, Mary.'

'Heb je het aan hem verteld?'

'Jazeker, we hebben elkaar deze week een paar maal gesproken. Hij was bijzonder geïnteresseerd in het onderzoek.'

'Laten we gaan, Mary.' Ned knijpt in mijn arm.

Ik voel me plotseling moe. Ik kom niet verder met Lombardo, dat is duidelijk. Ik weet dat ik het bij het rechte eind heb. Het klopt allemaal, maar vanavond kan ik niets doen. Vermoeid geef ik toe. 'Goed.'

'Bel me, Mary,' zegt Lombardo.

Ik knik terwijl Ned met me naar huis loopt. Geen van beiden zeggen we iets tijdens de korte wandeling naar mijn flat.

Ik weet niet waar hij mee bezig is, maar ik ben zo moe en verdrietig dat ik niet helder kan denken. Als we in de buurt van mijn flat komen voel ik een afstand tussen Ned en mij. Ik wil alleen zijn met mijn herinneringen aan Brent en Mike. Ik ben in de rouw en het is een déjà vu. We zijn bij de ingang van mijn flat, vlak bij de plaats waar Ned me voor het eerst zoende. Er is heel wat gebeurd sinds die eerste zoen. Brent leefde toen nog.

'Wil je wat kleren ophalen, Mary?'

'Ik wil eigenlijk wat slaap inhalen, vannacht.'

'Bedoel je dat je hier wilt blijven? Alleen?' Hij fronst waardoor de sproeten bovenaan zijn neus samenkomen.

Ik knik.

'Ik maak me zorgen, liefje. Ik weet niet wat er aan de hand is en ik heb geen vertrouwen in die rechercheur. Ik denk niet dat je veilig bent.'

'Misschien kan ik Judy bellen of zoiets.'

'Wil je niet dat ik blijf?' Hij is in de war.

'Ned, niet dat het niet fantastisch was...'

Zijn groene ogen verharden zich. 'O, is dat het? Was het fantastisch voor je? Want dat was het voor mij ook.'

'Dat bedoelde ik niet.'

'Ik heb je geraakt dit weekend, Mary. Dat weet ik. Dus neem geen afstand van me, niet nu.'

'Dat doe ik ook niet, maar wij zijn maar een onderdeel van wat er dit weekend is gebeurd. Ik moet steeds aan Brent denken.'

'Oké,' zegt hij snel. 'Goed. Het spijt me.'

'Ik wil gewoon even alleen zijn.'

'Maar bel me, doe je dat? Bel me als je iets nodig hebt, het doet er niet toe hoe laat het is. Bel me.'

'Oké.'

'Doe je deur op slot.'

'Oké.'

'Eet je groente op. En doe je wanten aan.'

'Bedankt.' Ik zoen hem snel en doe de toegangsdeur van mijn flat open. Ik zwaai naar hem door het gepantserde glas van de buitendeur en ik denk dat hij terugzwaait maar ik kan hem niet goed zien. Het bobbelige glas verandert zijn silhouet in een golvende schaduw.

Ik pak de post bij elkaar en bekijk iedere brief die ik op het stapeltje leg. Ik had nooit gedacht opgelucht te zullen zijn door een stapel reclamepost geadresseerd aan Dee Nunzone, maar dat ben ik wel. Ik klim de trap naar mijn verdieping op en heb er spijt van dat ik Ned niet gevraagd heb mijn flat te controleren. Ik kom bij de deur waar nog steeds Lassiter-DiNunzio staat en tuur tevergeefs door het kijkgaatje. Ik haal diep adem en doe langzaam de deur open. Een stukje, dan helemaal. De flat is in duisternis gehuld. Ik doe het licht met één vinger aan en steek mijn hoofd om de hoek van de deur. Het ziet er net zo uit als toen ik wegging. En het is stil. Geen telefoon die overgaat. Geen ander geluid. Ik loop langzaam naar binnen en doe de deur achter me op slot.

'Alice?' De jaloezieën ritselen. Ze zit op de vensterbank. Ik loop nerveus naar de keuken, vul Alices bakje en pak Mikes samoerai-mes uit het rek. Ik ga zwaaiend met het mes naar de slaapkamer. Ik neem aan dat ik er angstaanjagend uitzie. Ik jaag mezelf angst aan. De slaapkamer ziet er volledig normaal uit. Ik haal diep adem en kijk onder het bed. Grote stofpluizen, stapels roze kleenex en een baret die ik kwijt was. Ik pak de baret en leg hem op bed.

Ik loop de slaapkamer uit, de badkamer in. Het make-upplankje, waarop ik nu alles in een geheime opstelling heb staan – moisturizer, foundation, oogpotlood, lippenstift – hangt er nog net zo geheim bij. En de lucht van een vaak gebruikte kattenbak bevestigt dat er tenminste nog iets anders hetzelfde is.

Ik ontspan enigszins en ga terug naar de woonkamer.

'Alice?'

De jaloezieën bewegen als antwoord, maar Alice verlaat haar post niet.

'Hij komt niet terug, Alice,' zeg ik. Ik weet niet zeker of ik Mike bedoel of Brent, maar Alice vraagt niet om verduidelijking.

Ik plof in een stoel met mijn moordenaarsmes en sluit mijn ogen.

20

Het volgende wat ik hoor is het oorverdovende geluid van de bel van de benedendeur. Ik kijk op mijn horloge. Het is tien uur. Ik moet in slaap zijn gevallen. Verdoofd sta ik op en druk op de intercom, met het mes in mijn handen. 'Wie is daar?'

'Biggetje, biggetje, laat me alsjeblieft binnen,' roept een krachtige stem. Die van Judy.

'Wacht even.' Ik druk op de zoemer en ze is in een paar seconden boven, nadat ze zoals gewoonlijk de trap met twee treden tegelijk is opgerend. Ze stapt de flat in met een versterkte rugzak en een opgerolde slaapzak. Haar adem stokt als ze het mes ziet. 'Waar is dat in godsnaam voor?' vraagt ze.

'Slechteriken. Ben je doodsbang?'

'Van jou?'

'Ja, van mij. Van mij en mijn grote gevaarlijke mes.'

Ik zwaai het in het rond en ze doet een paar stappen achteruit.

'Kijk uit met dat ding.'

'Je zou eens moeten zien wat dit mes met een stengel selderij kan uitrichten, geen prettig gezicht.'

'Zijn we zover gezonken? Dat jij met een machete rondloopt?' Ze schopt de deur dicht met de hiel van haar sportschoen en gooit de slaapzak op de grond, waar hij tegen de bank rolt. Alice zet een hoge rug op.

'Wie ben je, Nanook de Eskimo?'

'Gaat het?'

'Jawel.'

Haar ogen vernauwen zich. 'Ja?'

'Naar omstandigheden.'

'Dat dacht ik al,' zegt Judy, fronsend als een dokter die ontstoken amandelen bij een kind constateert. 'Ik heb iets meegebracht om ons op te vrolijken.' Ze zwaait de rugzak van haar rug en trekt de rits open, terwijl ze de keuken inloopt. Ik volg haar en kijk hoe ze een pak suiker, twee pakjes boter en in cellofaan verpakte chocoladesnippers uitpakt.

'Heb je Kurt alleen gelaten om hier te komen bakken?'

'Niet helemaal. Je nieuwe vriend belde en zei dat je bescherming nodig had. Je hebt toch wel bescherming gebruikt?'

Ik voel me plotseling vreselijk. Ik moet aan Brent denken. In een flits zie ik hem die dag in mijn kantoor de koffievlek schoonmaken. Hij was zo bezorgd over me.

'Wat is er?' vraagt Judy gealarmeerd.

'Brent, Judy, Brent.' Ik voel hoe ik in elkaar zak en Judy pakt me in haar sterke armen. Ik begraaf mijn gezicht in haar ruige slobbertrui die zo fris naar zeep ruikt en begin te huilen.

'Ik weet het, Mare,' zegt ze met ongewoon zwakke stem. 'Het was een goed mens. Hij hield van je.' Ze trekt me dichter tegen zich aan en ik probeer me niet raar te voelen over het feit dat we twee vrouwen zijn die elkaar aan de boezem sluiten. Judy drukt me zo stevig tegen zich aan dat ik achterover struikel op het geluid van een luid *rriauw*.

We schrikken allebei. Ik ben op Alices staart gaan staan. Ze blaast fel naar me.

Judy lacht en wrijft zich in de ogen. 'Niks koekjes. Laten we Alice gaan bakken.'

Ik lach ook, kan niet ophouden en het is een goed gevoel, een ontlading. We drogen om de beurt onze ogen met een keukenrol met kleine madeliefjes langs de rand. Daarna kijken we elkaar bibberig en ontnuchterd aan. Judy's lippen vormen een golvend lijntje. 'Zo moet je je gevoeld hebben na Mike, hè?' zegt ze leunend tegen het aanrecht.

Mike. Zijn stem is weg nu en dat was het laatste van hem. Ik knik.

'Je bent te vroeg weer gaan werken. Ik heb nooit begrepen hoe je dat klaarspeelde.'

'Ik moest wel. Als er zoiets gebeurt, moet je bezig blijven.'

'Bezig?'

'Inderdaad. Het eerste op de agenda. Dat doe je. Dan doe je het volgende. Een conclusie deponeren. Koekjes bakken.'

Judy glimlacht zwakjes.

Ik wijs naar het onderste keukenkastje. 'Daar ligt het kookboek. Wil je koffie?'

'Graag.' Judy trekt haar trui over haar hoofd, wat een van Kurts hemden met v-hals onthult en gaat op de grenen keukenvloer zitten. Ze trekt mijn *Joy of Cooking* van de plank en slaat het dikke boek open, terwijl ze afwezig aan de rode linten draait, die op de rug gelijmd zitten. 'Wat is dit, de oorlogsuitgave? Gooi het toch weg.'

'Dat kan ik niet.' Ik schep wat koffie in het koffiezetapparaat. 'Het doet me denken aan een misboek.'

'Een wat?'

'Laat maar.' Judy is areligieus opgevoed, wat de reden is dat ze zo'n vertrouwen heeft.

'En, ben je verliefd?'

Ik kijk hoe de koffie in de glazen pot druppelt. Het duurt eeuwen.

'Mary? Ben je verliefd?' Ze kijkt vragend naar me op. Met haar ruige stekeltjeshaar op de vloer doet ze me denken aan een herdershond die op een hondensnoepje wacht.

'Ik ben in de war.'

'Vertel me wat er gaande is of ik maak de Duitse honingrepen.'

Ik pak twee bekers uit de kast en schenk voor ons beiden koffie in. Ik gebruik extra room en extra suiker. Zij drinkt de hare zwart. 'Ik weet niet waar ik moet beginnen.'

'Begin met deze Duitse honingreep.' Ze klopt naast zich op de vloer.

'Wil je op de grond zitten?' Ik reik haar de koffie.

'Jullie hebben het toch op de grond gedaan?'

Ik ga met een zucht zitten. De keuken is zo klein dat onze schoenen elkaar in het midden raken – Ferragamo ontmoet New Balance. Ik vouw mijn handen om mijn eigen warme beker.

'Edelachtbare,' zegt ze, 'geef de getuige alstublieft opdracht de vraag te beantwoorden.' Ze kijkt weer vrolijk, nu ze me tart het onzegbare te zeggen.

'Welke vraag?'

'Hebben jullie het op de grond gedaan?'

Ik huiver.

'Het is oké om over seks te praten, Mary. Je bent volwassen en er zijn geen geboden binnen een radius van vijf kilometer. Dus. Op de bank?'

'Judith.'

'Dat klinkt als *ja* op de bank.'

'Je bent meedogenloos.'

'Goed dan. Laat maar. Je bent in de war. Ben je in gevaar?' Haar glimlach verdwijnt.

'In verband met Ned? Nee.'

'Weet je het zeker?'

Ik vertel Judy alles over Ned, zijn therapie en zijn vader. Ze luistert aandachtig terwijl ze van haar koffie drinkt. Als ik klaar ben, zet ze haar beker op de vloer en leunt vastberaden naar voren. Onregelmatige ponylokken beschermen haar ogen tegen het licht van de Chinese lamp aan het plafond.

'Wil je weten wat ik denk?'

173

Ik bijt op mijn lip. Judy is slim. Ze was de beste op de Universiteit van Boalt. Als ze het zegt, is het van belang.

'Ik denk dat Brent is vermoord en ik denk inderdaad dat er een verband bestaat tussen Brent en Mike. Het is te toevallig.'

'Dus ik ben niet gek.'

'Nee. Maar luister naar me. Ik denk dat je het helemaal verkeerd hebt geanalyseerd. Vergeet even dat de auto jou op het oog had, dat is maar een veronderstelling. Het enige wat vaststaat is dat Mike vermoord is en dat Brent vermoord is. Dus redeneer terug vandaaruit. Neem aan dat de moordenaar deed wat hij van plan was – de twee mannen vermoorden die het dichtst bij je stonden. Hij had het niet op jou gemunt, hij had het op hen gemunt.'

'Denk je dat?'

Ze trekt een hand door citroengele haar. 'We hebben de brieven geïnterpreteerd als bedreigingen aan jou, maar stel dat het iemand is die probeert bij jou in de buurt te komen? Om met je te communiceren op de enige manier die hij kent? Niet iemand die je haat, iemand die van je houdt. Iemand die je voor zich alleen wil.'

Mijn maag trekt zich samen terwijl ze praat. Ze zit in de buurt van wat Lombardo na de herdenkingsplechtigheid zei en ik vergat het haar te vertellen. Maar het klopt niet, niet helemaal. 'Een brief met de tekst: "Kijk uit waar je loopt"? Dat klinkt voor mij als een bedreiging.'

'Of een waarschuwing. Vooral omdat al de volgende avond de man met wie je uit bent door een auto wordt overreden.'

'Maar dat gaat uit van de veronderstelling dat de moordenaar wist dat ik met Brent uit zou gaan en dat kan niet. We hadden niet afgesproken uit eten te gaan, ik vroeg hem mee nadat ik een conclusie voor Jameson had afgemaakt.'

'Jameson? Getver.'

Ik moet denken aan de pornografische speeltjes in Jamesons bureau en hoe Brent dubbel had gelegen. Ik vertel haar wat Stella zei. Het is nu niet grappig.

'Ik denk niet dat het Jameson is,' zegt ze hoofdschuddend. 'Hij is te sloom. Ik geloof ook niet dat het Neds vader is, ook al wilde hij je die dag ontmoeten. Hij kon hebben uitgevonden dat je Neds studiegenote was.'

'Maar Ned zegt dat hij hem in de gaten houdt.'

'Dat betekent nog niet dat hij hem – of jou – laat volgen. Misschien heeft hij inlichtingen ingewonnen. Mensen kennen je. Je bent al acht jaar werkzaam in deze stad. Je hebt aan de Universiteit van Pennsylvania rechten gestudeerd, je hebt hier zelfs verder gestudeerd.'

'Misschien.'

'Weet je, je verzet je tegen de meest voor de hand liggende conclusie, Mary, en de meest logische. Het is Ned.'

'Dat kan niet.' Ik schud mijn hoofd.

'Kijk naar de feiten – er is een patroon. Je gaat tijdens je rechtenstudie met Ned om, dan ontmoet je Mike en hij wordt doodgereden door iemand die doorrijdt. Je gaat weer om met Ned en een paar dagen later wordt Brent doodgereden door iemand die doorrijdt. Vind je dat niet vreemd?'

'Het is wel vreemd, maar het betekent niets.'

'Waarom niet?' Ned stuurt je zelfs een waarschuwing nadat je met hem uit eten bent geweest – kijk uit. Zie het als een dreigement om je uit de buurt van andere mannen te houden, zelfs uit de buurt van Brent. Kijk, Ned wist niet dat Brent homo was. Weet je nog dat er geruchten gingen dat jij en Brent iets hadden?'

'Dat was belachelijk.'

'Dat weet ik, maar dat vond Ned niet. Daarbij geeft hij toe dat hij al vanaf jullie studententijd in je geïnteresseerd is. Dat is raar, Mare.'

'Niet noodzakelijkerwijs. Hij zei dat hij depressief was. Hij heeft veel problemen gehad.'

'Van welke kant wil je dat bekijken? Dus hij is niet bepaald het toonbeeld van mentale stabiliteit.'

'Je verbaast me dat je dat tegen hem gebruikt. Hij was depressief. Hij heeft hulp gezocht. Dat pleit voor hem, vind je niet?'

'Daar gaat het niet om. De man heeft een ernstige psychiatrische achtergrond. Ik ben blij dat hij er iets aan heeft gedaan, maar dat is het gegeven. Ik bedoel, depressief of niet, hij is met niemand omgegaan sinds de universiteit. Vind je dat niet obsessief? Bijna ziek?'

'Dat heeft hij nooit gezegd, Judy. We hebben het niet over andere vrouwen gehad. Als je hem kende zou je dit allemaal niet zeggen. Hij is een prachtmens, werkelijk.'

Maar ze lijkt niet te luisteren. 'Kijk, ik neem het je niet kwalijk dat je me niet wilt geloven, maar denk als advocaat. Stel je voor dat jij de cliënt bent. Wat voor advies zou jij geven?' Haar hemelsblauwe blik is dwingend en dat maakt me kwaad.

'Je mag hem niet, Judy. Je hebt hem nooit gemogen. Hij geeft om me, hij maakt me gelukkig. Ik zou denken dat je me dat gunt, verdomme.' Ik klink verbitterd. Ik voel een knoop in mijn borststreek. Ik kan me niet herinneren ooit zo ruzie met haar gemaakt te hebben. 'Wat gebeurt er met ons, Jude?'

'Ik weet het niet.' Ze leunt tegen de muur, gekwetst. Ze is mijn beste vriendin. Ze probeert me te helpen.

'Het spijt me,' zeg ik. 'Het is moeilijk.'

Ze gooit haar haren achterover, uiterlijk onbewogen. 'Ik weet het. Het spijt mij ook.'

We zwijgen een minuut lang.

'Weet je Mary, je hebt me ooit gevraagd of ik me wel eens zorgen maak. Nou, dat doe ik wel. Om jou. Ik maakte me in het verleden zorgen of je het emotioneel wel zou redden, toen Mike dood was, maar nu zijn we zover dat ik me zorgen maak of je het wel zult overleven. Het beangstigt me dat er iets met je zou kunnen gebeuren. Het maakt me erg... fel. Bazig. Dat spijt me.'

'Jude...'

'Maar dat betekent niet dat ik je je gang laat gaan. Ik kan niet toezien hoe je je in het hol van de leeuw begeeft. Dus vraag ik je, voor mij: volg je hoofd in plaats van je hart. Je kunt beter te voorzichtig zijn. Laat hem gaan.'

Ik voel pijn in mijn borst. 'Hij zei dat hij het niet gedaan heeft.'

'Werkelijk, Sherlock.'

Ik kijk haar aan.

'Sorry, dat was onaardig.' Ze denkt even na. 'Ik heb een idee. Ga een week niet met hem om. Na een week weten we veel meer. Misschien vindt Lombardo iets. Misschien krijg je nog een brief. Zeven dagen, dat is alles.'

Dat kan ze gemakkelijk zeggen. Ik heb nu behoefte aan hem. Ik herinner me het weekend samen, hoe lief en hoe open hij tegen me was. Hij zei dingen die me opwonden. Ik voel tranen opkomen, ik knipper ze weg met mijn ogen. 'Je bent hard, Jude.'

'Er staat veel op het spel, Mary. Ik wil winnen.'

En in beide gevallen verlies ik. Omdat de pijn die ik voel me iets vertelt en het is te sterk om iets anders te kunnen zijn. Ik ben verliefd.

21

D e volgende morgen als ik uit de lift kom en naar mijn bureau loop, lijkt het of iedereen naar me kijkt. De secretaresses op mijn afdeling kijken me medelijdend aan, voor hen ben ik de jonge weduwe in tweevoud. Een advocaat kijkt omdat hij zich afvraagt of ik minder in rekening te brengen uren zal maken. Een boodschappenjongen met een postkarretje snelt voorbij met een zijdelingse blik. Zijn blik zegt: dat mens brengt ongeluk.

Waarom houden ze zich met mij bezig? Waarom denken ze niet aan Brent?

Ik voel me gedesoriënteerd. Niets geeft me een vertrouwd gevoel, Brents bureau al helemaal niet. Er ligt een vloeiblad met bloemetjes langs de randen op de plek waar het eerst bedolven lag onder opwindbaar speelgoed. Een beker van Brent waarop staat – HOE ZIE IK ERUIT, ALS EEN INFORMA-TIEBALIE? – is verdwenen. Een kalender met wollige jonge katjes hangt op de plaats van een portret van Luciano Pavarotti. Er hangt een volkomen neutrale geur. Het is onvoorstelbaar dat ik het luchtje van Obsession mis. Wat ik werkelijk mis, is Brent. Hij verdiende het ergens uit volle borst te zingen, zomaar voor de lol.

Er zit een oma in Brents stoel. Ze stelt zich voor als mevrouw Pershing en weigert me anders aan te spreken dan als mevrouw DiNunzio. Haar doffe grijze haar is achterovergekamd in een knot en ze draagt een roze trui en om haar hals een doublé kettinkje. Ze is al dertig jaar secretaresse op de afdeling makelaardij. Ze brengt me koffie op een blad.

Ik kan wel huilen.

Ik sluit mijn deur en staar naar de stapel post op mijn bureau. Zonder Brent is de post niet geordend naar Goed en Slecht en helt hij gevaarlijk naar links. Tussen de dikke dossiers en smaadbrieven liggen stapels enveloppen in sombere pasteltinten. Ik herken ze van de vorige keer. Betuigingen van deelname die een algemeen sentiment uitdrukken in iedere mogelijke cursieve herhaling: *Ik voel met u mee/in deze moeilijke tijd/tijd van rouw. Wij wensen de familie/nabestaanden veel sterkte/geloof in Gods wil.*

Ik kan de moed niet opbrengen iets van de post te lezen, met name de condoléancebrieven. Die zijn alleen mensen die niemand verloren hebben tot troost.

Ik duw tegen een roze kaart bovenop de stapel en de toren valt om. Hij spreidt zich uit over mijn bureau waardoor in het midden een dikke bruine envelop waarop mijn naam gekrabbeld staat zichtbaar wordt.

Vreemd.

Mevrouw Pershing heeft de envelop zo netjes opengesneden dat er nauwelijks kartelrandjes zichtbaar zijn. Ik maak hem open. Er zit een blauwe brief in waar bovenaan staat: VAN HET BUREAU VAN JACKIE O en vervolgens:

Mary,
Ik heb Brents bureau leeggemaakt. Bedankt voor alles en dat je zo goed voor Brent bent geweest. Misschien heb je hier iets aan.

Liefs, Jack

In de envelop zit Brents elastiekjeshouder. Ik glimlach en probeer niet in tranen uit te barsten. Dan herinner ik me de dreigbrieven.

De brieven! Brent had ze voor me bewaard. Waar zijn ze?

Ik doorzoek mijn hele bureau, maar daar zijn ze niet. Ik snel naar mevrouw Pershings bureau en ze kijkt in afgrijzen toe terwijl ik alle laden opentrek. Ze zijn allemaal leeg op typepapier en postpapier van Stalling na.

Waar zijn de brieven? Brent zou ze op een veilige plek hebben gelegd. Hij zorgde voor me.

Ik ren terug naar mijn kantoor en bel Jack, maar hij is niet thuis. Ik spreek een boodschap in. Ik ben in paniek. Het is niet logisch dat Jack ze zou hebben, maar misschien weet hij wel waar ze zijn. Ik heb mijn hand nog op de telefoon als hij overgaat, rinkelend in mijn palm.

'DiNunzio?' blaft Starankovic. Hij klinkt bijzonder uitgeslapen op de vroege maandagochtend.

'Heb je een ander nummer? Ik kon je alleen via de centrale bereiken.'

'Sorry...'

'Wanneer zijn de getuigenverhoren?'

Ik krimp in elkaar. Ik was het helemaal vergeten. 'Mijn assistent...'

'Schuif de schuld niet op hem, DiNunzio. Regel het vandaag of ik dien een verzoekschrift in.'

'Bernie...'

Klik.

Ik leg de telefoon neer naast de stapel ongeordende post. Ik zou er iets aan moeten doen. Het is het eerstvolgende op de agenda en ik zou het moeten doen. Dicteren, terugbellen, terugpakken. Ik pak een envelop op, wit, persoonlijk afgegeven door Thomas, Main & Chandler, de derde firma in de heilige drie-eenheid. Het zal de reactie zijn op een verzoek tot uitspraak dat ik vorige week heb ingediend. Vorige week toen Brent zei dat ik de politie moest bellen.

Wat zei de stem van Mike? *Ik heb het geprobeerd. Ik heb het geprobeerd.*

Ik leg de envelop weer neer, met een leeg gevoel van binnen. Hol. Pijnlijk. Precies zoals ik me voelde toen Mike dood was, en wat ik juist begon kwijt te raken voor Brent vermoord werd. Ik laat het loodzware gevoel in mijn botten sijpelen, in mijn ziel. Een wit kussensloopje van een ziel die zwart werd op het moment dat ik geboren werd, en nog zwarter toen de mannen van wie ik houd vanwege mij vermoord werden.

Plotseling hoor ik iemand vlak boven me zijn keel schrapen. Ik kijk naar het uitdrukkingsloze gezicht van Martin H. Chatham IV.

'Hoe hou je het uit?' zegt hij met meer emotie dan ik ooit van hem gehoord heb.

'Wat bedoel je?'

'Die rotklok!' Martin gaat in een van de stoelen voor mijn bureau zitten, die speciaal voor Stalling zijn gemaakt en slaat zijn benen over elkaar.

Ik kijk over mijn schouder. 9:15. 'Je raakt eraan gewend. Gedeeltelijk.'

'Ik kan me niet voorstellen hoe. Maar je verandert na juni van kantoor, *n'est-ce pas?* Als we onze nieuwe maten benoemen.' Zijn toon is o zo onder controle maar ik ben niet in de stemming om te schermen.

'Dat hoop ik.'

'Kom op, Mary. We weten allebei dat je maat wordt.'

'O ja? Ik heb er me de laatste dagen niet zo mee beziggehouden.'

Martins uitdrukking verandert, alsof hij zich herinnert dat hij manieren heeft. 'Ja. Natuurlijk. Sorry van je assistent.'

'Bedankt.'

'Dat vervloekte rijden onder invloed. Vreselijk om zo aan je einde te komen.'

Ik zie weer voor me hoe de auto zich in Brents lichaam boort. En in dat van Mike. Ik voel me verdoofd.

Martin gooit wat papieren op mijn bureau. 'Hier zijn een paar aanzeggingen voor verhoren in de zaak Harbison's. Ze zijn bedoeld voor de twee supervisors, Breslin en Grayboyes.' Ik zou hem erop moeten aanspreken, maar ik ben van streek, uit mijn evenwicht. Ik zet me schrap en zeg het eerstvolgende op de lijst. 'Ik heb Starankovic gesproken. Het is onder controle.'

Hij kijkt lichtelijk verbaasd. 'Heb je ze uitgesteld?'

'Ja. Starankovic wil een aantal werknemers ondervragen. Ik heb hem gezegd dat ik erover zou denken.'

'Ik ken je. Dat laat je niet gebeuren.'

'O nee?'

'Jij? Je werknemers blootstellen aan ondervragingen door de vijand, zonder raadsman? Zodat ze alles kunnen zeggen? Dat is tegen al jouw heetgebakerde instincten, zelfs als er een precedent voor is.'

'Hij wil een uitspraak als we niet instemmen.'

'Jezus! Wil die man zo graag op zijn donder krijgen?' Martin kan op ieder moment naar de ons-team-heeft-ze-plat-gekregen-mentaliteit omschakelen.

'Er is een kleine kans dat hij wint. En ook al wint hij niet, dan gaat het Harbison's meer kosten het verzoek om uitspraak aan te vechten dan om hem die mensen te laten ondervragen.'

'Geld speelt geen rol, Mary, waar het de cliënt betreft.' Ik doe geen moeite een glimlach te forceren.

'Tussen haakjes, ik heb begrepen dat je de nieuwe leeftijdsdiscriminatiezaak voor Harbison's doet. De eiser heet Hart, nietwaar?' Hij staat op en trekt aan bretels waarop uilen geborduurd zijn.

'Inderdaad.'

'Sam wist niet zeker of je eraantoe was, maar ik heb hem gezegd dat het hoog tijd was dat je zelf een zaak deed. Als je hulp nodig hebt, laat het me dan weten. Het blijft onder ons,' zegt hij met een knipoog.

Hij staat op het punt te vertrekken als Ned plotseling zijn hoofd om de deur steekt. Hij heeft geen colbert aan en houdt een hand achter zijn rug. 'Mary?' zegt hij, een seconde voor hij Martin in de gaten heeft.

'Waters junior!' zegt Martin luid. 'Wat voert jou naar dit deel van de aarde?'

'Ik dacht, ik ga even langs Mary.' Ned straalt naar me vanuit de deuropening. Zijn glimlach zegt: we zijn minnaars, nu.

Ik glimlach ondanks mezelf. Ik voel het ook. Onzichtbaar met hem verbonden, vanwege het feit dat hij zo dichtbij is geweest. Waar er hem niet veel zijn voorgegaan.

Martin trekt als een koppig kind aan Neds mouw. 'Ik heb je de laatste tijd weinig op de club gezien.'

'Nee. Ik ben er niet geweest.'

'Druk aan het werk, of nauwelijks druk?'

'Ik heb gewoon geen kans gehad dit voorjaar veel te zeilen.'

'Jammer. Ik ben zondag weg geweest. Prachtige dag. Je bent altijd welkom. Alida zou dolgraag weer een les hebben,' zegt hij met aanzienlijke warmte in zijn stem. Zijn hand rust op Neds schouder. 'Ze is verdomd goed voor een zestienjarige, vind je ook niet?'

'Ze is goed,' zegt Ned.

Martin draait zich naar mij om. 'Waters heeft Alida in één les meer geleerd dan ze op die school in Annapolis in een zomer hebben klaargespeeld.' Hij geeft Ned een klap op zijn rug. 'Wat dacht je van aanstaande zondag, kerel? Wat doe je het weekend? Waarom kom je niet brunchen? We gaan de hele middag het water op. Wat zeg je ervan?'

'Eh, ik heb al een afspraak.' Ned glimlacht me breed toe. Zijn ogen zijn helder en zijn blik is onverhuld. 'Ik heb grootse plannen.'

Martin kijkt van Ned naar mij. Zijn glimlach vervaagt langzaam. 'Bedriegen mijn ogen me?'

'Dat hangt ervan af wat ze je vertellen,' zegt Ned lachend.

'Ned...' Ik weet niet hoe ik de zin moet afmaken. Ik wil niet dat Ned aan Martin vertelt wat er tussen ons is. Niet nu ik op het punt sta er een eind aan te maken, tijdelijk tenminste.

'Wat?' vraagt Ned. 'Wil je het niet aan iedereen vertellen? Ik wel.'

Martin kijkt ons weer om beurten aan. 'Zeg dat het niet waar is,' zegt hij.

Ik geloof niet dat Martins toon me aanstaat. Ned voelt hetzelfde. Zijn haren gaan overeind staan. 'Is er iets mis, Martin?'

'Met jou en DiNunzio?' vraagt Martin. 'Natuurlijk niet. Ik ben alleen verbaasd, dat is alles.'

'Ik ook,' antwoordt Ned luchtig. 'Ze is het beste wat me ooit is overkomen.'

Ik werp Ned een waarschuwende blik toe.

Martin klopt Ned op de schouder. 'Neem me niet kwalijk, Waters.'

'Uiteraard niet,' zegt Ned kortaf, terwijl hij langs Martin naar mij loopt. 'En als je ons nu wilt excuseren.' Zijn hand schiet vanachter zijn rug te voorschijn, maar gaat verscholen onder een grijs wollen jasje. Het jasje verbergt iets enorms, bijna zo groot als zijn arm.

Martin schraapt achter Ned zijn keel. 'Kijk aan. Het ziet er niet uit alsof jullie me nodig hebben.'

'Ik handel het verder wel af,' roept Ned terug en Martin trekt de deur achter zich dicht. Ned kijkt me stralend aan. 'Raad eens wat die bobbel is. En het is niet omdat ik blij ben je te zien, want ik ben blij je te zien.'

'Je hoefde niets te doen.'

'Dat weet ik. En nu raden. Het is in vermomming.' Hij beweegt het jasje en het maakt een ritselend geluid.

'Een hele grote muffin?'

'Half goed.' Hij trekt het jasje weg met de flair van een goochelaar. Eronder zit een groot boeket donkerrode rozen, in cellofaan verpakt.

'Voilà!'

'Jeetje, Ned!'

Hij geeft me het boeket en zoent me op mijn wang. 'Die zijn voor jou, schat.'

Ik neem het ritselende boeket aan en voel dat ik rood word. De bloemen zijn prachtig. De man is heel aantrekkelijk. Ik ben verliefd. Hoe kan ik dit opgeven? Hoe moet ik hem kwetsen?

'Vind je ze mooi?' vraagt hij bezorgd.

'Ze zijn prachtig.' Ik vermijd zijn ogen.

Plotseling pakt hij mijn gezicht in zijn handen en zoent me lang en intens over de zoete geur van de bloemen heen. Ik voel me geroerd en verward tegelijkertijd.

'Ik heb je gisteravond gemist. Werkelijk.' Hij zoent me weer, maar ik maak me los.

'Je hebt Judy gestuurd.'

'Om op je te passen. Maar ze is geen vervanging, klopt dat?'

Ik knik. De rozen zijn karmozijnrood en de onderkant van elk bloemblaadje is dik en fluwelig. Het zijn er twaalf. Ze moeten een fortuin gekost hebben.

'Ik heb trouwens ook een muffin voor je meegebracht.' Hij worstelt met de zak van zijn jasje en trekt er een verkreukte witte zak uit ter grootte van een honkbal. 'Bosbessen.' Hij schudt de zak bij zijn oor heen en weer als een lichtpeertje. 'Op dit ogenblik in driehonderdvijfenzeventig stukjes. Sorry.' Hij zet de zak op mijn bureau.

'Dank je.'

'Je ziet er nog steeds niet vrolijk uit. Was Martin lastig?'

'Eh, ja. Eerst houdt hij die aanzeggingen achter, waar ik je over verteld heb. Vervolgens zegt hij dat hij degene is geweest die Berkowitz heeft aangeraden mij de zaak-Hart te geven, niet andersom. Ik denk dat hij zijn gezicht probeert te redden.'

'Hoe weet je dat?'

'Hoe weet ik wat?'

'Dat Martin het niet aan Berkowitz heeft voorgesteld?'

'Dat heeft Berkowitz niet gezegd. Geïmpliceerd in elk geval.'

Ned kijkt sceptisch. 'Misschien heeft Berkowitz de waarheid niet gezegd. Misschien heeft Martin wél voorgesteld dat jij de zaak zou nemen.'

'Ik begrijp het niet. Waarom zou Martin zich voor mij inzetten, Ned? Je hebt hem net gezien.'

'Dat was omdat hij me aan zijn dochter wil koppelen. Het was niet tegen jou gericht.'

'Nee?'

'Nee. Ik zou elk ogenblik Martin verkiezen boven Berkowitz.'

We kijken over de bloemen heen naar elkaar. We schijnen ons in tegenovergestelde kampen van een klassenstrijd te bevinden. Het bederft de stemming – wat zeer goed uitkomt voor wat ik moet doen.

'Is dit onze eerste ruzie?' vraagt hij met een verdrietige glimlach.

'Ned...'

'Dan heb ik iets te zeggen.' Hij pakt de bloemen en zet ze op het bureau. Vervolgens loopt hij naar me toe en slaat zijn armen om me heen. 'Het spijt me.'

Ik ruik zijn aftershave, nu al vertrouwd, en voel het ruige katoen van zijn overhemd. 'Ned...'

'Je hebt natuurlijk geen behoefte aan problemen met mij, vanmorgen.' Hij drukt me steviger tegen zich aan, wiegt een beetje en ik voel hoe ik in zijn armen ontspan. Mijn handen glippen zonder moeite om zijn middel. Hij heeft geen t-shirt aan, wat ik lekker vind en zijn overhemd is ietsje vochtig omdat hij naar het kantoor is gelopen.

'De brieven zijn weg, Ned.'

Hij kust mijn haar. 'Nee, Ik heb ze.'

Ik maak me los. 'Heb jij de brieven, Ned? Jíj?'

'Niet bij me. Ik heb ze thuis in mijn safe liggen achter de foto van die oude Lightning, in Wellfleet.'

'Waar heb je ze vandaan?'

'De brieven? Ik ben na de herdenkingsdienst naar kantoor gegaan.'

'Waarom?'

'Ik had werk te doen. liefje. Ik zou het weekend werken maar toen lagen we in bed, weet je nog? Ik ben langs jouw kantoor gelopen en daar vond ik ze op je bureau met een briefje.'

'Maar waarom was je eigenlijk op deze verdieping? Jouw kantoor is op...'

'Ik weet het niet. Ik was er gewoon.'

'Waarom ben in je mijn kantoor geweest?'

'Een spontane ingeving, denk ik. Ik wilde iets van jou om me heen. Naar je handschrift kijken, weet je wel. Het was dwaas.' Hij lacht nerveus. 'Vanwaar al die vragen?'

Angst grijpt me bij de keel. Hij heeft geen reden om op mijn afdeling te zijn, geen recht mijn kantoor binnen te gaan. Ik zie al voor me hoe hij mijn bureau doorzoekt in het schijnsel van de klok. Ik hoop niet dat Judy het bij het rechte eind heeft, maar ik kan geen risico's meer nemen. Ik zet me schrap. 'Ned, ik kan een tijdje niet met je omgaan.'

'Wat?' Hij kijkt gechoqueerd.

'Ik wil dat je de brieven zo snel mogelijk hier brengt. Misschien kun je in de lunchpauze naar huis.'

'Wat zeg je? En wij dan?'

'Ik... ben niet klaar voor ons. Nog niet. Niet nu.'

'Wacht eens even, wat is er aan de hand?' Zijn stem breekt. 'Mary, ik hou van je!'

Dat had hij nog niet gezegd, niet één keer gedurende het hele weekend hoewel ik me afvroeg hoe diep zijn gevoelens waren. Nu weet ik het, als hij de waarheid spreekt. De woorden hebben veel effect op me. Ik wil zo graag dat hij het niet is, maar ik ben bang dat Judy gelijk heeft. En nu ben ik bang van hem. 'Ik heb tijd nodig.'

'Tijd? Tijd waarvoor?'

'Om na te denken. Ik wil de brieven terug.'

Hij pakt mijn armen. 'Mary, ik hou van je. Ik zal je de brieven brengen. Ik wilde alleen maar helpen. Ik dacht niet dat ze daar moesten blijven liggen, voor het grijpen.'

Ik kan hem niet aankijken. 'Ned, alsjeblieft.'

Hij laat me plotseling los. 'Ik snap het. Je denkt dat ik het ben, hè? Je verdenkt mij.' Hij klinkt bitter.

'Ik weet niet wat ik denk.'

'Je denkt dat ik het ben. Je denkt dat ik je wil vermoorden. Niet te geloven.' Hij heft zijn handen in een gebaar van afgrijzen. 'We hebben het weekend samen doorgebracht, Mary. Ik heb je dingen verteld die ik nog nooit aan iemand heb verteld.'

Hij zwijgt plotseling. Ik kijk naar hem en hij heeft een woedende uitdrukking op zijn gezicht.

'Dat is het, hè?' vraagt hij zacht. 'Om wat ik je heb verteld. Ik was depressief dus nu zie je me als een psychopatische moordenaar. O, dat is geweldig. Werkelijk geweldig. Vertel me nog eens hoe trots je op me bent, Mary.'

'Dat is het niet. Ik heb alleen tijd nodig, Ned.'

'Prima. Die heb je bij dezen.' Hij loopt met grote passen naar de deur, maar blijft daar staan, met zijn rug naar me toe. 'Wie het ook is, hij of zij zit nog steeds achter je aan En ik zal niet in de buurt zijn om je te beschermen.'

Ik voel me misselijk. Hij is zo gekwetst en het doet me pijn hem te zien gaan.

'Is dit echt wat je wilt?' vraagt hij zonder zich om te draaien.

Ik sluit mijn ogen. 'Ja.'

'Jij je zin.' Het volgende geluid is de harde slag van de deur die dichtgaat.

Als ik mijn ogen open, ben ik alleen. Ik sla mijn armen over elkaar en probeer mijn zelfbeheersing te behouden door het kantoor rond te kijken, naar de boeken en de dossiers en de diploma's. Ze zijn zo koud, schimmelig. Ze zouden van iedereen kunnen zijn, en dat is ook zo. Iedere advocaat heeft hier dezelfde roestbruine mappen, dezelfde ingelijste diploma's van hetzelfde handjevol universiteiten. Mijn blik valt op de bloemen, zo misplaatst in dit kleine kantoor met de klok die naar binnen staart.

10:36.

Ik heb er behoefte aan alles op een rijtje te zetten wat er gebeurd is. Ik moet nadenken op een veilige plek, maar ik kan me niet herinneren wanneer ik me voor het laatst veilig heb gevoeld. In Mikes armen. Een andere keer.

In de kerk, als kind.

In de kerk, wat een gedachte. Ik ben in eeuwen niet naar de kerk geweest en had lang daarvoor het geloof opgegeven. Maar als klein meisje voelde ik me altijd veilig in de kerk. Beschermd, behoed. Het idee neemt vorm aan terwijl ik daar sta, verstijfd, met mijn gezicht naar de klok.

Ik denk aan de kerk waarmee ik opgroeide, Onze Lieve Vrouwe van Altijddurende Bijstand, ik geloofde toen. Iemand die geloofde in een God die voor ons allemaal zorgde, de fietsers en de homofiele assistenten. Iemand die geloofde in de goedheid van alle mensen, zelfs van maten, en van minnaars ook. Iemand die geloofde in onze verwantschap met dieren, inclusief katten die je geen kopjes geven, wat je ook doet.

Ik pak mijn blazer van achter de deur en ga langs het bureau van mevrouw Pershing. 'Mevrouw Pershing, ik ben een paar uur afwezig.'

'O?' Ze zet haar bril af en hangt hem voorzichtig op haar ingevallen borst, waar hij aan een ketting bungelt. 'Waar zal ik zeggen dat u bent, mevrouw DiNunzio?'

'U hoeft niets te zeggen, maar het antwoord is: in de kerk.'

Voor het eerst glimlacht mevrouw Pershing naar me.

Ik houd voor ons gebouw een taxi aan. De bestuurder, een oude man met vet wit haar, dooft zijn sigaret en zet de meter aan. 'Waarheen?'

'Onze Lieve Vrouwe van Altijddurende Bijstand. Ninth en Wolf Street.'

'Gaan advocaten naar de kerk?' Een laatste wolk rook ontsnapt aan zijn lippen.

'Alleen als ze moeten.'

Hij gnuift en moet ervan hoesten. We rijden in stilte weg, met uitzondering van het gekraak van de radio. De taxi draait Broad Street in die de stad bij het gemeentehuis in tweeën snijdt en recht naar Zuid-Philly voert. Broad Street is vol opstoppingen, zoals gewoonlijk. We stoppen in de koele schaduw van een wolkenkrabber en slingeren vervolgens het felle zonlicht in. Ik draai het raampje open, kijk hoe we door licht en donker gaan en hoor de taxichauffeur het verkeer vervloeken. Ik probeer me te herinneren wanneer ik voor het laatst in de kerk was.

Eerwaarde vader, ik heb gezondigd. Mijn laatste biecht was 3.492.972 weken geleden. Het Jura-tijdperk. Toen ik alles deed wat de nonnen zeiden, opdat ik niet met de lineaal op mijn knokkels zou krijgen, en de catechismus van Baltimore uit mijn hoofd leerde. Ik deed mijn eerste heilige communie op mijn zevende, toen de priester een hostie op mijn tong legde waarvan hij zei dat die het lichaam van Jezus Christus was. Ik slikte hem pas door toen ze een foto van me namen waarop ik als een gelukzalig kind sta. Ik had mijn schijfje van Onze Verlosser ingeslikt en was in de wolken dat die kannibalistische daad geen bliksemschichten door mijn hoofd had gezonden.

'Godverdomme!' De chauffeur slaat op het stuur, gedwarsboomd in zijn poging een stoplicht te halen. Zonlicht stroomt de oude taxi in, verlicht het stoffige interieur en verwarmt de bekleding. 'Je zou denken dat ze deze klotelichten op elkaar af zouden stemmen, zoals in Chestnut Street. Maar nee, dat zou te praktisch zijn.'

Ik knik, luisterend met één oor. Onmiddellijk als het licht op groen springt, geeft de chauffeur een dot gas en we schieten vooruit in de lange schaduw van Fidelity Building. De duisternis komt als een verademing en schijnt zelfs de geïrriteerde bestuurder te kalmeren.

Als kind keek ik vaak naar mijn communiefoto bovenop onze bukshouten televisie. Ik wilde net zo goed zijn als het kleine meisje op de foto, zij met de gevouwen handjes en pijpenkrulletjes stijf van de lak. Maar ik was haar niet. Ik wist het in mijn hart. De Kerk zei het me. Ze leerden me dat Jezus Christus aan het kruis had geleden en gestorven was voor mij. Bloed druppelde van zijn doornenkroon en vloeide in stroompjes uit ruwe spijkers die recht door zijn polsen en enkels waren gehamerd. Zijn lijden was allemaal mijn schuld. Ik vond het zo erg als kind en voelde me diep schuldig.

'Hé, klootzak!' roept de chauffeur met zijn hoofd uit het raam. 'Ga opzij met die teringkar! Ik probeer m'n centen te verdienen!' De taxi slingert heftig in de schaduw. Ik grijp de vergeelde lus op het moment dat we uit de warboel van verkeersopstoppingen vrijkomen en het licht inrijden.

En in mijn religieuze leven was wat er vervolgens gebeurde, rampzalig. Ik werd volwassen. Het was Lucas die zei dat wie Gods koninkrijk niet als een kind accepteert, het ook niet zal binnengaan, en ik was geen kind meer. Ik geloofde niet langer onvoorwaardelijk en begon te twijfelen. Vervolgens begon ik dingen in twijfel te trekken, hetgeen de hemelen, in de vorm van de schooladministratie, op mijn hoofd deden neerkomen. Ik trok de biologische waarschijnlijkheid van de Verrijzenis in twijfel en werd drie dagen geschorst.

Licht en duisternis, licht en duisternis.

Toen begon het, de splitsing tussen mij en de Kerk. En tussen mij en mijn tweelingzus. Want toen ik me van het licht begon af te wenden, keerde Angie er zich juist naartoe. Ik nam het de Kerk kwalijk dat ik zo slecht over mezelf dacht als kind en dat ze een wig dreef tussen Angie en mij. Uiteindelijk ging ik helemaal niet meer naar de kerk en mijn ouders dwongen me er niet toe. Zij gingen elke zondag met zijn drieën terwijl ik thuisbleef met de show die aan de wedstrijd van de Eagles voorafging. Zij baden voor mijn ziel. Ik bad voor de Eagles.

'Weet u nog wie Roman Gabriel was?' vraag ik de chauffeur. We zijn er bijna.

Hij kijkt met troebele ogen in zijn achteruitspiegel. 'Tuurlijk. Quarterback voor de Birds. Hij kwam uit de Rams.'

'Weet u nog wanneer?'

Hij knijpt zijn ogen tot spleetjes, in gedachten. 'Drieënzeventig, denk ik. Ja, in drieënzeventig.'

Zo lang geleden. Ik kan het niet in mijn hoofd uitrekenen.

'Wat een mafketel was dat,' zegt de chauffeur. 'We hadden Liske moeten houden.'

Eerwaarde vader, ik heb gezondigd. Ik herinner me niets van mijn laatste biecht.

En ik herinner me alles van mijn abortus.

22

Het is zo lang geleden.
Ik heb het nooit aan iemand verteld, zelfs niet aan Mike. Ik wilde het hem vertellen, maar veranderde van gedachten toen we erachter kwamen dat hij geen kinderen kon krijgen. Het zou zout op de wonde zijn geweest. Ik weet dat het dat voor mij was.

'Is het hier?' zegt de chauffeur, terwijl hij voor het rode bakstenen fort op de hoek van Ninth en Wolf Street stopt. Hij buigt naar voren om het beter te kunnen zien. Het ziet er niet als een kerk uit. 'Wat zei u dat het was? Onze Lieve Vrouwe van Altijddurende...'

'Beweging.' Ik stap uit de taxi en werp hem een biljet van tien dollar zonder tip toe. 'Hier. Dit is van lamme Lowietje.'

'Stomme trut,' mompelt hij. De taxi slingert weg.

Ik kijk om me heen of ik gevolgd ben, maar de straat is leeg. Ik draai me om en ga de confrontatie met mijn kerk aan. Aan de buitenkant is niet te zien wat voor gebouw het is. De ramen zijn ingemetseld en de zware eiken deuren zijn op gelijke hoogte. Met uitzondering van het zwarte bord waarop in witte letters de mistijden staan aangegeven, zou je denken dat OLVAB een façade voor de maffia is. Alleen is de façade voor de maffia aan de overkant.

Een grasveld ernaast vormt een contrast met de somberheid van de kerk, een grot voor het beeld van de maagd Maria, Onze Lieve Vrouwe van Altijddurende Bijstand zelve. Ik herinner me dat ik dacht dat de grot een wonderbaarlijke plek was, een babydekentje van perfect groen gras weggestopt voor de stadse trottoirs. Minzaam neerkijkend over het gras, hoog boven de trams, stond het slanke, in kleden gehulde beeld van de maagd, hoog als een toren in wit marmer, met haar handen verwelkomend uitgestrekt. Ik voelde me daar vredig als kind.

Vandaag heb ik hetzelfde gevoel. Het beeld ziet er hetzelfde uit, evenals het gras. Het is heldergroen en vol, het ziet er gemaaid en geharkt uit. Tulpen laten hun zware koppen hangen naar de sokkel van het beeld. Er is niemand, dus ga ik op de bank ervoor zitten en vervolmaak mijn nabootsing van een katholieke vrouw. Ik zit op ooghoogte met de inscriptie op het voetstuk maar hoef niet naar de Romeinse letters te kijken om te weten wat er staat. Ik herinner het me:

MAAGD MARIA

JAAR VAN MARIA 1954

GIFT VAN DE HEER EN MEVROUW RAFAELLO D. SABATINI

Meneer en mevrouw Rafaello D. Sabatini waren eigenaars van de maffia-façade aan de overkant, maar wie maakte zich daar druk om? Het waren goede katholieken, ze gaven financiële steun aan de Kerk en de school. Dat was het enige van belang.

Aan de voet van het beeld liggen plastic boeketten rode rozen – Maria's bloem – en de zoom van haar gewaad is bezaaid met lippenstiftkussen van hen die waanzinnig geloven. Rozenkransen hangen aan haar levenloze vingers en ze heeft een kroon van glitter op karton, alsof hij door een kind gemaakt is. Een klein meisje ongetwijfeld, want kleine meisjes houden van de maagd. Was ik ooit zo'n klein meisje? Ik voel een steek van pijn. Hoe denkt Maria nu over Mary, sinds haar abortus?

Ik kijk door half dichtgeknepen ogen naar Maria's ogen, daar bovenin het grote beeld. Ze geeft me geen antwoord maar kijkt recht voor zich uit. Ze is onschuldig, de eeuwige maagd. Haar ontvangenis, in tegenstelling tot die van mij, was onbevlekt. Ze weet niets van katholieke meisjes die tijdens het derde afspraakje van hun leven de paringsdaad verrichten, met Bobby Mancuso van de Latin Club. Die, ondanks zijn beugel, heel aantrekkelijk is en in de basketbalploeg speelt. Die haar meeneemt naar McDonald's en haar dan in zijn Corvair hartstochtelijk zoent en haar protesten negeert. Die haar net niet verkracht maar klaagt dat hij heftige pijnen lijdt door iets dat blauwe ballen heet, wat betekent dat óf zijn ballen blauw worden omdat de bloedtoevoer is afgesneden óf omdat er te veel bloed wordt toegevoerd. Ze is niet zeker van de fysiologie van blauwe ballen maar ze begrijpt heel goed dat zijn pijn helemaal haar schuld is.

Zijn lijden is allemaal haar schuld.

Waardoor ze zich schuldig voelt, zo schuldig.

Hij zegt dat als hij haar alleen maar tussen haar benen aan mag raken, hem alleen maar laat doen wat hij wil, dat zijn pijn dan over zou zijn en zijn ballen niet meer blauw. En voor ze het weet is haar nieuwe Schotse rok omhoog en hij in haar. Het is zo snel voorbij en het hele gebeuren is zo pijnlijk en vreemd, zo ongelooflijk *vreemd*, dat ze werkelijk niet zeker weet of ze wel of geen maagd Mary meer is. Tot ze thuis is en de vlekken in haar gebloemde onderbroekje ontdekt. Rode vlekken, in de vorm van helse sterren tussen de delicate roze bloesems. Dan is ze zwanger en besluit tot abortus.

Niemand wist ervan. Zelfs Angie niet, en vooral niet Angie. Ik was doodsbang. Ik schaamde me. Ik had een doodzonde begaan en zou voor eeuwig in de hel branden tenzij ik boete deed. Maar de enige manier om te boeten was mijn zonde aan God en mijn ouders opbiechten, die zouden sterven van de schok. Ik voelde me in de klem zitten tussen de geboden: GIJ ZULT NIET DODEN en EERT UW VADER EN UW MOEDER.

Dat niet alleen, maar zowel Angie als ik hadden een beurs voor de universiteit gekregen, wat mijn enige mogelijkheid vormde om te studeren. Zou de universiteit die van mij uitstellen tot mijn baby – en die van Bobby, die me vanaf die dag negeerde – geboren was? Natuurlijk niet. Zelfs al deden ze het, hoe zou ik een kind moeten onderhouden? Mijn moeder kon het niet, want haar naaiwerk bracht per stuk nauwelijks genoeg op voor een uniform en boeken. Mijn vader kon het niet, want hij had al een w a o -uitkering.

Ik had geen keus.

Ik vond gezinsplanning in de Gouden Gids en nam op een zaterdagochtend de bus naar het centrum, met een portemonnee vol geld dat ik had gekregen ter gelegenheid van mijn heilig vormsel. De honderdvijftig dollar waarmee ik een witte fiets met tien versnellingen zou kopen, zouden de kosten van de abortus dekken, dus ik zette kinderachtige zaken opzij. Uit noodzaak.

Toen ik bij de kliniek kwam, vulde ik een aantal formulieren in en loog over mijn leeftijd en naam. Ik zei dat ik Jane Hathaway was, naar Nancy Kulp in de *Beverly Hillbillies*, omdat zij zo'n stijlvolle dame leek. Vervolgens werd ik naar een hulpverlener gebracht, een zwarte vrouw die Adelaide Huckaby heette en een Afrikaanse tuniek droeg. Haar dikke haar was kortgeknipt, wat haar prachtig gevormde ronde hoofd accentueerde en haar ogen waren even donkerbruin als haar huid. We hadden een lang gesprek en ze omhelsde me warm toen ik moest huilen. 'Wil je er nog even over denken?' vroeg ze. 'Je kunt nog van gedachten veranderen, zelfs nu.'

Ik zei nee.

Adelaide ging met me mee naar wat de procedurekamer heette en we wachtten samen op de dokter. Ik lag op een smalle harde tafel in ziekenhuisgewaad, met opgetrokken knieën op steuntjes. Aan het plafond zat een cirkelvormige tl-buis. Ik probeerde hem niet te zien als een alziend oog dat van boven op me neerkeek en in woordenloos afgrijzen van alles getuige was.

'Ik zie dat je last hebt van vlekken op je borst,' zei Adelaide zacht. 'Mijn zus ook. Alleen valt het bij haar niet zo op.'

Ik glimlachte.

'Het gaat goed, zo. Het komt allemaal goed.'

Toen kwam de dokter binnen. Hij had een rond brilletje op en groette me vluchtig alvorens te verdwijnen onder de witte tent die mijn knieën bedekte. Adelaide pakte mijn hand vast. Ze scheen te weten dat ik een hand nodig had om vast te houden, en die van haar was sterk en warm. Terwijl de dokter bezig was, legde Adelaide met kalme, duidelijke stem uit wat hij deed.

Nu brengt hij het speculum naar binnen, dus zul je iets kouds voelen. Weet je wat een speculum is?

Ik schudde van nee.

'Dat gebruikt de dokter voor een inwendig onderzoek, om de vagina te openen.'

Ik had nog nooit een inwendig onderzoek ondergaan. Dit was in werkelijkheid mijn eerste bezoek aan een gynaecoloog. Dat zei ik niet tegen Adelaide. Ik was zogenaamd negentien en voelde me al schuldig omdat ik gelogen had.

'Nu gaat hij je twee injecties in je baarmoederhals geven, om de spieren te ontspannen.'

'Met naalden?'

'Maak je geen zorgen. Over een paar minuten voel je twee kleine prikjes, niet echt pijnlijk.'

Adelaide had gelijk. Een. Twee. Als speldenprikjes.

'Nou zijn we aangeland bij het ontsluiten. De dokter gebruikt twee staafjes, een klein en een groter, om de baarmoederhals te openen. Dat zal een beetje pijn doen en je moet mijn hand maar stevig vasthouden. Het lijkt op kramp, zoals tijdens de menstruatie.'

'Ik heb nooit kramp.'

'Zelfs niet de eerste dag?'

Ik schudde beschaamd mijn hoofd. Op die leeftijd voelde ik me minderwaardig omdat ik geen menstruatiepijn had waarvoor Angie en mijn klasgenoten tijdens de Franse les Finimal slikten. Echte vrouwen hadden pijn.

'Nou,' zei ze, 'dan heb je geluk.'

Zo had ik het nooit bekeken. Plotseling voelde ik mijn onderbuik heftig samentrekken, toen nog een keer. Ik beet op mijn lip en sloot mijn ogen voor de verlichte cycloop aan het plafond. De pijn kwam in golven en mijn ogen schoten vol tranen. Ik hield Adelaides hand vast en zij hield mij vast en zei: 'Nog even, liefje. Knijp maar in mijn hand.'

Toen was het over. Geen pijn meer, geen kramp. Adelaide legde uit wat een curettage inhield terwijl de dokter de baby uit mijn baarmoeder schraapte. Ik voelde niets.

Het was voorbij toen de dokter uitgeschraapt was. De dokter verliet de kamer na een vluchtige groet. Adelaide stond over me heen gebogen en streek mijn haar uit mijn gezicht zoals mijn eigen moeder gedaan zou hebben. Ze zag er zo blij en opgelucht uit dat ik me voelde alsof ik ergens voor was geslaagd.

'Adelaide, ik moet je iets vertellen. Mijn naam...'

'Sst, liefje,' zei ze, terwijl ze naar me glimlachte. 'Denk je dat ik geen tv kijk?'

Ze hielp me naar een uitrustkamer. Ik moest afscheid van haar nemen en werd naar een stoel naast acht andere patiënten geleid. Sommige aten koekjes en dronken sap, anderen zaten bij te komen. Ik bleef een tijdje zitten, met mijn hoofd tegen de kussens geleund, en voelde een mengeling van opluchting en verdriet. Op een gegeven moment kwam een andere hulpverleenster me wakker maken. Ze zag eruit als een medisch studente en ze vertelde me op een klinische manier over maandverbanden en het bloeden en nazorg en het product van de zwangerschap.

Toen ik thuiskwam, mompelde ik iets over griep en rolde met mijn Snoopy-knuffelbeest in bed. Ik voelde me rauw van binnen, pijnlijk. Ik bleef in bed tijdens het avondeten, en deed of ik sliep toen Angie ging slapen. Ik lag daar maar, in het geheim bloedend in een maandverband dat vastzat aan een gordel. Denkend hoe ik vol naar binnen was gegaan en leeg naar buiten kwam.

Het product van de zwangerschap.

Ik wist dat het een baby was. Ik hield mezelf in dat opzicht niet voor de gek. Maar voor mij was daarmee de vraag niet opgelost. We doodden in oorlog, we doodden in zelfverdediging. Soms was doden moord en soms niet. Ik was in de war. Ik voelde dat wat ik had gedaan juist was, hoewel ik evengoed voelde dat het fout was. Mijn Kerk, die veel slimmer was dan ik, spreidde lang niet zo'n dubbelzinnigheid ten toon. Zij had alle antwoorden van A tot Z, dus wist ik dat de gebeden die mijn familie voor me zei voorgoed verloren waren. Ze zouden op weg naar de hemel verdwijnen als de rook van een kaars op het altaar.

Ik kijk omhoog naar Onze Lieve Vrouwe van Altijddurende Bijstand, tevergeefs zoekend naar haar ogen. Als iemand het zou kunnen begrijpen, zou het Maria zijn. Ze had haar kind ook opgeofferd. Ze had ook geen keus.

'Gaat het wel, mevrouw?' vraagt een stem. Ik kijk geschrokken op. Een oude man staart me aan, op nog geen twintig centimeter van mijn gezicht. Hij ziet er bezorgd uit en ik besef, tot mijn verbazing dat ik heb staan huilen. Ik wrijf met een hand mijn wang droog.

'Alstublieft,' zegt hij. Hij steekt een bezem onder zijn arm en biedt me een opgevouwen rode zakdoek aan uit de zak van zijn wijde broek. 'Pak deze maar.'

'Nee, dank u. Er is niets aan de hand.'

'Hier.' Voor ik hem kan tegenhouden, duwt hij de zakdoek tegen mijn neus. Hij ruikt naar wasverzachter. 'Snuit maar. Goed hard.'

'Meent u dat?'

'Toe nou maar.'

Dus ik vergeet een minuut dat ik ouder ben dan tien en een advocaat en zondig bovendien en laat de koster van de kerk mijn neus voor me snuiten.

'Goed zo!' Hij vouwt de zakdoek op en stopt hem terug in zijn zak. Hij is aantrekkelijk, met een wijs gezicht en plukken wit haar bij zijn slapen. Hij heeft een kleine stompe neus alsof er met een spade op is geslagen. Zijn bril met dubbelgeslepen glazen wordt bijeengehouden met een veiligheidsspeld, maar hij heeft scherpe blauwe ogen achter het brillenglas. 'Heb je problemen?'

'Er is niets aan de hand.'

Hij gaat op de bank zitten en leunt op de wankele bezem. 'Huil je daarom? Omdat het goed gaat?'

'Ik weet het niet. Ik weet niet eens waarom ik gekomen ben.'

'Om hulp. Daar komen mensen voor, om hulp.'

'Denkt u dat de Kerk kan helpen?'

'Jazeker. Ze heeft me mijn hele leven al geholpen – God heeft me geholpen. Hij heeft me de weg gewezen.' De oude man leunt achterover en glimlacht. Zijn tanden zijn te perfect. Een vals gebit, net als mijn vader.

'U bent gelovig.'

'Natuurlijk.' Hij kijkt naar het beeld, met licht gebogen schouders. 'Wanneer heb je voor het laatst gebiecht?' Het klinkt vreemd uit zijn mond.

'Bent u koster?'

'U wel?'

'Ik ben advocaat.'

'Ik ben priester! Ha!' Hij kakelt vrolijk en slaat met zijn bezem op de grond. 'Ik had je beet, hè?'

Ik lach. 'Dat is niet eerlijk, meneer pastoor.'

'Nee, inderdaad. Ik ben undercover, net als in *Miami Vice*.' Zijn ogen glimmen van pret.

Ik wend me af van zijn heldere ogen, in de war gebracht door zijn listigheid en zijn warmte. Ik kan me niet herinneren dat priesters zo waren toen ik klein was. Ze waren afstandelijk en afkeurend.

'Ik ben pastoor Cassiotti. Ik ben te oud om de mis op te dragen, dat doet pastoor Napole. Ik sta hem bij. Ik help waar ik kan. Ik neem de biecht af. Ik zorg voor de Maagd Maria.'

Ik zeg niets. Ik weet niet wat ik moet zeggen. Ik kijk naar mijn donkerblauwe pumps in het gras.

'Heb je mijn Darwin-tulpen gezien? Ze doen het prima. De hyacinten kunnen elke dag opkomen, nu. Dat duurt altijd lang. Ze hebben wat aanmoediging nodig, maar ik forceer niets. Ze komen op als ze er klaar voor zijn. Ik wacht gewoon af.'

Ik staar naar mijn schoenen.

'Ik kan goed wachten.'

Ik kan de lach in zijn stem bijna horen. Mijn hart gaat naar hem uit. Hij is een goed mens, een zachtaardig mens. Hij is het beste van de Kerk, van wat goed is aan de Kerk. Ik haal diep adem. 'Waar was u toen ik een tiener was?'

In mijn oor fluistert hij: 'Waukegan.'

Ik barst in lachen uit.

'Verbannen,' zegt hij zonder bitterheid. 'En waar was jij toen je een tiener was?'

'Hier.'

'Heb je hier op school gezeten? Dan was je lang geleden een goede katholiek. Vertel eens, krijgen we je terug?'

'Ik denk niet dat u me terugwilt, meneer pastoor.'

'Maar natuurlijk wel. God houdt van ons allemaal. Hij vergeeft ons allemaal.'

'Niet mij. Niet dit.' Ik kijk op naar de maagd, maar ze wil me niet aankijken.

Hij slaat op zijn knie. 'Laten we je reinigen! Nu meteen.'

'Biechten? Hier?'

'Waarom niet?'

'Er is geen biechtstoel. Ik kan u zien.'

'Dwaasje! Waarom zouden we in een telefooncel moeten zitten? In Waukegan heb ik vaak de biecht afgenomen terwijl we elkaar zagen, hoewel ik moet toegeven dat ik het nog nooit buiten heb gedaan.' Hij grinnikt. 'Je hebt geen hokje nodig voor een biecht, hoor. Je hoeft alleen maar je geweten te onderzoeken. Als je besluit in de toekomst niet meer te zondigen, bekent en je penitentie accepteert, heb je je met God verzoend.'

Ik kijk onderzoekend naar de ogen achter de brillenglazen. Hij laat het zo gemakkelijk klinken, maar ik weet dat het niet zo is. Ik heb spoken gecreëerd, grote en kleine en ondanks de warmte in zijn ogen begrijp ik dat ik er zelf mee moet leven. Ik kan niet biechten, niet tegenover zijn blauwe ogen, niet in het gele zonlicht, niet voor de witte Maagd op het groene gras. De kleuren zijn hier te helder, als een doos kinderkleurpotloden en te hartverscheurend mooi. 'God zal me niet vergeven, meneer pastoor.'

'Ik weet zeker dat God dat al heeft gedaan. Maar ik denk niet dat jij jezelf vergeven hebt.'

Plotseling worden we onderbroken door een kudde rood aangelopen *mammarella's* in bloemetjesjurken. 'Pastoor Cassiotti! Pastoor Cassiotti! Goddank hebben we u gevon-

202

den. De kerk is op slot en de mis begint over een kwartier! We kunnen er niet in!'

Hun agitatie brengt hem van slag. Zijn handen trillen als hij in zijn zak voelt en een rinkelende bos sleutels tevoorschijn haalt. 'Hemel, mijn excuses, dames.' Hij kijkt me bezorgd aan. 'Ik moet de kerk opendoen, wil je me excuseren?'

'Ik moet toch weg.' Ik sta op, onzeker.

'Nee, alsjeblieft. Blijf hier. Alsjeblieft.'

'Meneer pastoor, wat zien uw bloemen er mooi uit!' kwettert een van de vrouwen terwijl ze pastoor Cassiotti bij de elleboog grijpt. 'Moet je kijken, Conchetta. Zo mooi.'

'Het is zonde!' valt een tweede haar bij en pakt zijn andere arm. Ze sprinten voorwaarts als een rugbyteam, pond voor pond zwaarder dan de kleine pastoor en overspoelen hem met hun enthousiasme. Ze trekken hem mee naar de kerk als een winnende coach en het enige wat er van hem zichtbaar blijft is zijn benige hand in de lucht met de sleutelbos. Ik roep gedag en de sleutelbos rinkelt terug.

Ik besluit naar kantoor terug te lopen. Dat zal mijn hoofd goeddoen en het zou hoe dan ook onmogelijk zijn hier een taxi te vinden. Ik besef dat pastoor Cassiotti gelijk heeft: ik moet mezelf vergeven. Maar ik weet niet hoe, ook al is het zoveel jaar later. Ik loop in noordelijke richting naar het centrum van de stad en laat de straten die mijn jeugd gevormd hebben achter me.

Als ik eenmaal de buurt uit ben, voel ik me weer nerveus. De zon is witgloeiend, ongebruikelijk voor de tijd van het jaar, en maakt me kwetsbaar op de kale trottoirs. Ik begin harder te lopen en al gauw haast ik me door de straten van het centrum. Ik kijk om me heen of ik de donkere sedan zie maar blijf in beweging, ren langs baby's in wandelwagens en pubers die op straathoeken rondhangen.

Ik moet mijn pas vertragen vanwege de drukke lunchmenigte bij Pat's, een populaire *cheesesteak*-kraam tegenover een speeltuin. Ik baan me een weg door de menigte. Een paar mannen die in de rij staan kijken me nieuwsgierig aan. Mijn oksels zijn nat onder mijn blazer en op mijn borst heb ik jeukende vlekken. Ik sta op het punt over te steken, nog steeds naar het noorden, als ik ze zie.

Ongeveer vijftien meter verderop op de hoek van het basketbalplein, staan twee grote mannen ruzie te maken. Een menigte basketbalspelers en spijbelaars gaat om het paar heen staan. Zelfs van deze afstand hebben de mannen iets bekends.

Ik verstijf als ik ze herken.

Het is rechercheur Lombardo. Met Berkowitz.

23

Ik duik achter een bestelbus die in Federal Street geparkeerd staat en kijk naar hen door de met roet beslagen ramen. De ruzie escaleert als Berkowitz wild gebaart, bijna zijn zelfbeheersing verliest. Plotseling boort hij zijn vuist in Lombardo's wang. Bloed stroomt uit de neus van de rechercheur. Met zijn hand voor zijn gezicht wankelt hij achteruit.

Berkowitz werpt een onrustige blik op de menigte en loopt met grote passen het plein af. De toeschouwers applaudisseren als hij in zijn zwarte, foutgeparkeerde Mercedes sedan stapt en wegrijdt. Lombardo schuifelt de andere kant op, met zijn hand op zijn neus. De menigte laat luid boegeroep horen. 'Eikel!' roepen ze. 'Sla dan terug, stomme lul!' Ik haal diep adem. Het lijkt wel voor het eerst in vijf minuten. Wat is er in godsnaam aan de hand? Waarom staan ze midden in Zuid-Philly ruzie te maken? Ik herinner me wat Lombardo zei na de herdenkingsdienst – dat Berkowitz veel belangstelling toonde voor het onderzoek. Ging de ruzie soms over het onderzoek? Wat zou het anders kunnen zijn, behalve iets wat met de dood van Brent te maken heeft? En misschien zelfs met die van Mike?

Ik ben bang en pastoor Cassiotti kan me nu niet helpen. Ik overweeg Lombardo's kantoor binnen te stormen en uitleg te eisen, of Berkowitz' kantoor binnen te stormen en uitleg te eisen, maar wie houd ik voor de gek? Ik ben geen revolverheld, ik zit er tot over mijn oren in. Het eerste wat in me opkomt is wegrennen, als een haas uit Dodge wegkomen, maar waar kan ik heen? De enige die ik ken en die niet in de stad woont, is Angie.

Angie!

In het klooster, vlak bij Baltimore. Het idee trekt me onmiddellijk aan. Ik zal op de kloosterdeuren bonken, erop beuken tot ze me binnenlaten. Ik zal zeggen dat het om een familieaangelegenheid gaat, wat inderdaad het geval is, en dan zullen ze opendoen. Dat moeten ze, als klooster. Wat kan beter veiligheid bieden dan een klooster?

Ik kijk rond of ik een telefooncel zie en ontdek er een bij Pat's. Ik loop erheen en probeer niet te gaan rennen voor het oog van de luidruchtige menigte kantoorpersoneel en bouwvakkers. Bijna onmiddellijk als ik de vettige hoorn oppak, komt een lange zwarte basketbalspeler bij de cel staan wachten. Achter hem gaat een postbode staan. Ik bel Judy en vertel haar wat ik gezien heb, over het lawaai heen in de hoorn schreeuwend.

'Hij gaf hem een kláp?' zegt Judy. 'Wat doen ze daar eigenlijk? Wat doe jíj daar trouwens?'

De basketbalspeler trekt een smekend gezicht en ik gebaar naar hem dat ik nog maar een minuut nodig heb.

'Ik ga de stad uit, Judy. Voor vannacht, in ieder geval.'

'Waar ga je heen?'

Ik kan haar nauwelijks verstaan. Ik stop een vinger in mijn vrije oor. 'Ik zou de brieven na de lunchpauze van Ned krijgen, maar ik kan niet. Wil jij hem bellen en ze ophalen?'

'Heeft *Ned* de brieven? Ik vroeg me al af waar ze waren!'

'Bewaar ze op een veilige plek, oké?'

De basketbalspeler vouwt zijn handen alsof hij bidt.

'Judy, ik moet ophangen, er staat iemand te wachten. Hij staat al te bidden en te smeken.'

'Maar waar ga je heen, vanavond? Je kunt bij mij slapen, dat weet je.'

Een oude man met een pet van gaas waarop OUWE LUL staat gaat achter de postbode in de rij staan.

'Bedankt, maar ik weet iets beters. Ik bel je morgen.' Ik hang op.

'Bedankt,' zegt de basketbalspeler, met de bal onder zijn arm. 'Ik moet mijn vriendin bellen. We hebben ruzie namelijk, snap je?'

'Ik geloof het wel.'

Ik worstel me door de menigte en zoek een taxi. Er zal er wel zo een komen, Pat's is een magneet. Mijn vlekken kondigen zich in volle glorie aan. Ik ben bang dat ik Lombardo zal tegenkomen, of Berkowitz, of wie me achtervolgt. Mijn hoofd tolt. Ik ontdek een gele taxi en spring erin. Ik zit helemaal in de kussens gezakt, gedeeltelijk van uitputting, gedeeltelijk van angst.

De taxichauffeur is een goocheme kinderlijke man met een pet van de Phillies die hij achterstevoren op heeft. 'Luister, mevrouw, ik wil geen problemen in mijn taxi.'

'Dat gebeurt niet. Alsjeblieft, ik moet naar een garage in Twenty-second en Pine Street. Daar staat mijn auto. Kun je daar niet gewoon heen rijden?'

Hij schudt zijn hoofd. 'Je ziet er niet uit als iemand die voor de smerissen op de vlucht is, maar wel als iemand die ergens voor op de loop is.'

'Dat is ook zo. Ik ben op de loop voor... mijn vriend. We hebben ruzie.'

Hij glimlacht veelbetekenend. 'Problemen met de liefde.'

Ik knik. 'We moeten hier weg. Snel.'

'Jij je zin, schoonheid.' Hij zet de meter aan en geeft gas. Hij rijdt door twee rode stoplichten als hij Twenty-second Street op scheurt. Tegelijkertijd speelt hij het klaar ongevraagd advies te geven aangaande mijn liefdesleven, als in een rapsong: *Gotta make 'em beg for it, gotta make 'em want it, gotta make 'em show respect.* We zijn bij de garage op het moment dat hij bij *gotta shop around* is.

'Juist. Luister, zou je iets voor me willen doen? Even blijven wachten tot je me naar buiten ziet rijden?'

'Onmogelijk dat-ie me gevolgd is, mevrouw. Ik heb erop gelet.'

Ik geef hem evenveel fooi als de ritprijs bedraagt.

'Oké!' zegt hij vol waardering.

'Het is een groene B M W.'

'Een B M W? Gaaf! Wat voor een, de 325 of de 535?'

'De 2002, van voor jij bestond. Hij is appelgroen, je kunt hem niet missen.' Ik stap uit de taxi. '*You gotta pick and choose*, onthou dat.'

In tien minuten rijd ik door het westelijk deel van de stad naar de Schuylkill-snelweg. Ik heb bijna een ongeluk omdat ik rijd met één oog in de spiegel. Niemand schijnt me te volgen en als ik de snelweg op rijd voel ik me opgelucht. Er is weinig verkeer en ik verander een paar keer van rijstrook om te kijken of iemand achter me hetzelfde doet. Het duurt maar een minuut voor ik besef dat iedereen net zo lukraak van rijstrook wisselt.

Wat normaal lijkt.

Ik geef plankgas in wat Mike liefdevol het Snotmobiel noemde en schiet de stadsgrenzen voorbij alsof ik de geluidsbarrière doorbreek. Na een tijdje ben ik ervan overtuigd dat ik niet gevolgd word en voel ik me vrijer, veiliger. Alsof ik niet meer gevangenzit, door de stad en door wie me daar achtervolgt. Ik draai het raampje naar beneden en zet de radio aan. Ik herken de hese bas van George Michael midden in *Father Figure*. Ik ben dol op dat lied. Ik zet het harder.

Ik herinner me dat ik naar Angie op weg was terwijl Mike reed en meezong met de radio. Mijn ouders reden achter ons aan in hun Oldsmobile, wat inhield dat we om de tien minuten aan de kant gingen staan, zodat ze ons in konden halen. Het hinderde Mike niet dat mijn vader met zo'n slakkengang reed. Hij werd eigenlijk nergens door van zijn stuk gebracht, hij leek in dat opzicht op Judy. Hij hield werkelijk van het leven. Hij liet het over zich heen komen. Ik draai de felle B M W Route 1 in westelijke richting op, toegezongen door Prince. Route 1, de oude Baltimore Pike, is een kortere weg naar het klooster dan de I-95. Als ik niet verdwaal, ben ik daar tegen het vallen van de avond.

Angie is vlak nadat we aan de Universiteit van Pennsylvania waren afgestudeerd het klooster ingegaan. Ik haalde mijn graad in Engels, zij in theologie. 'Wat voor baan kun je krijgen met die graad?' vroeg ik toen ze het koos, maar ze haalde haar schouders op ten antwoord. Toen ze het ons eindelijk vertelde, waren mijn ouders opgetogen, maar ik was verbijsterd. Ik schold haar uit, zei dat ze haar leven vergooide. Mijn moeder smeekte me op te houden, mijn vader schudde zijn hoofd alleen. Ik rende weg. Mijn laatste blik achterom was naar Angie. Ze zat daar, passief achter haar koffie, doodkalm in de vortex van een familieorkaan.

Het verkeer op Route 1 beweegt zich snel, ongehinderd. Ik hoef nauwelijks voor een licht te stoppen. Een vrouw die ik niet herken zingt een lied. Mijn gedachten gaan weer naar het klooster.

Angies eerste jaar als novice was mijn eerste jaar als student rechten. Ze mocht geen bezoek hebben, geen telefoon of zelfs post ontvangen. Het was bedoeld als test van haar toewijding aan een religieus leven en we hoorden niets van haar. Ik voelde een bijna ondraaglijk verlies, alsof ze werd gegijzeld door religieuze fanaten, wat mijn opvatting trouwens was. Buiten het klooster ging het leven door. Mijn moeders ogen gingen achteruit, mijn vader kwam tien kilo aan. Ik bestudeerde de wet en leerde mannen weer te vertrouwen. Met Mikes hulp.

Het droevige lied houdt onverwachts op, gevolgd door stilte.

Wat het ergste was aan Angies leven in het klooster. Haar gelofte van zwijgzaamheid. Hoe konden ze Angie die zo vol spraakwater zat, vol ideeën, het zwijgen opleggen? Ik herinner me de nachten dat we in onze kamer aan het roddelen waren, de gefluisterde moppen op school, hoe we alles luidkeels belachelijk maakten als we naar huis liepen. Zoveel gesprekken, zoveel taal. Engels en Italiaans thuis, Frans op school. Latijn in de mis. Niet langer.

Het verkeer begint uit te dunnen, er zijn niet zoveel stoplichten meer. Madonna's stampende ritme klinkt op de radio, en ik draai hem met een bevredigende *klik* af. Ik heb de pest aan Madonna; ze is nog verwarder over het katholicisme dan ik. Ik scheur over de landelijke trajecten ten zuiden van Media, langs melkkoeien en oude schuren. De geur van mest waait door de lucht. Ik geef meer gas.

Na Angies eerste jaar mochten we haar zien. De bezoeken – vier per jaar – vonden plaats in een kleine kamer, de gastenkamer, en er stond een houten scherm tussen ons in, bijna zoals het houten latwerk van een tuinscherm. Ik kon haar niet aanraken en er was geen privacy, want we waren omgeven door de opgewonden families van de andere nonnen. Ik vond de bezoeken een oefening in frustratie. Ik kon over niets van belang met Angie praten, kon haar op geen enkele zinvolle manier bereiken, zodat het tuinscherm evengoed van beton had kunnen zijn. Het enige wat ik kon doen was ons uit elkaar zien groeien. Terwijl de jaren voorbijgingen werd haar gezicht smaller en haar houding ingetogen. Tegen de tijd dat ze intrad, vijf jaar later, was het of ik haar nauwelijks kende. Ik omhelsde haar toen, na de mis, en huilde bijna de hele terugweg naar huis.

Ik snel de ene na de andere boerderij voorbij en het enige wat ik lange tijd zie, zijn koeien en reclameborden. WELKOM IN MARYLAND, staat er op het bord als ik de grens overga.

Ik rij langzaam door Harford County, met zijn pittoreske boerderijen en niet zo pittoreske kampeerterreinen. De zon daalt links van me, achter een Bob's Big Boy. De auto zoemt rustig verder, mijn gedachten zijn blanco. De enige afrit naar het klooster komt eraan. Ik ben de naam van de stad vergeten, maar ik herken de markeringen. Een wooncomplex bestaande uit namaak-Engelse, tot woonhuizen omgebouwde stallen, dan een wooncomplex van namaak-Franse châteaux.

Ik raak mijn enthousiasme enigszins kwijt. Ik begin bezorgd te raken. Stel dat ze me niet laten overnachten? Stel dat Angie boos op me is dat ik kom? Er begint zich een harde kern in mijn borst te vormen. Het lijkt of hij versteent als ik langs het restaurant rijd waar Mike en ik geluncht hebben nadat hij Angie voor het eerst had ontmoet. Ik herinner me die lunch.

'Ik begrijp waarom je haar zo mist,' zei Mike, friemelend aan de dop van een rode knijpfles tomatenketchup. 'Het zou veel voor me betekenen als ze op onze bruiloft kon komen.'

'Onze bruiloft?'

'Onze bruiloft.' Hij grinnikte en schoof de ketchupfles naar me toe. Aan het rode kegeltje van de dop hing een kleine diamanten solitair.

Dat was Mikes huwelijksaanzoek, en ik zei ja, maar Mikes wens ging niet in vervulling. Angie kreeg geen toestemming het klooster te verlaten voor zijn bruiloft.

Ze mocht echter wel naar zijn begrafenis.

24

Ik loop langs de hoge stenen muur van het klooster op zoek naar de toegangspoort. Het is een antieke ijzeren poort, geverfd in een kleur die in de schemer onmogelijk te bepalen valt: smaragdgroen misschien, of zwart. Ik kan niet door de poort heen kijken – hij is ondoorzichtig en minstens drie meter hoog, met boven op een kruis. Uiteraard.

Boem! Boem! Ik bonk op de poort. De verf bladdert af. *Boem! Boem! Boem!*

Stilte.

'Is daar iemand? Kan iemand me binnenlaten?'

Stilte.

Boem! 'Alstublieft, het is een noodgeval! Alstublieft!'

'Een ogenblik,' zegt een zwakke vrouwenstem aan de andere kant. Ik hoor het metalen geklik van een grendel die wordt teruggeschoven en de deur opent zich op een kier. Een blauw oog tuurt naar buiten vanachter een montuurloze bril. Ik vang een glimp op van een witte sluier – een novice – wier gezicht begint te stralen als ze me ziet. 'U lijkt precies op een van mijn zusters!'

'Werkelijk?'

'Ja. Zuster Angela Charles.'

Haar zuster. Daar raak ik nooit aan gewend. 'Angela is mijn tweelingzus. Ik ben Mary DiNunzio. Ik moet haar spreken. Het gaat om... een noodgeval in de familie.'

De novice kijkt bezorgd. 'O, jee. Gelukkig dat ik in de buurt was. Kom binnen, alstublieft.' Ze trekt aan de ijzeren poort, kreunend van inspanning. Ik duw aan de buitenkant, maar zelfs met onze vereende krachten gaat hij maar net zo ver open dat ik er zijdelings doorheen moet glippen. 'Sorry,' zegt ze glimlachend.

'Het geeft niet. Ik ben blij dat u me binnenlaat.'

'Geen moeite. Volg mij maar. Ik zal moeder-overste zeggen dat u er bent.' Ze loopt energiek voor me uit, over een betegeld pad dat door het gras naar het klooster loopt. Het klooster is meer dan honderd jaar oud en opgetrokken in cognackleurig graniet en bedekt met weelderige klimop. Als het mijn tweelingzus niet gevangen hield zou ik het een mooi gebouw vinden. Het dak is van terracotta tegels, net als de daken in Florence, en de boogvormige ramen zijn van glas in lood dat glanst in diepe kleuren en van binnenuit licht laat schijnen in deze avondschemer.

Als we bij de voordeur zijn, kaal met uitzondering van het Heilig Hart bij de hoeksteen, hoor ik de nonnen in de kapel zingen. Hun stemmen, veertig in totaal, worden door de stille avond naar het gazon gedragen. Een van de stemmen is van Angie. Een alt, net als ik.

'Gaat u hier maar naar binnen,' zegt de novice, terwijl ze de bewerkte eiken deur opent.

De geur is het eerste wat me tegemoet komt, de geur van wijwater. Het is een zwakke, zoete geur, enigszins als rozenwater. De adem van de novice ruikt er ook naar en ik vraag me af hoe dat kan en of ik het me misschien verbeeld. Ik hoor het gezang, luider nu ik binnen ben, en we lopen langs de gesloten deuren van de kapel, waarboven gesjabloneerd staat:

KAPEL

GEWIJD AAN SINT-JOZEF

OVERPEINZING

Angie is binnen.

De novice gaat me voor naar de ontvangkamer. Boven de deur staat:

GASTENKAMER
GEWIJD AAN SINT-L. GONZAGA
DISCRETIE, BESCHEIDENHEID

De novice doet een lamp aan die de kamer nauwelijks verlicht. 'Wilt u hier even wachten terwijl ik moeder-overste vertel dat u hier bent?' zegt ze.

'Bedankt.'

Ze doet de deur dicht en laat me alleen. De gastenkamer lijkt groter nu het er leeg is, maar het roept nog steeds frustratie bij me op. Ik ga tussen de onbezette stoelen aan de burgerkant van het scherm zitten en vraag me af hoeveel tweelingzussen hier de afgelopen eeuw gezeten hebben en of iemand van hen zich net zo gevoeld heeft als ik. De orde was vroeger veel geïsoleerder en Angie zegt dat er sprake is dat er naar een afgelegen plek in de Adirondacks verhuisd wordt. Dat is zo ver weg dat ik haar nooit te zien zou krijgen. De gedachte maakt me misselijk.

'Mevrouw DiNunzio?' zegt de novice, terug op de drempel. Het gezang klinkt luider door de deuropening. 'Komt u met me mee. Moeder wacht op u in haar kabinet.'

'Kabinet?'

'Kantoor. Kabinet is de Franse term, maar wij gebruiken die nog steeds.'

'Macht der gewoonte?'

Ze glimlacht.

'Daar kan ik over meepraten.'

Ik volg haar naar de kale, smalle gang. De hardhouten vloeren glimmen zelfs in het vage licht. De novice trippelt zachtjes voor me uit, ik klos obsceen op mijn hoge hakken. Ik kijk naar de lichte muren en lees de zwart gesjabloneerde teksten aan de bovenkant. IK HEB EEN REDDER IN WIE IK VERTROUW. NIETS IS MIJ LIEVER DAN MIJZELVE TE VERSTERVEN EN TE OVERWINNEN. WIJS MIJ DE WEG EN WEES VOLKOMEN.

De gang houdt op bij een witte deur en het gezang stopt ineens. Dit is de deur die toegang geeft tot het afgezonderde gedeelte. Ik leef aan de buitenkant ervan, Angie aan de binnenkant. Boven de stijl staat: GLORIE AAN DE HEER DER HEREN EN ZIJN MEDEDOGEN ZAL ALTIJD DUREN.

Er zou moeten staan: GEEN WEG TERUG.

We gaan zwijgend de deur door. Ik neem in het voorbijgaan alles in me op terwijl ik me probeer voor te stellen hoe Angies dagelijks leven eruitziet. We lopen een andere gang in, ook schoon en sober en komen bij een deur aan de linkerkant, waarboven de tekst staat:

KABINET VAN MOEDER-OVERSTE

GEWIJD AAN ONZE HEILIGE MOEDER

LANKMOEDIGHEID

'Wat betekent dat?' vraag ik de novice. 'Lank...'

'Lastig, hè? Lankmoedigheid. Het betekent verdraagzaamheid. Hier moet u zijn. Moeder-overste komt zo. U kunt in haar kantoor plaatsnemen.'

'Dank u.'

'Graag gedaan,' zegt ze en trippelt weg.

Ik ga in een harde missiestoel zitten tegenover een bureau zo brandschoon dat het te koop zou kunnen staan. Het kantoor is leeg en kaal met uitzondering van een dubbele rij boekenplanken en een oude zwarte telefoon met draaischijf. Een blikkerig inbouwspotje werpt een zwak licht over het bureaublad. Mijn borst verstrakt rond de verharde kern. Ik kan het gevoel niet van me afschudden dat ik weer terug op school ben, in het kantoor van de directrice om me te verantwoorden voor een of andere zonde. Zoals een abortus.

Plotseling, met een geruis van haar zware habijt, komt moeder-overste het kantoor binnen. Ze is groot, broodmager en minstens vijfenzeventig jaar. Er staan diepe rimpels in haar gelaat geëtst, die een contrast vormen met de gesteven gladheid van haar borstdoek, de stof die haar nek en schouders bedekt. Een zwaar zilveren crucifix hangt aan een speld op haar habijt. 'Ah, ja, mevrouw DiNunzio,' zegt ze. 'U lijkt met de dag meer op zuster Angela Charles.'

Ik sta op en glimlach. De gedachte komt bij me op dat dit een variant is van overeind springen en grijnzen. 'Sorry dat ik zo binnenval, maar ik moet mijn zus spreken. Het gaat om een noodgeval in de familie.'

'Dat heb ik begrepen. Ik heb zuster Angela laten waarschuwen.' De grote non gaat zitten, met rechte rug, op een houten stoel. 'Gaat u toch zitten.' Ze gebaart met een benige hand naar de stoel.

Er wordt zacht op de deur geklopt. 'Kom binnen,' zegt de moeder-overste. De deur gaat open en daar is Angie.

'Angie!' flap ik er blij uit. Als ik haar zie breekt de harde kern in mijn borst als drijfijs op de voorsteven van een tanker.

Angie is op haar hoede. 'Ja, moeder?'

'Zuster Angela, ik heb begrepen dat er een noodgeval is.'

Angies ogen verwijden zich van angst als ze zich naar mij wendt. 'Pa? Is het pa?'

'Nee, Angie. Niet pa. Ze maken het allebei goed.'

Haar schouders ontspannen zich zichtbaar. Ze loopt de kamer in en sluit de deur zacht achter zich. 'Wat is er aan de hand?'

Ik kijk naar moeder-overste. 'Is het mogelijk mijn zus onder vier ogen te spreken?'

216

De moeder-overste tuit haar lippen, die zo dun zijn dat ze slechts een verticale rimpel vormen. Ik vraag me vluchtig af of ze mijn moeder ooit zijn opgevallen. 'Zoals u weet, hebben we bezwaar tegen dit soort interrupties.'

Plotseling vindt Angie haar stem, ernstig en een tikkeltje opstandig. 'Ik weet zeker dat het belangrijk is, moeder, anders zou mijn zus niet gekomen zijn.'

'Dat is waar.' Het verhaal rolt eruit, lichtelijk verward. 'Ik denk dat iemand me achtervolgt, ik weet niet wie. Ze hebben mijn assistent vermoord.'

'Mary, nee toch!' roept Angie uit.

De moeder-overste knippert verbaasd met haar ogen, haar kraaienpootjes verdiepen zich. 'Hebt u de politie ingeschakeld?'

'Ik denk dat de politie er op de een of andere manier bij betrokken is. Ik moet werkelijk met Angie spreken... – en hier overnachten. Alleen vannacht... – alstublieft?'

Angie kijkt nerveus van mij naar de moeder-overste.

'Uw omstandigheden in aanmerking genomen bent u welkom, hoewel ik er niet van overtuigd ben dat het uw situatie op de lange duur zal vergemakkelijken. Ik ga terug naar de kapel en verwacht u daar binnen afzienbare tijd, zuster Angela.'

'Dank u, moeder,' zegt Angela. Ze buigt haar hoofd als de moeder-overste langs haar de deur uitloopt.

'Dank u,' zeg ik. Meteen als ze de deur sluit snel ik naar Angie. Ze omhelst me en ik klem me aan haar vast en wil haar niet loslaten. Ik voel me weer heel. 'Ik heb je gemist!' zeg ik tegen een mondvol lichte wol.

'Wat is er aan de hand, Mary?'

Ik vertel haar alles, in horten en stoten. Ze luistert. Ze raakt mijn gezicht aan. Ze maakt zich zorgen om me. Ze houdt nog van me. Ik voel me gelukkig en zo veilig. Als ik uitgesproken ben, gaat ze weg en zegt dat ze zo terug is.

Maar de volgende keer als de deur opengaat, is het de moe-der-overste. 'Komt u mee, alstublieft, mevrouw DiNunzio,' zegt ze. Ze pakt een zaklamp uit haar bureau. De eiken la sluit met een knarsend geluid.

'Waar is mijn zus?'

'Ze beëindigt haar gebeden. Ik weet zeker dat ze u er van-avond in gedenkt. Komt u alstublieft zo stil mogelijk mee. We hebben een kamer voor u in het gedeelte voor gasten in retraite. De rest van het klooster is vast in slaap.' Ze doet de zaklamp aan, richt hem op de deur en verlaat de kamer.

Ik volg haar de gang in en voel me als een kind dat op de late avond naar een griezelfilm gaat kijken. De lampen lijken nog minder fel dan eerst, maar ik besef dat het buiten alleen maar donkerder is. We lopen de ene kale gang na de andere door, langs de ene gesloten deur na de andere. Boven iedere deur is een gesjabloneerde tekst:

WERKKAMER
GEWIJD AAN SINT-JOZEF
STILTE

KEUKEN
GEWIJD AAN SINT-MAARTEN
OVERPEINZING

REFTER
GEWIJD AAN SINT-BERNARD
VERSTERVING

KANTOOR VAN DE ASSISTENTE
GEWIJD AAN ONZE LIEVE VROUWE
RETRAITE

De moeder-overste beweegt zich snel voor een vrouw van haar leeftijd, van de ene kant naar de andere als een zwiepende bezem. Ik haast me om haar bij te houden als we een krakende trap oplopen en een rij deuren passeren waar niets boven staat. Ze bevinden zich in een lange gang, waar deze naar links draait. Naast elke deur hangt een kleerborstel aan een haakje. 'Wat zijn dit voor kamers?' vraag ik.

'De cellen van de zusters,' zeg de moeder-overste, zonder om te kijken.

Ik vraag me af welke van Angie is, maar besluit het niet te vragen. Bovenaan de muur staat: JE KUNT SLECHTS BRUID VAN JEZUS CHRISTUS ZIJN IN ZOVERRE JE JE NEIGINGEN EN OORDEEL KASTIJDT EN JE AAN ZIJN LERINGEN WILT ONDERWERPEN. Ik struikel terwijl ik de lange inscriptie probeer te lezen.

'Kijk uit,' zegt moeder-overste.

Mijn adem stokt. *Kijk uit, Mary.*

Ze draait zich op haar hielen om. 'Is alles goed? Bent u gestruikeld?'

'Nee. Eh, er is niets aan de hand.'

'U bent hier veilig, hoor. U hoeft zich vanavond nergens zorgen over te maken.' Ze loopt langs een bibliotheek en een ziekenafdeling, beide gewijd aan heiligen van wie ik nog nooit heb gehoord evenals aan deugden die me wel bekend zijn. Ze blijft voor een deur staan en opent hem. In het halfduister zie ik een eenpersoonsbed en een klein nachtkastje. 'Het is niet het Sheraton, maar dat is ook niet de bedoeling,' zegt ze, met een lichte glimlach.

'Dank u. Ik stel het zeer op prijs.'

'Wees niet te dankbaar, we staan om vijf uur op. Welterusten.' Ze vertrekt en sluit de deur achter zich.

Wat mij in diepe duisternis dompelt. Ik kan het bed in het donker niet zien. Ik wacht tot mijn ogen zich aanpassen, maar dat gebeurt niet. Ik struikel in de duisternis en vind de dunne beddensprei op de tast. Ik kruip op de matras met een veilig en uitgeput gevoel en val in slaap.

En dan wordt mijn schouder aangeraakt. Ik knipper met mijn ogen in het donker. Er staat een schaduw over me heen. Plotseling ligt er een hand over mijn mond.

'Ik ben het, idioot.' Angie neemt haar hand weg.

'Jezus, je liet me schrikken.'

'Sst! Fluister. Ik hoor te slapen.'

Angie doet een zaklamp aan en zet hem als een lamp op het nachtkastje. Ze is nog steeds gekleed in haar habijt en haar zilveren crucifix weerkaatst het licht.

'Slaap je in die outfit?'

'Ik had getijden.'

'Wat is dat?'

'Nachtgebeden. Ik moest van drie tot vier.'

'Bedoel je dat je midden in de nacht wakker wordt om te bidden?'

'We bidden de hele nacht, in ploegen.'

'Dat meen je niet.' Er knapt iets in me bij de gedachte aan deze arme vrouwen – inclusief mijn tweelingzus – die de hele nacht bidden voor een wereld die niet eens weet dat ze bestaan. 'Wat heeft dat voor zin? Het lijkt me nutteloos.'

'Sst!'

'Het is krankzinnig. Het is gewoon krankzinnig, besef je dat niet?'

'Mary, fluister!'

'Waarom zou ik? Jij bent volwassen en ik ben volwassen en het is een vrij land. Waarom kan ik niet met mijn eigen tweelingzus praten?'

'Mary, alsjeblieft. Als je niet fluistert, ga ik.' Ze kijkt ernstig, met samengetrokken lippen. Ik ken dat trekje. Van mijn moeder, als iets menens is.

'Oké, ik zal fluisteren. Maar vertel me eens wat dit voor plek is. Je mag niet praten. Je mag niet naar buiten. Je mag je familie nauwelijks zien. En die teksten op de muren, het lijkt wel een sekte! Ze snijden je van de wereld af en ze hersenspoelen je.'

'Mary, alsjeblieft. Wil je per se ruzie maken?'

'Het is geen ruzie, het is een discussie. Kunnen we het niet gewoon bespreken? Ik fluister.'

Ze zucht. 'Het is geen sekte, Mary. Het is een andere manier van leven. Een contemplatieve manier van leven. Een religieus leven. Het is net zo waardevol als de manier waarop jij leeft.'

'Maar het is een leugen. Fictie. Ze doen alsof ze je familie zijn, maar dat zijn ze niet. Ze is je moeder niet en zij zijn je zusters niet.'

'Je klinkt alsof je jaloers bent.'

'Dat ben ik, dat geef ik toe! Mea culpa, zuster. Mea culpa – *zuster.*'

Angie ziet er gekwetst uit.

'Het spijt me, maar hier word ik gek van! Ik ben je zus, je tweelingzus. Ik ken je, Angie, zoals ik mezelf ken. En ik ben het met je eens. Dit is een volkomen valide manier van leven, maar niet voor jou.' Ik kijk zoekend in haar ronde bruine ogen, identiek aan de mijne. We zijn elkaars spiegel als we in de kleine cel tegenover elkaar zitten.

'Ik ben hier met een reden,' fluistert ze. 'Dat kun je gewoon niet accepteren.'

'Misschien zou ik het kunnen accepteren als ik het begreep.'

'Je wilt het niet proberen.'

'Geef me een kans. Ik ben slimmer dan ik eruitzie. Wat is de reden?'

'God dienen. Een spiritueel leven leiden.'

'Ik geloof je niet.'

Angie wendt haar blik af maar zegt niets.

'Ik geloof het van de anderen, maar niet van jou.'

Nog zegt ze niets.

'Waarom praat je niet? Je haat stilte. Je praat zo graag.'

Ze heft haar hoofd plotseling op. 'Nee, Mary, jíj praat zo graag.'

'Jij ook.'

'Nee.' Ze wijst naar me. 'Ik ben niet jou. We zien er hetzelfde uit. We klinken hetzelfde. Maar *ik ben jou niet.*' Haar lippen trillen.

'Dat weet ik, Angie.'

'O ja? Weet je dat zeker?'

'Zeker weet ik dat zeker.'

'Wat maakt jou zo zeker van je zaak? Wat? Hoe weet je dat?' Ze wacht niet op mijn antwoord maar zegt zacht: 'Als kinderen hadden we dezelfde kleren. Ons haar was hetzelfde gekapt. We hadden dezelfde lievelingsboterham – Bolognese worst met mosterd op wit brood. We kregen dezelfde cadeaus op onze verjaardag en met kerst. We gingen naar dezelfde scholen. We zaten naast elkaar in dezelfde klassen, ons hele leven.'

'Nou en?'

'Dus wie ben je, Mary? En wie ben ik?' Angie klinkt bijna wanhopig. 'Waar houd jij op en begin ik?'

Mijn hart breekt bijna door die onthulling. 'Is dát waar dit om gaat?'

'Ik moet nadenken. Ik moet erachter komen.'

'Maar het duurt al zo lang, Angie! De bloei van je leven! Kun je er in de buitenwereld niet achter komen?'

'Dat heb ik geprobeerd, maar het lukte niet.' Ze schudt verdrietig haar hoofd. 'Ik kon het niet zolang jij in de buurt was, en ma en pa. En ik hou van jullie allebei. Ik wil het geluk voor jullie alledrie.' Ze snikt, waardoor haar lichaam schokt.

Ik voel zo'n heftig verdriet dat het pijn doet. Nu ik begrijp wat ze vraagt, weet ik dat het klooster geen antwoord is. En ik weet het omdat ik dezelfde vraag heb gesteld. Ik moet haar hieruit krijgen, haar overtuigen. Ik bereid me voor op het belangrijkste mondelinge betoog van mijn leven. Voor het leven van mijn zus.

'Angie, ik wist ook niet wie ik was tot ik begon te *leven*. Afstudeerde. Mike ontmoette, Mike kwijtraakte. Ik heb op alle mogelijke manieren klappen gehad. Er zijn dingen met me gebeurd die ik je niet eens verteld heb. Slechte dingen, goede dingen ook. Die gebeurtenissen hebben me geholpen uit te vinden wie ik ben. Ze hebben me gemaakt tot wie ik nu ben. Dat is het leven, Angie. Daar kom je niet achter voor je het meemaakt. Je moet leven om dat uit te vinden.'

Ze huilt zacht, maar ze luistert.

'Angie, je hoeft jezelf niet te verstoppen om jezelf te vinden!'

Plotseling vliegt de deur open. Het is de moeder-overste wier streepvormige mond een grimmige trek krijgt als ze Angie ontwaart. 'Zuster Angela. Naar het Laudamus.'

Angie springt uit mijn armen en deinst achteruit.

'Angie!' roep ik met uitgestrekte armen.

Maar Angie rent van me weg en het geluid van haar voetstappen verdwijnt in de stilte.

25

Ik kleed me voor dag en dauw aan in de stille kleine cel. De schaduwen zijn blauw-grijs, maar nu kan ik tenminste iets zien. Niet dat er veel te zien valt. Er staan geen teksten op de muur en het blad van het nachtkastje is leeg. Het bed lijkt wel een kinderkampeerbed, misschien een gift van een van de families, en de witte sprei die gisteren zo jeukte is bedekt met katoenen pluisjes. Achter de tafel is een rechthoekig raam. Ik glip in mijn schoenen en kijk naar buiten.

Ik denk dat het de achtertuin van het klooster is, maar ik kan me niet oriënteren. Ik weet dat ik het nooit eerder heb gezien. Enorme eikenbomen reiken tot mijn raam en hoger, sommige lijken wel honderd jaar oud. Hun dikke takken belemmeren het uitzicht op wat eronder ligt, maar als ik mijn hoofd scheef houd kan ik naar beneden kijken: een groep witte kruisen, in rijen. Er zijn er ongeveer vijftig, wit als gebleekte botten. Ik heb een minuut nodig om me te realiseren wat ik zie.

Een kerkhof.

Daar heb ik nooit aan gedacht. Ik heb het nooit geweten. natuurlijk, het is logisch. De nonnen die hier leven, worden hier begraven, in rijen graven met daarop kruisen, zoals in Verdun of Arlington.

Zal Angie hier begraven worden? Ik kan het niet echt geloven. Zou ze zelfs tot in de dood hier blijven? Ik ga bij het raam vandaan.

Er wordt zacht geklopt. 'Mary, ben je wakker?' fluistert een stem. Die van Angie.

Ik loop naar de deur en open hem.

Angie ziet bleek, bijna grauw tegen het ravenzwarte habijt. Ze heeft donkere kringen onder haar ogen. Ik weet dat ik er net zo uitzie. 'Jij hebt ook niet geslapen, hè?' vraag ik.

Ze legt een vinger op haar lippen. 'Moeder zegt dat we een korte wandeling mogen maken voor je weggaat. Kom mee.'

Dat doe ik. Ze neemt me mee door gang na gang, net als de moeder-overste gisteravond. Ik moet toegeven dat het klooster er in het daglicht beter uitziet. De hardhouten vloeren die gisteren donker leken hebben in feite een gouden honingtint, zijn van een hoogwaardige kwaliteit grenen en ze weerkaatsen het ochtendlicht. De muren zijn hagelwit, zonder enige veeg. De teksten lijken ook minder bizar, als je eenmaal de schok van zinnen als VERSTERVING VAN HET VLEES in letters van vijfentwintig centimeter hoogte, verwerkt hebt. Maar ik moet steeds denken aan het kerkhof in de achtertuin. Weggestopt, als een geheim.

We lopen een wenteltrap af die zich op een hoek van het klooster bevindt. Ik herinner me niet die gisteravond te zijn opgegaan. Het is een smalle trap en er is geen leuning, dus ga ik met mijn hand langs de muur als we afdalen als in de schelp van een nautilus. Angie houdt beneden een deurtje voor me open. Ik moet bukken om erdoor te kunnen.

En dan zijn we in het paradijs. De deur komt uit op een weelderige tuin, waaromheen een smal stenen pad in de vorm van een hart ligt. Langs de border staan laag groeiende planten met dikke olijfkleurige bladeren, die zelfs in de schaduw van de eiken groeien. Achter de rij planten staat een rij bloemen, die de omtrek met roze, gele en witte bloesem bespikkelt. Daarachter staan rozenstruiken, de een na de ander, net in de knop. Het effect lijkt op een ouderwetse valentijnskaart van bloemen.

'Niet te geloven!' zeg ik.

Angie duwt de deur gedecideerd dicht en schuift een stapel aardewerken potten opzij. 'Dank je.'

'Heb jij dit gedaan?'

Ze bloost. 'Niet helemaal alleen.' Ze stapt de tuin in en gaat bij de punt van het hart staan. 'Ik heb het ontworpen.'

Ik volg haar. 'Wanneer? Hoe? Wat weten wij van tuinen? We zijn stadskinderen.'

Ze glimlacht en haar gezicht ontspant zich. 'Op welke vraag wil je het eerst antwoord?'

'Kies maar.'

'Ik heb het ongeveer vijf jaar geleden ontworpen. Moeder vond dat we een tuin nodig hadden, een plek waar je je rustig kon bezinnen. De vorm, uiteraard, is het Heilig Hart.'

'Uiteraard.'

Angie werpt me een blik toe. 'Je bent niet alles vergeten, hè?'

'Ik heb mijn best gedaan, God weet dat ik mijn best heb gedaan.'

Ze onderdrukt een glimlach. 'Laten we even rondlopen. Er staat verderop een bank.' Ze voert me het pad op en laat beide handen in haar habijt glijden zoals de nonnen op school deden.

'Vertel me eens hoe je dit hebt klaargespeeld. Het is prachtig.'

'Het was niet moeilijk. We hebben hier een bibliotheek. Ik heb over de verschillende soorten bloemen gelezen. Overblijvende planten. Eenjarige planten. Wat in de schaduw groeit, wat niet.' Angie kijkt naar de lucht. 'Ik denk dat we wat zon krijgen vandaag. Goed zo.'

'Je kunt de zonnereflector buiten zetten net als vroeger.'

Ze blijft op het pad staan en schudt haar hoofd. 'Ik kan niet geloven dat we dat werkelijk gedaan hebben. Een zonnereflector nota bene. Met alleen babyolie als bescherming. Wat haalden we in ons hoofd?'

'We wilden er goed uitzien. Wat alle pubers willen. Die pukkels wegbranden.'

'Hou op.' Ze geeft me een stomp met haar schouder. 'Moet je kijken. Dit zijn mijn lievelingen.' Ze knikt in de richting van een groep witte bloemen. De stengels zijn ongeveer vijftig centimeter hoog en bedolven onder zachte witte klokjes. Ze knikken gracieus in de lichte bries.

'Wat zijn die mooi. Hoe heten ze?'

Ze bukt en omvat een klokje met haar vingertoppen. 'Campanula. Klokje. Zijn ze niet mooi? Ze hebben wat zon nodig, maar ze houden niet van te veel. De meeste variëteiten bloeien in de zomer. Die staan aan de noordkant van het hart. Maar dit kleintje is een vroege versie. Ja toch, liefje?' koert ze komisch in het opgeheven bloemenhartje.

'De gelofte van stilte heeft dus geen betrekking op bloemen?'

'Waarom denk je dat ze zo goed groeien?' zegt Angie en we moeten allebei lachen.

'Dat is voor het eerst dat je een grap maakt over deze plek, weet je dat?'

Ze recht haar rug. 'Begin nou niet weer, Mary.'

'Goed, goed.'

'Kom, laten we gaan. We hebben niet veel tijd.' Ze loopt snel naar een verweerde houten bank. Ze maakt een energiekere indruk dan toen ik haar vanmorgen voor het eerst zag.

'Je houdt van deze tuin, hè?'

'Ja.' Ze gaat op de bank zitten. 'Welkom in mijn kantoor,' zegt ze.

Ik ga gehoorzaam zitten.

'Kijk daar.' Ze wijst rechts van de bank, waar grote hoeveelheden groene kruipers een glanzend tapijt vormen. 'Weet je wat dat is?'

'Vrij parkeren?'

'Nee, slimbo. Ik heb ze ter ere van ons geplant. Het zijn Italiaanse klokjes.'

'Prachtig.'

Ze kijkt naar de kruipers. 'Ze groeien niet gemakkelijk. Ze lijken op jou, koppig. Ik kreeg ze vorig jaar niet aan het bloeien. Maar als ze eenmaal bloeien, zijn ze prachtig. Ik zag ze op een foto.' Ze kijkt dromerig.

'Hoe zien ze eruit?'

'Als kleine sterretjes. Kleine klokvormige sterretjes. Ze worden ster van Bethlehem genoemd.' Ze blijft in de verte staren. Ik vraag me af waarnaar ze kijkt, wat ze denkt. Ik volg haar dwalende blik over de tuin, voorbij het beeld van een of andere heilige. Daarachter zie ik niets, behalve het smeedijzeren crucifix boven op de poort.

'Weet je nog dat we elkaars gedachten konden lezen?' vraag ik haar.

Ze geeft geen antwoord.

'Waar kijk je naar, Ange?'

'De overkant.'

'De overkant van wat?'

'De overkant van de rozentuin. Aan de overkant staat de nieuwe belvedère. Heb je hem gezien?' Ze tuurt, alsof ze door de rozen heen probeert te kijken.

'Nee.'

'Hij is heel mooi. Van het allerlichtste hout, een blonde tint. Er staan beelden in van het Heilig Hart en het Onbevlekte Hart, allebei met de hand gemaakt in Italië. Ook daar geverfd. De beelden brachten me op het idee van de tuin.' Ze pauzeert even. 'De beelden staan midden op de vloer, en bovenin zit een glazen koepel. Als de zon erdoor schijnt, staat de hele ruimte in een gloed. Het licht daarbinnen is bijzonder. Het is vol.' Angie kijkt me aan. 'Begrijp je wat ik bedoel, dat licht *vol* kan zijn? Kun je dat zien?'

Ik slik een brok weg. 'Je gaat hier nooit weg, hè?'

Angie glimlacht. 'Je luistert niet erg goed, weet je dat?'

'Ik ben advocaat. We worden niet betaald om te luisteren.'

'Maar nu betaalt niemand je.'

'Nee, nee, daar heb je gelijk in. Niemand betaalt me op dit ogenblik.' Het is mijn beurt om door de rozen heen te kijken.

'Dus. Ik was vannacht wakker en dacht over wat je zei en zo.' Ze vouwt haar handen in haar schoot. Ze maakt weer een gespannen indruk.

'Het was niet mijn bedoeling je van streek maken, of te kwetsen. Ik wil gewoon niet dat je hier blijft, Angie. Ik heb het kerkhof gezien. Ik wil niet dat je dan hier komt te liggen en ik wil niet dat je hier nu bent.'

'Dat begrijp ik.'

'Ik geloof echt...'

'Ik weet wat je denkt. Je wilt me buiten hebben.' Ze wijst met haar hoofd in de richting van de poort.

'Inderdaad.'

'Omdat je denkt dat het daar beter is dan hier. Dan deze prachtige plek,' Haar bruine ogen glijden over de kleurige bloemen in de tuin.

'Niet dat het beter is. Maar het is de realiteit tenminste en daar moet je mee leren leven. Je kunt er niet voor op de vlucht gaan. Of het bestaan ervan ontkennen.'

'Nee? Waarom niet?'

'Wat bedoel je: waarom niet?'

'Waarom niet?'

'Omdat je het moet ervaren. Omdat je ervan leert als je er-mee om kunt gaan, het hoofd kunt bieden. We zijn sterk, An-gie. Ma en pa hebben ons zo opgevoed. Ze hebben ons ge-leerd alles het hoofd te bieden. Ik weet zeker dat je buiten een oplossing kunt vinden voor wat je zoekt. Gegarandeerd.'

'Denk jij dat het belangrijk is dat ik dat doe?'

'Meer dan belangrijk. Van wezenlijk belang.'

Ze pauzeert. 'Is dat belangrijk voor jouzelf?'

Ik haal mijn schouders op. 'Jazeker.'

'Ik snap het. Nou, mag ik jou dan een vraag stellen?'

'Ga je gang.'

'Waarom ben jij hier?'

Ik kijk haar aan. Ze kijkt terug. Mijn ogen vernauwen zich, de hare ook. Identiek.

'Wat?' vraag ik.

'Waarom ben jij hier?'

'Ik begrijp niet wat je bedoelt.'

'Dat is vrij duidelijk, vind je niet? Als wat je zegt waar is, waarom ben je dan hier? Waarom ben je naar het klooster gevlucht, uit die mooie wijde wereld?'

Hier weet ik geen antwoord op. Het lijkt me geen eerlijke vraag.

'Je vertelt me dat er gevaarlijke mensen zijn daarbuiten, die je achtervolgen. Ze sturen je brieven. Ze breken bij je in als je er niet bent. Ze hebben misschien je assistent *vermoord*. Je *man*.' Er verschijnt een gekwelde uitdrukking op haar gezicht. 'Jij gelooft dat dat de waarheid is.'

'Dat klopt.'

'Dus, afgezien of iemand die bij zinnen is ooit zo'n omgeving zou prefereren boven een plek als deze, waarom was je eerste impuls dan hier te komen? Niet eens iemand anders bij de politie te bellen, niet die Lombardo. Maar naar een klooster te komen.'

'Ik ben niet naar een klooster gekomen, Angie, ik ben naar jou gekomen. Als jij in Camden had gezeten, was ik naar Camden gegaan.'

'Maar wat kan ík doen? Ik ben non. Ik heb geen geld, geen macht, geen bronnen. Ik bezit niets, zelfs deze tuin niet. Hoe kan ik je helpen?'

'Door me te zien. Door naar me te luisteren.' Ik wrijf over mijn voorhoofd. 'Ik snap het niet. Waarom zeg je dat?'

'Ik heb je gezien. Ik heb naar je geluisterd. Nu is het de volgende ochtend en je moet weg. Je moet verder dan deze muren, naar jouw wereld waar het mooi en verschrikkelijk is. Naar jóuw wereld, waar twee mensen van wie je hield vermoord zijn. En wat ga je doen? Wat ga je doen?'

Ik kijk haar aan, plotseling verslagen, en ik begrijp niet waarom.

'Mary, dit is heel moeilijk voor me.' Ze vouwt haar handen weer in haar schoot. 'Omdat ik je moet laten gaan, naar die wereld waar jij zo dol op bent, de wereld waarvoor je gevlucht bent. Ik moet je laten gaan. Maar ik zie jou niet in jezelf zoeken om deze situatie aan te kunnen, een die levensbedreigend is nog wel.'

Ik kijk haar met grote ogen aan.

'Hoe moet ik je laten gaan als ik alleen maar kan bidden tot God om je te beschermen terwijl ik je niets zie doen om jezelf te beschermen?' Haar lippen zijn uitgedroogd, haar gezicht heeft een gekwelde uitdrukking. 'Je zei dat we alles aankonden en dat heb ik altijd van jou gedacht, niet van mezelf. Kun je dit aan?'

'Ik... weet het niet.'

Ze wendt haar hoofd af, is even stil. 'Je hebt in één opzicht gelijk. Weet je nog dat ik het over dat licht had? Waarvan ik zei dat het vol was?'

'Ja.'

'Nou, dat zal ik nooit opgeven. Dat kan ik niet. Het zit in me. Hier.' Ze raakt met een slanke hand haar borst aan. 'Begrijp je dat?'

Ik knik, maar ze kijkt niet naar me.

'Het heeft substantie, alsof ik het kan aanraken. Het stuurt me en ik volg het als een rivier. Ik raadpleeg het als ik een antwoord wil. Voor mij is het mijn geloof in God.' Angie keert zich naar mij. 'Wat heb jij van binnen, Mary?'

Ik schud mijn hoofd. 'Ik weet het niet.'

'Denk na.'

'Sinds Mike...'

Ze steekt een vinger op. 'Nee. Nee. Een man kan je dat niet geven. Mike noch die andere man. Niemand kan het je geven. Het zit in jezelf. Het is er al.'

'Denk je?'

'Ik weet het. Heb je me dat gisteravond niet zelf verteld?'

'Misschien wel.'

'Zie je wel? Ik luister,' zegt ze met een glimlach.

Plotseling beginnen de klokken van de kapel te luiden, een of andere niet te definiëren lofzang. Angie keert zich naar het geluid. 'Ik moet weg.' Ze kijkt me bezorgd aan. 'Begrijp je wat ik je probeer te zeggen?'

'Ja.'

Ze staat op. 'Ik moet je laten gaan en ik moet weten of het goed met je gaat als ik dat doe. Ik ben nog nooit eerder bezorgd om je geweest, Mary, maar nu heb ik de hele nacht voor je gebeden, God gebeden om je te beschermen.' Haar ogen staan vol tranen.

Ik sta op en sla mijn armen om haar heen. 'Lees mijn gedachten,' fluister ik in haar habijt.

'Ik weet het. Je houdt van me,' zegt ze met verstikte stem.

'Juist. Wil je dat ik jouw gedachten lees?'

'Nee.' Ze drukt me tegen zich aan.

'Jij houdt ook van mij.'

De klokken houden even plotseling op met luiden als ze zijn begonnen.

Ze pakt me bij de schouders. Haar betraande ogen kijken me vragend aan.

'Ik zorg dat me niets overkomt.'

'Op je erewoord?'

'Op een stapel bijbels.'

Ze lacht en wrijft met een mouw over haar wang. 'Zweer op iets anders. Iets waar jíj in gelooft.'

Ik druk haar tegen me aan. 'Heb vertrouwen. Ga nu maar.'

'Weet je hoe je buiten moet komen?'

'Weet jij dat?'

Angie rolt met haar ogen. 'Ik moet ervandoor. De poort is die kant op. Pas op jezelf.'

'Dat zal ik doen.'

Ze zoent me op mijn wang en rent naar het klooster. Halverwege het tuinpad pakt ze haar rok op zodat ze sneller kan rennen.

'Een heel eind!' roep ik haar na.

Ze kijkt met een plagerige glimlach om. Dan rent ze verder met wapperende sluier en hevig bewegende zwarte wollen kousen.

26

Ik ben omgeven door wolken stoom. Het water geeft mijn huid een hete gloed. Mijn bloed stroomt sneller, mijn gedachten zijn beweeglijk als kwik. Ik sta onder een hete douche in de kleedkamers op de tweede verdieping bij Stalling, Gramschap.

Hoe toepasselijk.

Ik ben kwaad op mezelf, omdat ik als een hondje op mijn rug ben gaan liggen voor de duivel die het op me gemunt heeft. Maar dat is verleden tijd.

Angie had gelijk. Ik dramde tegen haar door dat ze het leven onder ogen moest zien maar toen ik bang werd, sloeg ik ook op de vlucht. Maar zoals Brent zegt, dat was toen en dit is nu. Ik had een openbaring terwijl ik terugreed naar de stad en een wolkenloze ochtendschemering in scheurde via een verlaten Route 1. Ik vond mijn rivier, maar de bron is bepaald niet mijn geloof in God. En er stroomt geen wijwater door maar iets wat meer op gal lijkt, tenminste nu. Wat me drijft, is datgene waardoor ik advocaat ben geworden. Iedere dag op mijn werk pak ik professioneel mensen terug namens cliënten van Stalling, wat ik prima vind. Nu heb ik besloten dat het tijd is voor mezelf mensen terug te pakken. Ik ga niet langer op de vlucht, ik ga ervoor vechten.

Ik draai de kraan dicht en stap druipend uit de douche. Ik droog me af en schiet een witte linnen jurk aan die ik in mijn kastje heb liggen. Ik droog snel mijn haar en negeer de rode vlekken op mijn borst. Ik open de deur van de kleedkamer en loop naar mijn kantoor.

De grote klok staart me aan. 7:56. Ik staar terug. Het boeket rozen van Ned ligt verwaarloosd op mijn bureau. Ze zijn verwelkt, maar geuren nog steeds. Ik haal diep adem en gooi ze in de prullenbak. Ik probeer niet achterom te kijken als ik de telefoon pak en de nummers uit mijn Rolodex intoets. Rechercheur Lombardo blijkt zelf zijn telefoon op te nemen.

'Hoe is het met je neus, vanmorgen, Lombardo?'

'Met wie spreek ik?'

'Met Mary DiNunzio, weet je nog? De gestoorde weduwe? Die je ervan probeerde te overtuigen dat ze zich wat in haar hoofd haalde? Ik zag dat Berkowitz je op je gezicht sloeg en ik wil weten waarom.'

'Mary, jezus. Het is niet... vraag het maar aan Sam, meer kan ik niet zeggen.'

'Onzin.'

'Het is geheim.'

'Wat kan er in dit onderzoek in vredesnaam geheim voor mij zijn? Brent was mijn vriend. Mike was mijn man.'

'Mag ik mijn jasje even uitdoen? Ik ben net binnen. Christus, je bent nog erger dan die amazone die je me op mijn dak hebt gestuurd.'

'Amazone?'

'Je vriendin Carrier. Ze is hier gisteren geweest om me de les te lezen. Wat is er, zijn jullie allebei ongesteld soms?'

Mijn bloed kookt. 'Heb je een huis, Lombardo? Een auto? Ben je blij met je baan? Je pensioen?'

'Wat?'

'Waarom heb je deze zaak niet onderzocht toen ik de eerste keer aangifte deed?'

'Waar heb je het over, Mary? Je hebt helemaal geen aangifte gedaan.'

'Vergeet het maar, die ben je zeker kwijtgeraakt. Dus is het jouw woord tegen het mijne. Wat zou jij geloven, dat de jon-

ge weduwe de boel voor de gek houdt of dat een gemeente-
ambtenaar een formulier is kwijtgeraakt? Kom nou. Je maakt
geen schijn van kans.'

'Jij zou...'

'Mijn geheugen is bijzonder goed. Ik ben op het bureau geweest. We hebben gesproken. Ik heb jou verteld dat mijn assistent en ik door een auto gevolgd werden. De volgende dag
is hij dood, aangereden door diezelfde auto waar ik je over
verteld heb. Heb je ooit een proces aan je broek gehad, Lombardo?'

'Wat is dit allem...'

'Je bent in gebreke gebleven, vriend. Je hebt me mijn bur-
gerrechten onthouden. Ik pak je je rothuisje en je auto af. Ik
leg voor de rest van je leven beslag op je inkomen.'

'Ik hoef geen dreigementen te accepteren.'

'Ik zorg dat je leven een hel wordt. Ik weet hoe dat moet,
snap je? Het is mijn werk. Ik ben advocaat.'

'Wacht eens even...'

'Brent was homo, misschien heb je daarom niets gedaan.
Je kunt het altijd zien, zei je. En nog iets anders, dat je broer
als een meid liep. Ik ben dol op dat soort uitspraken. Het staat
zo goed in de aanklacht. Het maakt het realistisch, vind je ook
niet?'

'Je bent gek.'

'Zo'n zin pikken de kranten op. Trouwens, waarom zou ik
het aan het toeval overlaten? Ik stuur ze een kopie van de aanklacht – misschien wel tien kopieën voor de zekerheid.'

'Hier hoef ik niet naar te luisteren.'

'Jawel, dat moet je wel. Je moet luisteren, Lombardo, en
dat doe je ook als je verstandig bent. Wat ik van je wil is bescherming. Onopvallende, discrete bescherming tegen degene die me probeert te pakken. Ik wil dat je je werk doet zodat
ik het mijne kan doen. Ik wil dat je me bij Stalling in de gaten
houdt...'

'En hoe denk je dat ik dat kan doen?' barst hij uit. 'Ze zouden me herkennen. Ik kan niet voor advocaat doorgaan.'

'Zet maar iemand anders neer. Vogel jij maar uit wie.'

'Op je werk ben je veilig. Je hebt iedereen om je heen.'

'Waters is hier, Lombardo. Als hij degene is...'

'Die is goed! Ben je van gedachten veranderd over je vriendje?'

'Ik neem geen enkel risico. Je moet hier op me letten.'

'Geen sprake van. Ik zal je buiten beschermen, maar daar houdt het op. Ik zet mijn maat op Waters – buiten. Je kunt me oppiepen als je komt en gaat. Je moet alleen werken tijdens kantooruren, als iedereen er is. Trek in bij de amazonevriendin. Ga direct van je werk naar huis. Begrepen? Drie dagen lang.'

'Twee weken.'

'Vier dagen.'

'Tien dagen.'

'Zeven,' zegt Lombardo uiteindelijk. 'Meer niet. Meer doe ik niet. Ik ga verdomme geen bescherming geven aan iedere zenuwlijder in deze stad! Godverdomme!'

'Hoor ik je vloeken? Tegenover een dame?'

'Ik moet ervandoor. Ik heb werk te doen.'

'Niet zo snel. Ik heb nog iets nodig.'

'Jezus.'

'Informatie. Die dossiers waarvan je me verteld hebt, van Mike en Brent. Waar liggen die?'

'A O O heeft ze. Ik heb ze teruggestuurd. Maar jij kunt er niet aankomen.'

'Waarom niet? Ze horen voor iedereen toegankelijk te zijn.'

'Niet als het onderzoek niet is afgerond. Ze geven je geen open dossiers. Brent heeft al mijn aantekeningen, al de aantekeningen van het onderzoek, welke aanwijzingen ze volgen.'

'Daarom wil ik ze.'

'Dat kan niet.'

'Ik stel je blijk van vertrouwen zeer op prijs.'

'Zeven dagen, Mary. Meer niet.'

'En dit blijft tussen ons, Lombardo. Dat we gesproken hebben, dat ik de dossiers wil zien. Alles. Ik wil niet dat Berkowitz of wie dan ook in dit kantoor er lucht van krijgt. Gesnapt?'

'Ik heb wel andere dingen te doen.'

'Bedankt. En een prettige dag.'

Lombardo gooit de hoorn erop.

Ik hang op en blaas uit. Tot dusver geen moeilijkheden. Nu ik het nog in me heb, pak ik nogmaals de telefoon en toets vier cijfers in.

'Berkowitz, goedemorgen,' zegt Delia.

'Hallo, Delia, met Mary. Is hij er al?'

Ze aarzelt. 'Kom maar naar boven.'

Ik ren de trap op naar Hoogmoed. Delia zit niet achter haar bureau als ik met grote passen naar Berkowitz' kantoor loop, maar de deur staat op een kier. Ik klem mijn tanden op elkaar en val binnen. En kom oog in oog te staan met de edelachtbare Morton A. Weinstein, de edelachtbare William A. Bitterman en de edelachtbare Jeremy M. van Houten, die allevier recht tegenover Berkowitz zitten en nogal geschokt kijken.

'O... hemel. O.'

'Mary! Kom binnen en maak kennis met enkele hardwerkende leden van de commissie Beslissingen,' zegt Berkowitz hartelijk alsof hij me verwacht had. De drie rechters gaan staan. In feite springen ze overeind en grijnzen, voor mij.

Bitterman, die het dichtstbij staat, pakt mijn hand met vochtige vingers beet. 'Ik ken mevrouw DiNunzio, Sam. Ze was mijn onderzoeksassistente voor dat artikel over de jurisdictie van de federale rechtbank dat ik gepubliceerd heb. Ik geloof dat ik je een kopie heb gestuurd. Het heeft in de *Yale Law Journal* gestaan.'

Berkowitz knikt ernstig. 'Ik weet het, Bill.' Hij heeft geen idee waar Vitriool het over heeft.

'Trouwens, ik denk dat ik meer over mevrouw DiNunzio weet dan jij,' zegt Vitriool.

'Werkelijk?'

'Ik weet bijvoorbeeld dat ze een alt is. En ook nog eens een goede. Klopt dat, mevrouw DiNunzio? Een alt?' Bittermans dikke lippen vormen een cynische glimlach.

Ik knik. Klootzak.

'Bedoel je als zangstem?' vraagt Berkowitz. 'Hoe weet je dat, Bill?'

Ik voel branderige vlekken op mijn borst.

'Ik weet niet of ik dat mag zeggen, Sam. Moet het ons geheimpje blijven, mevrouw DiNunzio?'

Einstein komt tussenbeide om me te redden, zijn afkeer van Vitriool is overduidelijk. 'Laat u niet overrompelen door onze vriend Bitterman, mevrouw DiNunzio. We kunnen ons nergens met hem vertonen. U en ik hebben pasgeleden kennisgemaakt, niet? In verband met de zaak-Hart?' Hij drukt me warm de hand.

'Ja, edelachtbare.'

'U hebt zich kranig geweerd in een moeilijke situatie.'

Berkowitz slaat een zware arm om mijn schouders. Zijn streepjesjasje ruikt naar sigarettenrook. 'Dat verbaast me niets, Morton. Mary is een van onze meest veelbelovende jonge advocaten.'

Ik probeer me los te maken van Berkowitz en voel een bloedrode blos opkomen. Hij begint bij mijn haargrens en spreidt zich uit naar mijn borst, als lava uit een vulkaan. Ik voel me gegeneerd en in de war. Ik wil hem terugpakken, maar hij haalt me de wind uit de zeilen met zijn verdomd solidaire houding. Gramschap wordt bijna opzij geduwd door Hoogmoed.

'Heb je al kennisgemaakt met rechter Van Houten, Mary?' zegt Berkowitz, terwijl hij hartelijk in mijn schouder knijpt. 'Hij is vorig jaar aangesteld als vervanger voor rechter Marston.'

'Ik ben de nieuweling,' zegt Van Houten en schudt me de hand met een zelfverzekerde grijns. Hij heeft een smal, regelmatig gezicht en zijn haar is zo gladgestreken en lichtbruin als butterscotch. Knap, als je de echtgenoot van Barbie ziet zitten. Judy noemt hem de Gouden Lul, want volgens het roddelcircuit doet hij zijn best. Nu zie ik het met eigen ogen. 'We hadden het er net over of een jury aantekeningen moet maken,' zegt hij. 'Daar raken de wetenschappers helemaal opgewonden van.'

'Dan maken ze zich tenminste ergens druk om,' zegt Berkowitz, luid lachend. Hij slaat me zo hard op mijn rug dat mijn lenzen bijna uit mijn ogen vliegen. Gouden Lul heeft ook bijzonder veel lol.

Einstein kijkt tolerant over zijn halve brillenglazen. 'Weet je, Mary, we hebben onderzocht wat het standpunt van de orde van advocaten is ten aanzien van jury's die aantekeningen maken. Jammer genoeg is het moeilijk een conclusie te trekken omdat de resultaten zo gevarieerd zijn.'

'Wat een verrassing,' zegt Vitriool.

Einstein negeert hem. 'We hebben vanmiddag een vergadering met de president van de rechtbank, dan zijn we hopelijk iets wijzer.'

'We zijn tot één conclusie gekomen, nietwaar, heren? De volgende keer... – niets vragen!' Berkowitz barst in lachen uit, evenals Gouden Lul.

Vitriool schuift ongemakkelijk in zijn stoel. 'Mevrouw

DiNunzio, waarom laat u ons uw visie niet horen? Vindt u dat de jury aantekeningen zou mogen maken tijdens een proces?'

Ik ben niet voorbereid op die vraag. 'Ik... eh...'

Einstein lacht spottend. 'Kom, Bill, je gaat haar toch geen kruisverhoor afnemen? De zitting is geschorst, allemachtig.'

Ik kijk schaapachtig van Vitriool naar Einstein, in afwachting of ik een voorstelling moet geven. Er is zoveel onderlinge spanning tussen hen, dat ik geen partij wil kiezen.

'Morton, je moet deze vrouw niet onderschatten,' zegt Berkowitz. 'Ik weet zeker dat ze een mening heeft. Nietwaar, Mary?'

De drie rechters kijken me vol verwachting aan. Ik heb inderdaad een mening, maar niet per se de juiste, namelijk die van Berkowitz. Een week geleden zou ik de vraag vermeden hebben, maar dat was voor ik mijn Nieuwe Zelf had gevonden. Nu zeg ik wat ik werkelijk denk, ook al pleeg ik daardoor misschien carrière-harakiri:

'Ik vind van niet. Het leidt af. Het is hun taak de bewijsvoering en de getuigen aan te horen en vervolgens een soort amateur-recht te doen zegevieren.'

Einstein glimlacht.

Gouden Lul glimlacht.

En, het allerbelangrijkste, Berkowitz glimlacht.

Halleluja!

'Ze hebben absoluut geen benul,' mompelt Vitriool.

'Zo mag ik het horen!' zegt Berkowitz. 'We zullen doorgeven dat Mary DiNunzio vindt dat de jury geen aantekeningen mag maken tijdens het proces. Nu kunnen we overgaan tot belangrijkere zaken.'

'Zoals golf,' zegt Gouden Lul. Ze lachen allemaal, behalve Vitriool.

Ik neem de gelegenheid te baat om naar de deur te lopen.

'Het was een genoegen u allen te ontmoeten. Ik moet hoognodig terug naar mijn kantoor.'

'Terug naar de tredmolen, hè?' zegt Gouden Lul. 'Gewoon het juk om en in de kring meelopen.'

Berkowitz lacht. 'Pas op, Jeremy. We willen geen herstel van oude praktijken. Tot straks, Mary.'

'Prima,' zeg ik nonchalant, alsof ik niet totaal afhankelijk ben van de man. Ik trek de deur achter me dicht en laat het masker vallen. Ik walg van mezelf. Ik heb me te gemakkelijk laten afkopen. En ik weet nog steeds niet waarom Berkowitz een afspraak met Lombardo had, laat staan waarom hij hem een mep gaf.

Delia zit niet achter haar bureau als ik wegloop en ik weet zeker dat dat geen toeval is. Ze wil uiteraard mijn belangrijke vraag ontlopen: waarom heb je me erin geluisd? Die vraag houdt me bezig terwijl ik naar de lift loop, tegen de stroom advocaten en secretaresses in, die Stalling binnenstroomt om de werkdag te beginnen. Ik ga nog even langs Judy voor ik naar mijn kantoor terugga.

Judy zit middenin haar Zen-ritueel van resumés schrijven. De processtukken, gemarkeerd met gele post-its, liggen op een stapel aan haar linkerkant, fotokopieën van zaken aan haar linkerkant, en een enkel geel notitieblok neemt het midden van een bureau dat pas helemaal was opgeruimd in beslag. Judy smijt haar dikke potlood neer als ze me in het oog krijgt. 'Mary, ik ben zo ongerust over je geweest! Iedereen is bezorgd geweest. Waar was je vannacht?'

'Bij Angie in het klooster.' Ik plof in de stoel tegenover haar bureau.

'Christus!'

'Precies.'

'Vertel.' Ze leunt voorover, maar ik maak een afwerend gebaar.

'Heb je de brieven van Ned terug?' Ik negeer de steek van pijn bij het noemen van zijn naam.

'Zeker wel. Ik heb Lombardo ook gesproken.'

'Dat is me bekend.' We wisselen Lombardo-informatie uit. Ze applaudisseert als ze mijn verhaal hoort.

'Je hebt bescherming! Wat een goed idee!'

'Weet ik. Je bent slimmer dan ik, waarom had je daar niet aan gedacht?'

Ze glimlacht. 'Toch kun je beter in mijn buurt blijven als je op kantoor bent, zoals Lombardo zegt.'

'Dat zal niet zo moeilijk zijn. We zijn toch al voornamelijk samen.'

'Juist. En hoe ben je van plan de dossiers te pakken te krijgen?'

'Ik kan ze niet opeisen voor ik ga procederen en ik kan nog niet procederen omdat Lombardo me geen bescherming wil geven.'

'Procederen? Wie wil je voor de rechter slepen?'

'De politie. Het stadsbestuur misschien.'

'Dat meen je niet. Waarom?'

'Ik weet het nog niet precies. Het maakt niet uit. De aanklacht wordt een pagina vol burgerrechten-onzin, ik moet alleen die dossiers in handen zien te krijgen. Ik trek me terug op het moment dat dat gebeurt.'

Ze knikt. 'Niet mis.'

'En dat is nog maar Plan B, om op terug te vallen. Plan A houdt in dat ik naar A O O ga en hen zo ver krijg dat ze me de dossiers geven. In mijn hoedanigheid als weduwe. Zo krijg ik de documenten eerder, als ze daarvoor vallen.'

'Wat denk je in die dossiers tegen te komen?'

'De moordenaar, uiteindelijk. Maar om te beginnen wil ik uitvissen wat voor overeenkomsten er zijn tussen Brents geval en dat van Mike. Ik wil ook proberen de andere twee dossiers over de onopgeloste dodelijke afloop in handen te krijgen. Wie weet wat er uitkomt? Het is gewoon een ander geval.'

'En jij bent de cliënt.'

'Nee. Dat is Brent. En Mike.'

Ze kijkt bezorgd. 'Denk je dat je het aankunt? Emotioneel, bedoel ik?'

'Als je bedoelt of ik ernaar uitkijk die dossiers te lezen, is het antwoord nee. Maar ik moet wel.'

'Oké,' zegt Judy, met een zucht. 'Laat me weten hoe het telefoongesprek met A O O verloopt, goed? Ik ga met je mee. We kunnen de dossiers samen doornemen.'

'Bedankt, maar je hebt het al druk genoeg, zo te zien. Zeer ijverig, met dat schone bureau en zo. Waar ben je mee bezig?'

Ze pakt haar potlood. 'De conclusie voor Mitsuko. Als dit argument wordt geaccepteerd, wordt het een precedent in het Derde District.' Judy legt haar argumentatie uit met de hoeveelheid details die de meeste mensen voor hun kinderen of voor hun dromen van de vorige nacht reserveren. Ze houdt van de wet. Het is waarschijnlijk haar rivier.

Later, als ik de drukke trap naar mijn kantoor oploop, beginnen Judy's woorden door te dringen. Ik kan me niet voorstellen aan mijn bureau de politiedossiers over Mikes of Brents dood te zitten lezen. Onopgeloste gevallen met dodelijke afloop, mijn man en mijn vriend. Ik houd mezelf voor de gek dat het als ieder ander geval is. Het is moeilijker dan elk ander geval, maar ook belangrijker. Ik bel A O O als ik terug ben in mijn kantoor. Misschien kan ik vanmorgen wel een afspraak regelen.

Maar als ik Gulzigheid bereik, loopt mevrouw Pershing in volslagen paniek voor haar bureau heen en weer. 'Hemel, waar bent u geweest? U bent gisteren de hele dag niet terug geweest en u hebt niet gebeld! Ik heb op uw antwoordapparaat ingesproken en heb zelfs uw ouders gebeld, maar zij wisten niet waar u was. Nu zitten ze boven bij de receptie voor de depositie te wachten!'

'Wie? Welke depositie?'

'Uw ouders, ze zitten te wachten.'

'Zijn mijn ouders boven?'

'Ze maken zich zorgen. Ze wilden u zien zo gauw u binnenkwam. En meneer Hart! Die is nu boven met zijn advocaat.'

'Is Hart hier voor zijn verklaring onder ede? O, Christus.' Ik heb geen aankondiging voor vandaag zien staan, dus neem ik aan dat niemand van Masterson een aanzegging heeft gezonden. Misschien is de aanzegging zoek geraakt toen het dossier naar Stalling is gestuurd. Of misschien heeft iemand het opzettelijk achtergehouden.

'Mevrouw DiNunzio, ze zitten te wachten. Allemaal.'

Mevrouw Pershings dunne vingers dansen over haar kin.

Ik pak haar kalmerend bij haar Olive Oyl-schouders. 'Als u nou het volgende doet, mevrouw Pershing. Zorg voor een vergaderkamer en laat de catering een ontbijt verzorgen. En vervolgens belt u de rechtbankstenografen, het nummer vindt u in de klapper. Vraag of ze Pete sturen als hij beschikbaar is. Pete Benesante, hebt u dat?'

'Benesante.' Ze staat te trillen van nervositeit, waardoor ze er kwetsbaar uitziet. Haar baan is alles voor haar. Ze is mij, dertig jaar verder.

'Daarna wil ik dat u de Harts naar de vergaderkamer brengt. Zeg dat ik er zo ben. Ik moet eerst naar mijn ouders. Goed?'

Ze knikt.

'Zijn ze over de rooie?'

Ze bloost een beetje.

'Sorry. Mijn ouders. Hoe zijn ze eraantoe?'

'Goed. Het zijn erg aardige mensen. Ze hebben me aanstaande zaterdag op de koffie uitgenodigd. Ze zeiden dat u misschien ook kon komen.'

'Misschien, mevrouw Pershing. Maar op dit moment moeten we aan de slag. Welkom bij de civiele rechtspraak. Dit is wat je noemt een brandoefening.'

Ze ziet er weer nerveus uit.

'Maakt u zich geen zorgen. Alles komt in orde.'

'Het is in Gods handen.' Ze loopt onzeker de deur uit, terwijl ze Benesante, Benesante, Benesante dreunt, als een litanie.

Ik zoek in mijn la naar het dunne Hart-dossier en blader het snel door. Zoals ik me herinnerde bevat het alleen de conclusie en enkele krabbels van de advocaat bij Masterson die Harbison's vertegenwoordigde. Ik heb de krabbels eerder gezien op weg naar het vooroverleg met Einstein. Ze zijn vrijwel niet te ontcijferen, met onvaste hand geschreven. Ik kan hier en daar een zin lezen – wat ik Einstein heb verteld over Harts grofheid jegens het personeel – maar het meeste is een zootje.

Wie heeft die notities gemaakt? Van wie hebben we deze zaak eigenlijk gestolen? Ik neem de aantekeningen vluchtig door, drie pagina's lang. Op de laatste pagina is een notatie: 10 / 5 BES / UIT / FS 1.0 NSW. Ik herken het als een rekeningcode. Die van Stalling is bijna identiek. De aantekening betekent dat op 10 mei de advocaat van Masterson een bespreking buiten kantoor heeft gehad met Franklin Stapleton, de president-directeur van Harbison's. Hun gesprek heeft een uur geduurd. De advocaat van Masterson moet NSW zijn.

NSW. Nathaniel Waters?

Neds vader.

27

'Alles is klaar, mevrouw DiNunzio,' zegt mevrouw Pershing, hyperventilerend in de deuropening van mijn kantoor. 'U hebt vergaderkamer c. Meneer Benesante is onderweg.'

'Dank u, mevrouw Pershing.' Ik staar naar de notitie. Is NSW Neds vader? Het zou logisch zijn, want alleen een absolute topman zou een uur audiëntie met Stapleton krijgen. Zelfs Berkowitz heeft Stapleton nog nooit ontmoet. Hij communiceert met Harbison's via het hoofd van de afdeling.

'Er is ook iemand aan de telefoon.' Ze fronst naar het memo. 'Ene mevrouw Kryatiow... mevrouw Krytiatows...' Ze kijkt geïrriteerd. 'Haar voornaam is Lu Ann.'

'Ik ken haar niet, mevrouw Pershing. Noteer haar nummer. Ik bel haar terug zo gauw ik tijd heb.'

'Goed. Ik zit aan mijn bureau als u iets nodig hebt.' Ze draait zich om.

'Mevrouw Pershing, de Harts, weet u nog?'

Haar hand vliegt naar haar mond. 'O hemel. Dat was ik vergeten. Het spijt me zo.'

'Geen probleem. Brengt u ze naar de vergaderkamer en zeg dat ik zo bij ze ben.'

'U bedoelt: hou ze aan het lijntje. Zoals Jessica Fletcher.' Ze knipoogt naar me.

'Jessica wie?'

'Jessica Fletcher, in *Murder, She Wrote*. Zij is detective!' Mevrouw Pershings ogen lichten op.

'Precies, net als Jessica Fletcher.'

'Okidoki.'

'Trouwens, ik wil graag dat u iets voor me doet. Terwijl ik Hart ondervraag. Net iets wat een detective van u zou willen.'

'Dat is een kolfje naar mijn hand,' zegt ze opgefleurd.

'Haal een dagvaarding van de districtsrechtbank uit mijn formulierenbestand. Wilt u vervolgens de Afdeling Onderzoek Ongevallen bellen – het is een onderdeel van de politie van Philadelphia. Geef geen naam. Zie uit te vinden wie over hun dossiers van openstaande onderzoeken van dodelijke ongelukken gaat. Zet die naam op twee van de dagvaardingen. Ik denk dat het de brigadier belast met de coördinatie is, maar dat weet ik niet zeker. Geef in ieder geval geen opgaaf van redenen.'

'Gesnapt,' zegt ze met een knipoog en hobbelt weg.

Ik keer terug naar mijn dossier en herlees de notatie. 10 / 5 BES / UIT / FS 1.0 NSW. Als NSW Neds vader is, verklaart dat dan waarom de aankondiging van de depositie ontbreekt? Heeft hij met het dossier gerommeld om mij ongunstig te laten afsteken vergeleken met Ned? Is Neds vader de brievenschrijver? De moordenaar?

Ik sla het dossier dicht en stop het onder mijn arm. Ik loop traag naar boven om mevrouw Pershing de tijd te geven de Harts uit de receptieruimte te loodsen. Mijn ouders zullen wel doodongerust zijn geweest. Ik vraag me af of ze Angie hebben kunnen bereiken en hoeveel ze hen verteld heeft. Het moet het hele verhaal zijn geweest, anders waren ze hier niet gekomen. Ze zijn slechts eenmaal bij Stalling geweest sinds ik er werk. Mijn vader verdwaalde op weg naar de wc.

De Harts zijn weg als ik bij de receptie ben. Een hooggeplaatst type, zijn advocaat en het hulpje van de advocaat plegen fluisterend overleg aan één kant van een glazen koffietafel, leunend over glanzende exemplaren van *Forbes, Time* en *Town and Country*. Aan de andere kant van de tafel zit het vermaarde duo Vita en Matthew DiNunzio. Ze zitten naast elkaar in hun zware jassen, een berg van bezorgd ouderschap, ongemakkelijk weggezakt in het zachte, witter dan witte aanbouwmeubilair. Ik weet wat mijn moeder denkt: deze bank kost een fortuin en zit niet goed.

'Maria!' roept mijn vader, vol vreugde. Hij gaat staan, met uitgestrekte armen. 'Maria! Popje!'

Alle hoofden draaien zich in onze richting. Het hooggeplaatste type en zijn advocaat onderbreken hun kostbare conversatie. Het hulpje onderdrukt een lach. Twee jonge maten die met hun dossiers voorbij rennen, kijken nieuwsgierig om. Stallings in het vak vergrijsde receptioniste, mevrouw Littleton met de paarse spoeling, straalt slechts. Ik vraag me af of zij ook op de koffie is gevraagd.

Ik loop snel naar mijn ouders toe voor mijn vader het weer uitschreeuwt. 'Ma. Pa. Is alles goed met jullie?'

Ze pakken me vast en sluiten me in hun ruwharige jassen. Ze ruiken naar thuis, een indringende geur van Italiaanse kruiden en mottenballen. Het is krankzinnig, de hel is losgebroken in mijn leven, maar ik ben blij ze te zien. Ik hoop dat Angie niet alles gezegd heeft. Ik weet niet hoeveel ze nog aankunnen, vooral mijn vader.

'Maria, wat is er gebeurd? Waar was je?' zegt mijn moeder, half in tranen. Ze heeft zich extra zwaar opgemaakt, een teken dat ze naar de stad is. 'We waren zo bezorgd!'

'We hebben Angie gebeld,' valt mijn vader in. 'Ze zei dat je haar hebt opgezocht. Zit je in de knoei, schat?'

Het hooggeplaatste type leunt dichter naar zijn advocaat toe en zet zijn conversatie voort. Het hulpje hoeft niets anders te doen dan te kijken, wat hij dan ook doet. De manier waarop hij naar mijn ouders kijkt, bevalt me niet, met een mengeling van ongeloof en amusement. Wat is er, wil ik zeggen. Heb je nog nooit Italianen gezien?

'Pap, ik zit niet in de knoei. Alles is...'

'Wat?' Hij stoot mijn moeder geagiteerd aan. 'Wat zei ze. Vita?'

'Ze zei dat ze niet in de knoei zit, maar ik geloof haar niet,' roept mijn moeder. 'Kijk naar haar ogen, Matti. Kijk naar haar ogen.' Ze wil mijn kin beetpakken, maar ik ontwijk haar handig, ervaren als ik daarin ben.

Ik kijk over haar schouder naar de gnuivende advocaat.

'Kom mee. We gaan ergens anders heen.' Ik pak haar bij de ene hand en hem bij de andere en loop met hen de receptie uit. We blijven staan voor de deur van een vergaderkamer, uit de buurt van de liften. Ik sta heel dicht bij mijn vader, zodat ik niet te hard hoef te schreeuwen. 'Luister, er is niets aan de hand. Alles is in orde.'

'Waarom ben je dan naar Angie gegaan?' vraagt mijn moeder met knipperende ogen achter haar dikke brillenglazen. 'Wat heeft Angie gezegd?'

'Ha! Denk je dat ik van gisteren ben? Jij vertelt mij waarom je gegaan bent, dan vertel ik wat ze gezegd heeft.'

'Wat?' vraagt mijn vader.

Ik omhels hem en praat recht in zijn oor. 'Ik ben naar Angie gegaan. Ik was bezorgd om iets, maar dat is in orde, nu. Alles is in orde. Er is niets met me aan de hand. Het spijt me als ik jullie ongerust heb gemaakt.'

'Angie zei dat je je alleen voelde.'

'Dat is ook zo, pa. Ik was eenzaam. Ik maakte me zorgen om haar. Ik miste haar. Alles is opgelost. Maar ik moet nu weer aan het werk. Ik heb een verhoor. Ik moet het afnemen.'

'Moeten we weg?'

'Ik kan niet anders, pa. Het moet.'

'Er is iets aan de hand, Matty. Ik kan het aan de ogen van het kind zien. Van kind af aan heeft ze haar ogen niet kunnen verbergen.' Mijn moeder trilt van opwinding.

Ik raak haar schouder aan. 'Ma. Ik zeg je dat er niets is. Als mijn ogen er vreemd uitzien, dan is dat omdat ik op het punt sta mijn baan te verliezen.' Ik druk op de knop van de liften.

'We vertrekken niet voor mijn dochter me vertelt wat er gaande is. En daarmee uit!'

Mijn vaders gezicht betrekt. 'Viet, ze heeft werk te doen.'

Ik knik. 'Inderdaad. Pa heeft gelijk. Ik moet aan het werk.'

De lift arriveert. Ik stap naar binnen en druk op de WACHT-knop. 'Ma, alsjeblieft. Ik moet aan het werk. Ik moet gaan, ze wachten op me. Je hoeft je nergens zorgen om te maken. Het spijt me dat ik jullie van streek heb gemaakt, werkelijk.'

Mijn vader schuifelt de lift in, maar mijn moeder vouwt haar armen slechts over elkaar. Het is gemakkelijker de pantomimespelers op Broad Street van plaats te laten veranderen dan mijn moeder een centimeter te laten wijken. Speciaal als ze haar armen op die manier vouwt.

De lift begint luid te zoemen. Het geluid weerkaatst in de lift. Zelfs mijn vader bedekt zijn oren.

'Ma, alsjeblieft.'

'Vita, alsjblieft.'

Ze zwaait met haar vinger naar me. Haar knokkel is knobbelig als de knop aan een eikenboom. 'Ik ben het hier helemaal niet mee eens. Ik heb hier helemaal geen vrede mee.'

'Ma, het gaat prima met me.'

De lift zoemt luid.

Ze neemt tegen haar zin twee stappen de lift in. Ik laat de knop los en het gezoem houdt abrupt op. 'Maak je geen zorgen, ma. Ik hou van jullie.' Ik spring de lift uit.

'Wij houden van jou,' zegt mijn vader. De deuren sluiten terwijl mijn moeder fronst.

Als ik me omdraai, staat het hulpje van de advocaat alleen bij de liften. Hij draagt een driedelig pak en een grijns die ik met plezier van zijn gezicht zou willen slaan.

'Je komt me bekend voor,' zegt hij nonchalant. 'Heb je op Harvard gezeten?'

'Nee. Daar ben ik te dom voor.' Ik wil langs hem lopen, maar hij raakt mijn arm aan.

'Je lijkt op iemand die ik daar op de herhalingscursus kende, in 1986. Ik was dat jaar hoofdredacteur.'

'Hoofdredacteur?'

'Hoofdredacteur.'

Ik leun naar hem toe. 'Laat me je iets vertellen. Ik zag hoe je die tas droeg en ik moet zeggen dat ik nog nooit een man zo goed een tas heb zien dragen als jij. Werkelijk, alleen een hoofdredacteur kan een tas zo goed dragen.' Ik sla hem op zijn schoudervulling. 'Ga zo door.'

Ik loop weg naar de trappen.

Terugpakken. Het begint leuk te worden.

Ik ren de trappen op naar de spreekkamer en verander mentaal van versnelling. Er is werk aan de winkel. Ik moet Hart zo veel mogelijk vragen stellen en ik heb alleen deze ene kans voor het voorkomt. Ik moet alles wat hij voor zijn zaak gebruikt boven water zien te krijgen, zodat ik de verdediging kan voorbereiden. En ik moet erachter zien te komen wat er in vredesnaam aan de hand is met Neds vader en mijn dossiers.

Ik glip de vergaderkamer in. Het ruikt er naar verse koffie en onbeschreven gele notitieblokken. Pete is er al en installeert zijn stenografeermachine. Hij knikt me professioneel en onpartijdig toe. We weten allebei dat dat onzin is. Hij is mijn verslaggever en het wordt mijn verslag. Hij zal me laten klinken als Clarence Darrow als het af is, zonder de eh's en mmm's die in werkelijkheid uit mijn mond komen.

De Harts staan samen bij het koffieblad. Ik strek mijn hand uit naar Hank. 'Hallo, Hank.'

'Ha, Mary,' zegt Hank. 'Ik nam aan dat het verhoor hier

plaats zou vinden aangezien jij Masterson als verdediging hebt vervangen.' Hij ziet eruit als een Engelse schooljongen met een geruit vlinderdasje, dat niet helemaal recht zit.

'Juist. Ik had je moeten bellen, maar ik was gisteren afwezig.'

'Ik weet het. Ik heb geprobeerd het te bevestigen.'

'Mijn excuses. Tussen haakjes, wanneer heb je de aanzegging van de depositie ontvangen? Ik heb geen kopie in mijn register.'

Hij denkt even na. 'We hebben hem ontvangen met het antwoord van Masterson, denk ik. Nee, we hebben hem met die andere spullen ontvangen.'

'Andere spullen?'

'Weet je wel, de inzage van stukken. Ondervragingen en vezoeken om documenten. We hebben twee weken geleden gereageerd. Je hebt ze toch wel gezien?'

'Eigenlijk niet. Misschien zijn ze zoek geraakt toen het dossier bij ons terechtkwam.' Inzage van stukken. Natuurlijk, vragen op schrift die Hart zou moeten beantwoorden en de papieren waar hij mee voor de dag zou moeten komen. Zonder die papieren ben ik lamgelegd voor vandaag.

'Hank, zou je er bezwaar tegen hebben als ik jouw stukken zolang leen?'

'Helemaal niet.' Hij zet zijn glanzende aktetas op tafel en opent hem. Ieder ander zou ontkend hebben de documenten in bezit te hebben, en mijn nadelige positie hebben uitgebuit, maar Hank overhandigt me een dik pak papier. Te gemakkelijk. Ik schaam me bijna het aan te nemen. Bijna.

'Bedankt, Hank.'

'Onze documenten liggen onderaan,' zegt hij behulpzaam.

'Geweldig.' Ik pak de papieren maar het is te veel om nu te lezen. Ik zal het in de lunchpauze doen en er deze morgen een draai aan geven. Maar waarom zitten de papieren in de eerste plaats niet in het dossier? Wie heeft me dit geflikt? 'Wie heeft deze zaak bij Masterson behandeld, Hank? Ik ben het vergeten. Was het...'

'Nathaniel Waters,' klinkt een diepe stem, voor het eerst. Het is Hart senior. 'Ze hebben hun grote jongen teruggeroepen.'

NSW *is* Neds vader. Allemachtig.

'Mary, dit is mijn vader, Henry Hart,' zegt Hank.

'Hallo, meneer Hart.' Ik steek mijn hand uit, maar hij negeert hem. Ik trek hem snel terug, terwijl Hank mij gegeneerd aankijkt. Hart senior keurt me geen blik waardig en trekt een stoel onder de tafel uit. Hij is een aantrekkelijke man, gebruind en slank. Hij is nauwelijks grijs, ik vraag me af of hij zijn haar verft. Dat lijkt zo gek nog niet want hij maakt een ijdele indruk, in een pak van Europese snit en een lichtroze overhemd. Het is duidelijk waarom hij een topfunctie bij Harbison's had en ik kan me ook voorstellen dat hij grof tegen zijn ondergeschikten was, omdat hij vuur naar me spuwt.

Twee uur later is het een totaal Armageddon en heb ik de rol van Jeanne d'Arc op de brandstapel. Ik ben met de redelijkste vragen begonnen, voornamelijk over zijn beginjaren bij Harbison's, maar Hart heeft bij elke vraag weerstand geboden. Zijn zoon heeft niet één keer geprotesteerd. Hij kon er geen speld tussen krijgen.

'Meneer Hart, heeft ooit iemand van Harbison's een opmerking tegen u gemaakt aangaande uw leeftijd?'

'Mevrouw DiNunzio, u weet heel goed dat dat gebeurd is.'

'Het doel van dit vraaggesprek is uw versie van de feiten te horen, meneer Hart. Wilt u alstublieft de vragen beantwoorden?'

'Mijn versie? Het is de waarheid.'

'Meneer Hart, dit is uw kans om uw kant van het verhaal te laten horen. Waarom doet u dat niet?'

'Het is geen verhaal.'

Ik klem mijn tanden op elkaar. 'Meneer Benesante, wilt u de vraag alstublieft teruglezen?'

Pete pakt het bandje en leest de uitgewerkte verkortingen voor aan meneer Hart. 'Meneer Hart, heeft ooit iemand van Harbison's een opmerking tegen u gemaakt aangaande uw leeftijd?'

'Begrijpt u de vraag, meneer Hart?' vraag ik.

'Engels is mijn moedertaal, mevrouw DiNunzio.'

'Wilt u dan alstublieft antwoorden.'

'Ja, dat is inderdaad zo.'

'Hoeveel van dat soort opmerkingen zijn er geweest, meneer?'

'Drie.'

'Weet u nog wanneer de eerste opmerking werd gemaakt?'

'Zeker. Het is een dag die in mijn geheugen gegrift zal blijven, als het aan mij ligt.'

'Wanneer is die opmerking gemaakt?'

'7 februari 1990.'

'Wie heeft de opmerking geplaatst?'

'Frank Stapleton.'

'Is dat soms de Frank Stapleton, directeur van Harbison's?'

'In eigen persoon.'

'Was er iemand anders aanwezig toen hij de opmerking maakte?'

'Denkt u dat ze stom genoeg zijn in aanwezigheid van een derde te spreken?'

'Ik begrijp dat uw antwoord nee is, meneer Hart?'

'Dat begrijpt u correct, mevrouw DiNunzio.'

Ik neem een slok ijskoude koffie. 'Waar werd de opmerking geuit?'

'In het kantoor van Frank.'

'Herinnert u zich de opmerking, meneer Hart?'

'Ik zal hem nooit vergeten.'

'Hoe luidde de opmerking, meneer Hart?'

'Meneer Stapleton zei tegen me: "Henry, zie het onder ogen, je wordt er niet jonger op en het wordt tijd dat je met pensioen gaat. Oude beren dansen leren is zwepen verknoeien, weet je."'

Bam, een lichtkogel.

'Meneer Hart, hebt u misschien enige documentatie aangaande genoemde opmerkingen van de kant van meneer Stapleton?'

'Die heb ik zeker.'

Allemachtig!

'Waar bestaan die documenten uit?'

'Het zouden aantekeningen kunnen zijn.'

'Hebt u ze meegebracht?'

'Ja. Mijn zoon heeft u ze al gegeven.'

'Onderaan de stapel, Mary,' zegt Hank.

'Een ogenblik, graag.' Ik blader de pagina's door tot ik bij een aantal documenten beland waarboven het Harbison's-logo staat. Ze zijn keurig getypt en gelaserprint, in hoofdletters. Ik trek ze te voorschijn en houd ze in de lucht. 'Deze, Hank?'

Hank tuurt over de tafel. 'Ja, dat zijn ze.'

'Een ogenblik geduld, heren.' Ik trek mijn gezicht in een plooi van onverschillige kalmte terwijl ik de aantekeningen doorlees. Bovenaan elke pagina danst een vrolijke rij Harbison's bouten en moeren de conga in een pakkende regel, eindigend met de slogan *Harbison's The Hardware People!* Elke pagina bevat een woordelijk verslag van Harts gesprekken met Stapleton, die onmiddellijk na de conversatie schijnen te zijn genoteerd.

God sta me bij.

De aantekeningen mogen in het proces gebruikt worden.

Ze zijn letterlijk bewijs van alles wat Hart beweert. De jury zal als wraakengel opstaan. Ze zullen Harbison's voor miljoenen pakken, het zal de grootste leeftijdsdiscriminatieuitspraak in Pennsylvania worden. Klabam! De vuurzee explodeert in een brandalarm voor de hele stad. En de vlammen, knetterend in mijn oren, verzengen me levend.

Pete kraakt zijn knokkels luidruchtig. 'Kunnen we nu pauzeren voor de lunch, Mary? Mijn vingers redden het niet meer.'

'Natuurlijk.'

'Een uur?'

'Prima.'

De Harts vertrekken samen met Pete, die me een snelle glimlach toewerpt voor hij zich omdraait. Hij heeft nog nooit om pauze gevraagd. Ik heb hem dagenlang zonder één pauze gehad. Hij probeerde me te redden. Hij wist dat ik de hel in rolde.

Hij is ook katholiek.

28

Ik dompel mijn gloeiende gezicht in een gouden wastafel met koud water in de damestoiletten, en verwacht half een sissend geluid te horen. Dan droog ik me af en loop terug naar de spreekkamer om Harts aantekeningen door te lezen. Het is slecht nieuws, maar ik besluit me niet te laten deprimeren. Ik moet er meer over te weten zien te komen. Dubbel zo hard terugpakken.

Ik heb de stapel documenten bijna doorgelezen, gelukkig zonder verdere verrassingen, als de telefoon gaat. Het is mevrouw Pershing. 'Mevrouw DiNunzio, sorry dat ik u stoor, maar ik heb die Lu Anne weer aan de lijn. Ze wil u dringend spreken. Ze zegt dat het over het verhoor van meneer Hart gaat.'

Wie zou dat kunnen zijn? Ik laat haar doorverbinden. 'Met Mary DiNunzio.'

'U bent de advocaat van Harbison's, nietwaar, mevrouw?' zegt een jonge vrouw. Ze klinkt overstuur. 'Ik hoorde namelijk dat u een vrouwelijke advocaat bent en dat Henry vandaag ondervraagd wordt.'

'Ik vertegenwoordig het bedrijf. Werkt u voor Harbison's?'

'Ik wil alleen maar weten of de rechter aanwezig is.'

'Er is nooit een rechter bij een verhoor, Lu Ann.'

'Wie is er dan? De jury?' Haar stem begint te trillen. Ik kan haar accent niet thuisbrengen. Misschien Kensington, een arbeiderswijk in de stad.

'Nee. Maakt u zich niet druk, ik denk dat u in de war bent.

Een verhoor vindt plaats tussen...'

'Heeft hij iets over mij gezegd? Want als hij dat doet, zeg dan dat ik gezegd heb dat het niet waar is! Als mijn Kevin het hoort, als iemand van die jury iets zegt, of als het in de krant komt, slaat hij me verrot. En mijn kinderen erbij. Vertel hem dat maar! Als hij van me houdt, zeg dan dat hij zijn bek houdt!' Er volgt een bezettoon.

Ik hang met stomheid geslagen op. Mijn gesprek met Lu Ann is voorbij, maar mijn gesprek met de duivel is net begonnen. Ik dacht niet in de duivel te geloven maar ik voel zijn hete adem in mijn oor in de stilte van vergaderkamer c, op Onkuisheid.

Dus Harry heeft verstoppertje gespeeld met een Poolse uit Kensington. Geef de jury daar een glimp van, Mary, gegarandeert dat je wint.

Dat kan ik niet. Het zou niet toelaatbaar zijn.

Vraag Hart dan nu over Lu Ann. Confronteer hem met het telefoontje. Zet de klootzak te kijk. Dan laat hij zijn proces voor wat het is. Je kunt die zaak vandaag winnen, Mary. Het wordt je voor de voeten geworpen.

Dat kan ik niet doen. Het is niet eerlijk. Het heeft niets met de zaak te maken.

Je kunt het en je moet het. Een snelle overwinning zou je positie verzekeren, Mare. Geen zorgen meer, geen stemmen tellen, geen kopzorgen. Verlichting van de pijn, dat is toch wat je wenst? Rust. Je zou een huis kunnen kopen. Je leven weer op orde krijgen.

Ik kan het niet. Zijn zoon zit erbij.

Nou en? Jij bent de advocaat van Harbison's, je hoort hun belangen te behartigen, niet die van Kleine Hank. Je wordt verondersteld elk wapen in de strijd te gooien om te winnen.

Verdomd als ik het doe en verdomd als ik het niet doe.

Er is geen tijd om een beslissing te nemen want de deur

gaat open en de Harts komen binnen. Hoewel de oude Hart niet glimlacht, is Hank vol optimisme. Ongetwijfeld heeft hij zijn vader aangeraden zijn conversaties met Stapleton zwart op wit te zetten en verwacht hij een regeling na het verhoor. Deze overwinning heeft hij vanaf zijn doctoraal gepland en hij denkt dat het moment aangebroken is.

Dat denkt hij, fluistert de duivel.

Ik ga voor de aantekeningen zitten en Pete maakt zijn entree.

Gefeliciteerd met je maatschap, Mary. De keus is aan jou.

Pete gaat zitten. 'Ben je er klaar voor?'

Ik knik, maar ik ben niet zo ver. Ik kan niet besluiten wat ik moet doen. Ik kijk naar de aantekeningen en stel een paar onnozele vragen. De hele tijd fluistert de duivel vergif in mijn oor, verleidt me, daagt me uit. Ik kijk naar Hank, zo trots aan zijn vaders zijde. Als ik Lu Ann te berde breng, hoe zou zijn engelachtige gezicht er dan uitzien? Wat gaat er 's avonds gebeuren, met zijn moeder? En Lu Ann? Zal die Kevin...

Hou erover op, Mary! Je hebt erger vertegenwoordigd. Jij hebt ergere dingen gedaan. Jij en ik weten dat, niet? Mary and Bobby, sittin' in a tree, K-I-S-S-I-N-G. First comes love...

'Meneer Hart, bent u ooit grof geweest jegens werknemers van Harbison's?'

'Ik begrijp de vraag niet.'

Zie je, hij verdient niet beter. Laat het hem maar voelen. Recht tussen de benen.

'Welk deel van de vraag hebt u niet begrepen, meneer Hart?'

'Geen enkel, mevrouw DiNunzio.'

'Dan zal ik hem iets anders formuleren. Bent u ooit op uw vingers getikt door iemand van Harbison's omdat u grof tegen het personeel zou zijn?'

'Ik ben nog nooit grof geweest tegen iemand van het personeel.'

'Dat is mijn vraag niet, meneer Hart. Mijn vraag luidt: "Bent u ooit op de vingers getikt omdat u grof tegen het personeel zou zijn?"'

'Nee.'

'Heeft iemand van Harbison's u ooit gezegd dat hij of zij vond dat u grof was tegen de werknemers?'

'Ja.'

God, ik haat deze man. Ik zou het moeten doen, zonder meer.

Dat zou je zeker moeten. Maar doe je het ook?

'En wie heeft u dat gezegd?'

'Frank Stapleton.'

Een voordeeltje voor mij. Als Hart toegeeft dat Stapleton hem op zijn grofheid heeft aangesproken, kan ik bewijzen dat Harbison's een zakelijk motief had om hem op een zijspoor te zetten. Dat maakt het een gemengd motief volgens de wet – een moeilijke verdediging om te winnen voor mij, maar het beste wat ik kan doen.

Hank maakt een aantekening op zijn gele notitieblok.

Laat toch de naam van dat sletje vallen.

'Hoeveel keer heeft meneer Stapleton dat onderwerp met u besproken?'

'Ik zou het geen gesprek willen noemen. Dat zou het ten onrechte te veel benadrukken.'

'Prima. Hoeveel maal heeft meneer Stapleton een opmerking tegen u gemaakt aangaande grofheid?'

'Eenmaal.'

'Was er toen iemand anders aanwezig?'

'Nee.'

'Waar vond het plaats?'

'Op de golfbaan. Negende hole.' Hij grijnst.

Hank maakt nog een aantekening.

'Wat zei meneer Stapleton over het onderwerp?'

'Het was louter commentaar onder vrienden. Voormalige vrienden, moet ik zeggen.'

'Wat zei meneer Stapleton, meneer Hart?'

'Alleen dat ik soms weinig tactvol was tegenover het personeel, dat is alles.'

'Weet u zeker dat dat het enige is wat u zich herinnert?'

'Ja.'

'Wat hebt u geantwoord?'

'Goeie slag.' Hart kijkt naar Pete of hij de grap waardeert. Pete vertrekt geen spier.

'Niets. Daar was de kous mee af.'

'Weet u dat zeker?'

'Zo zeker als God appels laat groeien.'

'Hebt u andere aantekeningen over die conversatie gemaakt?'

'Op de golfcourse? Met die potloodstompjes?' Hart slaat zijn blik ten hemel.

'Waar dan ook.'

'Waarom zou ik? Het was niet belangrijk genoeg.'

'Is dat een nee, meneer Hart?'

'Ja, het is een nee, mevrouw DiNunzio.'

Ik heb meer bijzonderheden nodig om dit aan de jury te verkopen. 'Meneer Hart, was er een specifiek voorval waar meneer Stapelton op doelde toen hij dit met u besprak?'

'Nee.'

'Weet u wat de aanleiding tot dit gesprek met u was?'

'Dat zou u hem moeten vragen.'

'Ik neem aan dat dit nee is, meneer Hart?'

'U raakt hier aardig bedreven in, mevrouw DiNunzio.'

Hoelang blijf je dit slikken?

'Meneer Hart, doelde meneer Stapleton op enige werknemer in het bijzonder tijdens die conversatie?'

'Alleen de keukenhulp.'

'Keukenhulp?'

'De mensen die in de bedrijfskantine werken. De spaghettismijters met haarnetjes.'

'Iemand in het bijzonder?'

'Lu Anne dacht ik dat hij zei.'

Zo, schat, dat is een verrassing.

Zo, schat, klopt, zegt de duivel spottend. Hij klinkt minder verbaasd.

Hank schrijft de naam op zijn notitieblok en kijkt dan naar mij, afwachtend, onschuldig, voorbereid op de volgende vraag. Zijn vaders snier verraadt niets terwijl hij op de volgende vraag wacht.

Pete zit ook te wachten, met zijn vingers boven de zwarte toetsen.

Doe het doe het doe het! schreeuwt de duivel.

Het rolt mijn mond uit voor ik het kan tegenhouden.

Het is het stemmetje dat in mijn hoofd praat. De Mike-stem. Hij heeft me toch niet in de steek gelaten. Hij is nog steeds bij me en zegt: 'Ik heb geen verdere vragen.'

Het is voorbij. Iedereen pakt zijn spullen en schudt elkaar de hand, behalve Hart. 'Tot ziens bij de rechtbank,' zegt hij met een honende lach. In de verte weergalmt hels geschater.

Scheer u weg, Satan! Ik vraag me af of ik gek word. Ik pak het dossier en vlucht praktisch de vergaderkamer uit.

Buiten gonst de firma van bedrijvigheid. Secretaresses zwermen naar de postkamer om die laatste brief de deur uit te krijgen. Associés bedelen bij de secretaresses om nog een concept. Maten nemen nog snel dagvaardingen door voor ze de deur uitgaan, om ze te voorzien van hun persoonlijke stempel, zoals een poedel tegen een brandkraan plast. Iedereen volgt Stallings gebod: U ZULT WACHTEN TOT DE LAATSTE MINUUT VOOR U GEK WORDT. De levenstekens bij Stalling brengen me terug op aarde en ik hoor de duivel niet meer. Tegen de tijd dat ik Gulzigheid bereik, voel ik me weer normaal, bijna goed, voor het eerst sinds lange tijd.

'Mevrouw DiNunzio, hier ben ik!' Het is mevrouw Pershing, naar me opkijkend van onderaan de trap. Haar rubber tasje hangt aan haar pols en ze heeft een Agatha Christie-pocket bij zich. Om haar heen lopen secretaresses naar het trappenhuis, in naleving van het eerste gebod van een reeks tegengeboden, GIJ ZULT ER OM VIJF UUR VAN-DOOR GAAN. Mevrouw Pershing is te zeer geconcentreerd om de activiteit om haar heen op te merken, als een bejaarde pointer die haar prooi heeft gevonden.

'Mevrouw Pershing, komt u hier.' Ik neem haar bij de elleboog en ze trippelt uit de weg. De Verbazingwekkende Stella zigzagt achter haar en tikt met haar vingers op haar voorhoofd maar ik lach niet.

Mevrouw Pershing kijkt wantrouwend naar de secretaresses. 'Ik heb de informatie waar u om gevraagd hebt.' Ze leunt naar me toe, haar zachte adem ruikt naar pepermuntjes. 'Weet u welke informatie ik bedoel? *De* informatie.'

'*De* informatie, mevrouw Pershing?'

'*De* informatie, de *politie*-informatie.'

'O. Dank u.'

'De papieren liggen op uw bureau. Uw theorie is bevestigd.'

'Mijn theorie? Bedoelt u over wie...'

'Ja.'

'Goed. Dank u. Ik stel het zeer op prijs.'

'Tot uw dienst. Dat is mijn taak.'

Ik onderdruk een glimlach. 'In ieder geval toch bedankt.'

'Meneer Starankovic heeft ook gebeld. Hij zei...'

'Starankovic, godverdomme!'

Haar ogen sperren zich wijdopen.

'Sorry, mevrouw Pershing.'

'U hoeft zich niet te verontschuldigen, mevrouw DiNunzio, ik begin eraan gewend te raken.'

'Dank u.'

'Meneer Starankovic zei dat u hem niet heeft teruggebeld over de ondervragingen, dus heeft hij een verzoek om uitspraak moeten indienen. Ik heb de papieren op uw bureau gelegd. Ik hoop niet dat dat betekent dat ik vanavond moet overwerken want dat gaat niet. Ik ga naar de leesclub vanavond.'

'Agatha Christie, zeker?'

Ze knikt opgewekt.

'Dat is in orde, mevrouw Pershing. U hoeft niet te blijven.'

'Goed, welterusten alvast,' zegt ze en glimlacht. Ze staat op het punt naar de lift te lopen als Martin uit het niets komt aanrennen en haar omverloopt.

'Hemel!' roept ze. Ze valt achterover in mijn armen.

Martin rent de trappen af met een bundel omgekrulde faxen in zijn hand en duwt met zijn ellebogen iedereen opzij.

'Hebt u zich niet bezeerd, mevrouw P.?' Ik zet haar terug op haar voeten, zoals Dorothy met de vogelverschrikker deed. Ze schijnt zich vooral te generen.

'O jee!'

Ik kijk naar de trap of ik Martin nog zie maar die is allang verdwenen. Hij keek niet eens om. Hij heeft een oudere vrouw omvergelopen en keek niet eens achterom. Welke man doet zoiets? Iemand die doorrijdt na een aanrijding. Ik ril onwillekeurig.

'Was dat de jongeman die van uilen houdt?' vraagt mevrouw Pershing.

'Martin H. Chatham IV.'

'Wat een manieren!' Ze haalt een gebloemde zakdoek uit de mouw van haar trui en dept haar voorhoofd. De zakdoek moet in eau de cologne zijn gedrenkt, want het ruikt plotseling naar seringen.

'Ik loop met u naar de lift, mevrouw P.' Ik bied haar mijn arm aan en we hobbelen samen naar de lift. Ik zet haar veilig voor de secretaresses met lichtgevende oogschaduw en zwarte minirokken. Ze zwaait met haar pocketboek naar me terwijl de deuren sluiten.

Martin.

Ik vraag me af waar hij was op de avond dat Brent is vermoord. Ik vraag me af in wat voor auto hij rijdt, waar hij woont. Als hij in de stad woont, is de kans dat hij het is groter, aangezien hij me dan gemakkelijker zou kunnen volgen. Maar ik geloof dat hij in de buitenwijken woont, waar de upper ten heen gaat. Ik besluit wat onderzoek te verrichten.

Ik ga naar mijn kantoor en vind Stallings jaarboek op de plank. Er staan foto's in van alle advocaten op het kantoor, evenals hun titels en privéadres. Ik blader de eerste bladzijden door tot ik bij Martins naam beland. Onder zijn portret, waarop hij bijna levend lijkt, staat: Dartmouth College, kand. 1969; Yale Law School, doct. 1972. Zijn privéadres luidt: Rondelay II in Bryn Mawr. De upper ten, uiteraard. Zelfs de huizen hebben Romeinse cijfers achter hun namen.

Verdomme. Wie zou er verder jaloers op me kunnen zijn? Jameson. Ik vraag me af waar hij woont.

Ik blader door naar de J en stuit op zijn foto. Hij lijkt op Atom Ant, maar dan zelfgenoegzaam. Hij heeft ook in Pennsylvania gestudeerd, haalde zijn einddiploma in 1970 en studeerde af in 1974. Zijn adres is in Pine Street in Society Hill. Een stadsbewoner, dat wist ik niet. En de huizen daar – de nieuwbouw – hebben ingebouwde garages. Ik prent in mijn hoofd Judy te vragen wat voor auto hij heeft. Kurt zal het zich herinneren als hij hem op een zakenfeest heeft gezien. Hij werkt altijd met oude auto's. Hij gebruikt ze in zijn sculpturen. Zijn meest recente expositie heette Body Parts. Die heb ik overgeslagen.

Ik blader verder om Ned op te zoeken. Ned Waters staat er, onder een foto van hem die me bijna de adem beneemt. Zijn ogen, zijn gezicht. Zijn glimlach. God, hij is aantrekkelijk. Ik denk aan hoe hij in bed was, hoe hij me 's nachts opgewonden wist te krijgen hoewel ik half in slaap was. Het is moeilijk hem als de moordenaar te zien maar Judy had wel gelijk. Tenminste voor het moment. Ik sla het boek dicht. Einde.

Ik wil het op de plank terugzetten als ik het me herinner. Berkowitz. Iedereen weet waar hij woont, hij heeft het huis twee jaar geleden laten bouwen in Gladwyne, een van de sjiekste wijken in Philadelphia. Het huis lijkt wel een paleis, met een zwembad en tennisbanen. Maar Gladwyne is niet zo ver van de stad, slechts tien minuten de West River Drive op. De West River Drive. Waar Mike is doodgereden.

Ik blader snel naar de pagina van Berkowitz. Zijn vlezige gezicht neemt het hele kader in beslag. Ik werp een vluchtige blik over de scholen. Drexel University, Temple Law School. Gemeentelijke scholen voor slimme kinderen zonder geld. Ik stop als ik zijn privé-adres – of adressen – zie, want tot mijn verbazing heeft hij er twee. Het ene is in Gladwyne, zoals ik al dacht. Maar het andere is een flat in de Rittenhouse, een nieuwe torenflat op Rittenhouse Square.

Rittenhouse Square. Waar Brent is vermoord. Vlak bij mijn flat. Dus Berkowitz had toegang tot beide locaties. Hij zou Mike hebben kunnen aanrijden en via de West River Drive naar Gladwyne zijn verdwenen, of Brent hebben doodgereden en naar de Rittenhouse gereden.

Berkowitz? Zou hij het werkelijk kunnen zijn?

Wacht. Ik weet dat hij een Mercedes heeft en Brent is niet door een Mercedes aangereden. Maar stel dat hij nog een auto heeft, een oude, voor in de stad? De Rittenhouse heeft een eigen parkeergebied in de ondergrondse parkeergarage.

Christus. Berkowitz. Misschien had Brent gelijk; hij heeft

hem nooit gemogen. Mijn moeder ook niet. Dunne lippen. Ik zet het boek op de plank terug.

Ik kijk op de klok achter me. De enorme gouden wijzerplaat schijnt helder: 18:20. De lucht is te donker voor zes uur, alsof er onweer op komst is. Op mijn bureau liggen de dagvaardingen. Mevrouw Pershing heeft de naam van de brigadier die met de coördinatie is belast erop getypt en het adres lijkt te kloppen. SUBPOENA DUCES TECUM. Het is een ouder formulier, waar ik de voorkeur aan geef. Ze hebben zonder meer iets terroristisch. Ik haal het gele post-itpapiertje eraf dat mevrouw Pershing, geheim agente cum secretaresse heeft geparafeerd. Ze is een schatje, maar ik wil haar niet aardig vinden. Ik mis Brent.

Het is te laat maar ik toets het nummer van AOO in en hoor de telefoon onafgebroken overgaan. Ik besluit er morgenochtend meteen heen te gaan. Een afspraak kan me gestolen worden. Ik ben de echtgenote, verdomme. En de advocaat.

Ik hang op en plof in mijn stoel. Ik kijk naar de stapel post op mijn bureau. Ik heb genoeg andere dingen te doen. Er is een berg post, inclusief het verwachte verzoek van Starankovic. Ik open de envelop en lees de papieren door. Ze zijn niet verkeerd, een hele verbetering vergeleken bij de rotzooi die hij normaal produceert. In ieder geval heeft hij niet om een mondeling betoog gevraagd, dus hoef ik niet nog eens voor Vitriool te zingen.

Ik neem de stapel telefonische boodschappen door, er zit er een bij van Jameson. ZEND DE CONCLUSIE WEG! ZEGT HIJ heeft mevrouw Pershing geschreven, met een madeliefje in de punt van het uitroepteken. Ik neem de rest van de stapel door. Judy, Judy, mijn moeder, Stephanie Fraser nogmaals, de rest zijn cliënten die zullen moeten wachten. Niets van Ned. Wees voorzichtig met wat je wenst, het kan in vervulling gaan.

Ik richt mijn aandacht op de post. Mijn hart begint te bonzen. Bovenaan ligt een witte envelop, met mijn naam in hoofdletters gelaserprint. Maar er staat geen adres van Stalling op. En er is ook geen postzegel of postmerk. Hij is met de interne post gekomen, van iemand bij Stalling. Ik pak de envelop. Mijn hand begint te trillen. Berkowitz. Martin. Jameson. Ned. Niet de vader van Ned, want hij valt niet binnen de interne post.

Ik scheur de envelop open.

IK HOU VAN JE, MARY

Ned. Het kan niet anders. Ik voel een steek. Hoe kan ik me zo voor de gek hebben laten houden? Ik sluit mijn ogen.

Als ik ze weer open, staat Berkowitz in de deuropening.

29

Berkowitz komt mijn kantoor binnen alsof hij er de baas is. Ik ben getroffen door zijn lengte, geïntimideerd door zijn macht. Voor het eerst maakt zijn aanwezigheid op zichzelf een dreigende indruk en ik begrijp waarom veel mensen hem niet mogen.

'*Mary had a little lamb,*' zegt hij. 'Leuk kantoor heb je.'

'Het ziet eruit als dat van ieder ander.' Ik schuif de brief en de dagvaardingen onder de post.

'Behalve het uitzicht, natuurlijk.'

'Inderdaad.' Ik kijk om naar de klok, licht tegen de donker wordende lucht. Wolken stapelen zich op achter de klokkentoren.

Berkowitz leunt tegen de archiefkast bij de boekenplanken. 'Dat moet een vreemd gevoel geven, dat ding dat over je schouder kijkt. Alsof je continu in de gaten gehouden wordt.'

De opmerking veroorzaakt een rilling over mijn rug. Hij weet het van de brieven. Wat is dit, een spelletje? Ik zeg niets.

'Ik denk niet dat ik dat prettig zou vinden.'

'Het gevoel of de klok?'

'Allebei. Geen van beiden.' Hij lacht kort en snuivend.

'Ik hou niet van het gevoel. Met de klok kan ik leven.'

Hij geeft geen antwoord, maar zijn ogen nemen mijn diploma's en mijn bureau en de andere archiefkast op. Zijn uitdrukking is ondoorgrondelijk. 'Je hebt helemaal geen foto's hangen.'

'Nee.'

'Waarom niet?'

'Ik weet het niet.'

'Maar je hebt familie. In Zuid-Philly.'

'Ja.' Ik denk aan de auto die door de straat van mijn ouders scheurde. 'Hoe wist je dat?'

'Je accent. Dat is overduidelijk.' Hij staat stil voor *Black's Law Dictionary* en gaat met een dikke vinger langs de rug. Ik kan zijn stemming niet peilen, daar ken ik hem niet goed genoeg voor. Hij maakt een afwezige indruk. Gespannen. 'Gebruik je dit ding ooit?'

'Nee.'

'Waarom heb je het dan?'

'Mijn ouders hebben het me gegeven.' Het detail maakt dat ik me aan hem blootgesteld voel, wat mij nerveuzer maakt. Ik dwing mezelf inwendig om te ontspannen. Ik heb Lombardo aangekund, ik kan hem ook aan. 'Had jij zo'n kantoor aan het begin van je carrière?'

'Toen ik begon, zaten we in het Fidelity Building op Broad Street. Alle ramen konden open.'

Hij lacht plotseling en slaat op zijn borstzak. 'Rook je?'

'Nee.'

'Lullig.'

'Sorry.'

'Dus.' Hij leunt tegen de archiefkast. 'Vind je het goed als ik de deur dichtdoe?'

Ik voel mijn borst rood worden. 'Eh... waarom?'

Hij houdt zijn hoofd scheef. 'Waarom zou je denken, Mary, Mary?' Plotseling slaat hij de deur dicht. 'Eindelijk alleen,' zegt hij met een droog lachje.

Ik sta onwillekeurig op. Ik zoek met mijn ogen een schaar of brievenopener op het bureau. Er ligt niets behalve een nietmachine en een dictafoon. Ik heb geen bescherming. Ik stap achteruit en voel de kou van het raam in mijn rug.

'Sta je niet wat dicht bij het raam, Mary?'

Ik kijk achterom. De wijzerplaat van de klok licht met een felle gloed naar me op, door een onweersbui heen. We zijn veertig verdiepingen hoog, in een toren van zwart spiegelglas die buigt en kreunt in de harde wind. Ik maan mezelf tot kalmte. 'Waarom vertel je me niet gewoon wat je hier doet, Sam?'

Zijn wenkbrauw gaat in verbazing omhoog. 'Genoeg koetjes en kalfjes, bedoel je dat?'

'Precies.'

'Prima. Twee redenen. Een: ik heb morgenavond een receptie voor de commissie Beslissingen in vergaderkamer A. Acht uur. De maten van procesvoering en de rechters van de districtsrechtbank zijn uitgenodigd. Jij hoort er ook te zijn.'

'Wat?' Ik begrijp het niet.

'Er is morgenavond een receptie en ik wil dat je erbij bent. Vergaderkamer A. Acht uur.'

'Ik, op een receptie van maten?'

Berkowitz kijkt me aan of ik gek ben. 'Ja, jij. Ga je wel eens naar recepties, Mary, Mary?'

'Ja.' Ik ontspan enigszins.

'Neem Carrier mee. Jullie zijn vriendinnen, nietwaar?'

'Ja, dat klopt.' Ik voel iets van de spanning wegvallen en ga een stukje van het raam af staan.

'Goed.' Hij betast zijn borstzak weer. 'Nou. Oké. Twee: die ellende met Lombardo. Hij belde me vandaag. Hij zei dat jij had gezien wat er is gebeurd.'

'Klopt.'

'Vergeet dat dan maar.'

'Wat?'

'Vergeet het.'

'Ik moet gewoon vergeten...'

'Ja. Dat is een bevel.' Zijn toon is ruw.

Het begint tot me door te dringen wat hij zegt. 'Ik snap het

– we zijn het eens. Jij wilt mij en Judy als maat aanstellen en in ruil daarvoor moet ik vergeten wat er met Lombardo is gebeurd? En misschien met Brent?'

'Mary, je hebt er geen moer mee te maken!' barst hij plotseling uit. Hij ziet eruit als een duivel, rood van woede. Maar tegenwoordig ga ik de strijd aan met duivels en win ik. Terugpakken, zelfs als je met de duivel in eigen persoon te maken hebt.

'Schreeuw niet zo tegen me!' Ik leun naar hem toe. We staan bijna met onze neuzen tegen elkaar aan boven het bureau. Berkowitz, de koning van het terugpakken, en ik, een potentiële troonopvolger.

Plotseling verschijnt er een schaapachtige glimlach op zijn gezicht. 'Dat zegt mijn vrouw ook altijd.'

'Luister dan ook.'

Hij lacht hartelijk. 'Lombardo heeft gelijk. Je hebt kloten.'

'Nee, dat is niet zo. En waar ging het over?'

'Zou je me geloven als ik zei dat het jouw zorg niet is?'

'Je bedoelt dat ik mijn hoofdje er niet over moet breken?'

'Precies. Af, meisje.' Hij kijkt geamuseerd maar nog altijd gespannen. Wat het ook is, het zit hem behoorlijk dwars. 'Goed dan, het gaat om Delia. Ze heeft met haar vingers in de kassa gezeten. Ze heeft in vijf jaar tijd een ton gestolen.'

'Dat meen je niet.'

'Jammer genoeg wel.' Zijn gezicht betrekt, hij schudt zijn hoofd. 'Ik dacht dat het misschien iemand op de afdeling Accountancy was, die klootzak van een cententeller door wie we ons laten koeioneren. Ik heb haar nooit verdacht. Het kwam niet eens bij me op. Ik heb Lombardo gevraagd de zaak voor me te onderzoeken, maar ik wilde hem niet geloven.'

'Dus sloeg je hem maar?'

Hij kijkt gekwetst. 'Hé, het doet pijn, zoiets. Ze heeft me verraden terwijl ik goed voor haar gezorgd heb. Ik hield van die meid.'

Ik kijk hem aan. Had Brent gelijk wat hen betreft?

'Kijk me niet zo aan. Ik weet dat iedereen zegt dat we iets hebben. Ik laat ze hun gang gaan. In werkelijkheid is ze de dochter van mijn beste vriend, haar vader was mijn sparring partner. Hij en ik waren zó.' Hij houdt twee vingers stijf omhoog in een gebaar dat ik in tijden niet gezien heb.

'Werkelijk?'

'Werkelijk. Ik ben haar peetvader. De eerste joodse peetvader in de geschiedenis.'

Ik lach van opluchting. Een deel van de puzzel valt op zijn plaats. 'Is ze daarom zo uit haar humeur de laatste tijd?'

'O, zeker, Delia is kwaad op de hele wereld; ze moest het hebben zien aankomen. Ze praat niet eens meer met me hoewel ik de politie heb overgehaald haar niet te vervolgen. Ze is alleen haar baan kwijt en we hebben een betalingsschema uitgewerkt. Zij betaalt tien procent, ik de rest. Kan ik onderhandelen of niet?'

'Je doet het prima.'

Hij slaat weer op zijn borstzak, op zoek naar een sigaret. 'Hoe dan ook, ze is vanmorgen vertrokken. Nu heb ik geen secretaresse. Heb je een goeie die ik kan stelen?'

Ik denk aan mevrouw Pershing. 'Nee.'

'En. Zijn we helemaal beter, Mary, Koningin der Schotten?'

'Helemaal.'

'Oké, ik stap op. Ik hoef je niet te vertellen dat je hier niet over moet praten, wel?'

'Nee.'

'Morgenavond,' roept hij, terwijl hij de deur opent en wegloopt.

Ik zak helemaal opgelucht in mijn stoel. Moe. Leeg. Dus de ruzie waarvan ik getuige was had niets met Brent te maken en Berkowitz heeft geen affaire met Delia. Ik vraag me af hoe

Brent zou reageren op die onthulling, maar Brent is er niet. Ik mis hem. En ik denk dat ik weet wie hem vermoord heeft.

Mijn blik valt op de brief die onder de post uitsteekt. Ned, mijn minnaar. Mijn lief. Ik voel me van streek en bang. Hij moet werkelijk gestoord zijn. Misschien heeft hij me maar wat wijsgemaakt over de Prozac. Ik ben nooit teruggegaan om de data op de potjes te controleren. Is de man met wie ik geslapen heb werkelijk in staat Brent te vermoorden? En Mike, een jaar daarvoor? Misschien, als ik een obsessie voor hem ben, zoals Judy zegt. En ben ik veilig voor hem of zou hij zich tegen me keren nu ik hem de bons heb gegeven?

Ik kijk op de klok. 19:02. Te laat voor mij om alleen op kantoor te zijn. De regen valt in stromen op het stadhuis. Ik voel het gebouw licht heen en weer gaan. Ik sluit de brief in mijn middelste la en ga naar Judy's kantoor.

Maar ik vergeet alles als ik haar zie.

30

'Ik ben ontslagen,' zegt Judy toonloos.

'Wat?'

'Ik heb een blunder begaan.' Haar ogen zijn roodom-
rand en opgezet, alsof ze langdurig heeft gehuild. Ze hangt in
haar stoel. Haar kin leunt op een stevige hand.

'Wat is er gebeurd?' Ik ga zitten.

'De Mitsuko-conclusie. Het hooggerechtshof heeft een ge-
lijksoortig argument afgewezen in een zaak waarin gisteren is
beslist. Ik wist niet eens dat de zaak in beroep was, omdat ik
de dagvaardingen nog niet had doorgenomen. Geweldig hè?
Een beginnersfout.' Haar kaak rimpelt in haar hand als die
van een basset. 'Ik let niet op, de laatste tijd.'

'O, Jude. Hoe ben je erachter gekomen?'

'Raad maar.'

In een flits zie ik Martin voor me, hoe hij mevrouw
Pershing omverliep op weg naar beneden. 'Martin?'

'Nee. Opnieuw.'

'Niet de cliënt?'

'Ja, wel de cliënt. Welzeker de cliënt. Wie kan je beter op de
grootste blunder van je carrière betrappen dan de cliënt? Het
hoofd van de juridische afdeling heeft ons een kopie van de
beslissing van het hooggerechtshof gestuurd nadat wij hem
een ontwerp van mijn conclusie hadden gefaxt. Ben je ook zo
dol op faxen? Je kunt erachter komen dat je een blunder hebt
begaan terwijl je nog met blunderen bezig bent. Dat noem ik
nou technologie!'

Ik kreun. Dat was de reden dat Martin de faxen had.

'Wacht. Dat is nog niet alles. De conclusie van het Derde District komt over twee dagen. Ik heb achtenveertig uur om met een onfeilbare versie te komen of ik ben ontslagen.'

'Wie heeft dat gezegd? Martin? Dat kan hij niet maken!'

'Nee? Ik heb een vaste cliënt kwaad gemaakt en de firma in verlegenheid gebracht. Mitsuko's beroep loopt gevaar – het is hun wettig recht, niet dat van ons.' Ze harkt met haar vingers door haar haren, waardoor het alle kanten op steekt en ze eruitziet of ze dement is. 'Het was zo'n stomme fout, ik zou mijn ontslag moeten indienen.'

'Doe dat alsjeblieft niet. We kunnen de conclusie herschrijven.'

'We?'

'We. Ik help je. We doen het samen.'

'Jij kunt niet helpen, Mary. Je kent de feiten niet.'

'Die hoef ik niet te kennen, maar jij wel. Bovendien heb je een nieuwe argumentatie nodig. Een nieuwe invalshoek.'

Ze glimlacht zwakjes. 'Ik stel het op prijs, maar het is hopeloos. Ik heb elk argument overwogen. Dit was het beste.'

'Jude! Waar is die westerse pioniersgeest van je? De Spoorweg van Oregon? De aankoop van Louisiana? Het compromis van Missouri?'

'Je kunt me toch niet opvrolijken. En van je aardrijkskunde klopt geen barst.'

'Luister, ik heb vandaag de duivel verslagen. Ik ben tot alles in staat!'

'Je bent gek. We hebben geen tijd.'

'We hebben de hele nacht. Het giet buiten en ik moet toch bij je in de buurt blijven. Je bent mijn bodyguard.'

'Hou toch op, Mary.'

'Nee. Vertel me waarom we Mitsuko verloren hebben, afgezien van het feit dat Martin niets te zoeken heeft voor een jury tenzij ze allemaal op Choate hebben gezeten.'

'Mary, het heeft geen zin.'

'Vertel het me, Judy Carrier!'

'Grr,' gromt ze gefrustreerd. 'Oké. Ik denk dat de jury de zaak gewoon niet heeft begrepen. Er waren te veel feiten. Te veel financiële gegevens. De juridische aspecten waren te abstract...'

'Mocht de jury aantekeningen maken?'

'Ja. Rechter Rasmussen laat altijd...'

'Ha!' Ik heb een idee. Ik vertel het Judy en ze is onmiddellijk enthousiast, in het besef dat zelfs als het in vlammen opgaat, het een glorieuze vlammenzee zal zijn.

Ze belt Kurt en zet twee potten koffie, een voor haar en een voor mij. Ik bel Lombardo en geef hem vrij voor de avond, maar hij bedankt me niet eens. We sluiten ons op in een studeerkamer in de bibliotheek en werken met het Lexis-programma tot de computer roodgloeiend staat. Na een paar uur verschansen we ons in een kamer op Gulzigheid en beginnen aan het ontwerp. We bestellen twee keer Chinees eten, om acht en om tien uur. Beide malen bestellen we mihoen met garnalen. Na ons tweede diner klopt Stallings krakkemikkige bewaker, die Judy Mack Sennett noemt, op de deur.

'Gaat het met de meisjes?' vraagt hij met een Ronald Reagan-stem.

'Prima,' roep ik terug. 'Maar blijf ons in de gaten houden.'

'Over en uit.'

Judy verandert zijn bijnaam in Over-en-uit. Ik controleer het slot op de deur.

Rond middernacht halen we Over-en-uit ertoe over onze uitkijk te zijn terwijl we de cateringdienst overvallen voor chips, chocoladecakejes en meer koffie. Judy probeert de poedermelk op te snuiven en we liggen krom. De koffie maakt ons weer helder en we werken in de afgesloten oorlogskamer tot het ochtendgloren aan het ontwerp. Ten slotte, als de nacht voorbij is, leggen we het ontwerp op mevrouw Pershings bureau, omdat ze eerder op kantoor is dan Judy's secretaresse. We douchen in de kleedkamers nadat we die op slot hebben gedaan, ik voor de tweede maal in twee dagen. Als we de douche uitkomen, realiseren we ons dat we geen schone kleren hebben.

'Laten we gewoon van kleren wisselen,' zegt Judy.

'Wat?'

'Dat is in elk geval een verandering.'

Ik schiet Judy's tent van een boerenjurk aan. Hij golft als een parachute op mijn enkels. Als ik opduik uit het geborduurde gat aan de bovenkant, is Judy nog in een handdoek gewikkeld en houdt mijn sobere witte jurk omhoog.

'Heb je hier een beha bij nodig?' vraagt ze.

'Natuurlijk.'

'Ik heb geen beha.'

'Hoe bedoel je, je hebt geen beha?'

'Ik draag nooit een beha.'

'Draag je geen beha op je werk? Bij Stalling en Webb? Dat is een federale misdaad!'

'Het valt niet op, ik heb zulke kleine borsten. Wil je het zien?'

'Nee! Jezus Christus, bedek jezelf.'

'We zijn allebei vrouwen, Mary.' Ze plaagt me door de handdoek los te wikkelen.

'Dat weet ik. Daarom.' Ik maak mijn beha los en glip hem door de wijde mouwen van de jurk. 'Hier neem de mijne. Het is een stretchbeha die iedereen past. Niemand ziet of ik er een draag in deze jurk.'

'De beha van je lijf? Dat is pas vriendschap!'

Terwijl Judy de beha aantrekt loop ik naar de spiegel en probeer iets van mijn slappe haar te maken. Een project voor de heilige Rita van Cascia, Heilige van Onmogelijke Zaken.

'Nou, wat vind je?' vraagt Judy.

Ik draai me om. De jurk, die mij ruim zit, is Judy te klein en zit haar strak om het lijf. Ze ziet er fantastisch uit. Ze trekt een laatste maal aan de zoom. 'Laat ze maar komen.'

Als we gereed zijn, kijken we of mevrouw Pershing gearriveerd is. Ze staat haar doorschijnende plastic paraplu op te vouwen als ik haar zie, in gele rubberlaarzen en een plastic regenkapje, bij de kast van de secretaresses.

'Goedemorgen, mevrouw Pershing.'

Ze bekijkt me en glimlacht lief. 'U ziet er bijzonder knap uit, vandaag, mevrouw DiNunzio. Heel vrouwelijk.'

Judy slaat me hartelijk op de schouder. 'Is het niet? Ik heb haar die jurk helpen uitzoeken.'

Ik werp Judy een blik toe. 'Dank u, mevrouw Pershing. Hoe was uw leesclub gisteravond?'

'Geweldig. Volgende week doen we Mary Higgins Clark.'

'Klinkt goed. Ik moet u wel waarschuwen, vandaag wordt een zware dag omdat Judy en ik aan een conclusie van appèl werken. Het moet aan het eind van de middag af. Het ligt op uw bureau, dus kunt u er meteen mee beginnen? We hebben geen tijd het uit te tikken.'

'En hoe zit het met die andere zaak? Waar we het gisteren over hadden.' Ze kijkt me veelzeggend aan.

'Dat moet even wachten, mevrouw P.'

'Ik snap 'm!' Ze trekt haar schouders recht.

'Laat me weten wanneer u een pagina af hebt. Dan kom ik hem halen. Wilt u intussen geen telefoon doorgeven. En vertel aan niemand waar ik ben, vooral Ned Waters niet. We moeten de hele dag zitten schrijven, omdat de conclusie morgen weg moet...'

'Komt in orde.' En weg loopt ze, met haar regenkapje en rubberlaarzen.

31

Wedopen het de Klote-conclusie en zitten er de hele dag in de oorlogskamer aan te werken. We maken het ene ontwerp na het andere en verslinden alles wat ons door de cateringdienst wordt gebracht. We zijn afwisselend duizelig, misselijk, euforisch en gek. Tegen het eind van de dag hebben we vreselijk last van onze maag en een geweldige conclusie. We leggen het uiteindelijk ontwerp op Martins bureau. Zijn kantoor is in duisternis gehuld en de lege ogen van de uilen volgen ons als we de deur uitlopen. 'Ik haat die rotuilen,' zeg ik tegen Judy.

'Het zijn zijn enige vrienden.'

Mijn vermoeidheid wordt me de baas. 'Denk je dat hij de conclusie goed zal vinden?'

Judy knikt opgewekt. 'Hij kan niet anders. Het is briljant. Dankzij jou.'

'Nee.'

'Jawel, Mary.' Ze geeft me een speelse duw waardoor ik tegen de muur vlieg.

'Wat eet jij als ontbijt?' vraag ik, als ze vooruit huppelt.

Terug in de spreekkamer zetten we identieke draaistoelen naast elkaar. Ik zak uitgeput in de mijne terwijl Judy in die van haar speels in kringetjes ronddraait. Mevrouw Pershing verschijnt in de deuropening en kijkt steels naar Judy, die een rondje draait. 'Mevrouw DiNunzio, bent u dames nog niet klaar voor vandaag?'

'Nee, we moeten nog naar een receptie boven.'

'Hoeraaa!' zegt Judy.

'Ik zou denken dat u te moe bent voor een receptie. U hebt allebei zo hard gewerkt.'

'Dat is ook zo, tenminste ik wel. Maar we kunnen er niet onderuit.'

'We moeten. We zullen! We moeten naar die lullen!' zingt Judy, draaiend. Mevrouw Pershing kijkt de andere kant op.

'Mevrouw Pershing, dank u voor alles wat u vandaag gedaan hebt. Ik stel het zeer op prijs en mijn collega, de krankzinnige, ook.'

Judy houdt op met draaien en grinnikt, waardoor de spleetjes tussen haar tanden in volle glorie verschijnen. 'God, ik ben duizelig.' Ze houdt haar hand tegen haar voorhoofd. 'Mevrouw Pershing, ik wil u bedanken dat u het met ons heeft uitgehouden, vooral met Mary. Ze kan zo lastig zijn als ze onder druk staat.'

'Ik weet het niet, dat heb ik niet zo ervaren.' Ze glimlacht warm.

'Dank u, mevrouw P.'

'Ik heb gezien dat u... de boodschappen waar we het over gehad hebben, niet hebt weggestuurd.' Mevrouw Pershing kijkt nerveus in Judy's richting.

'Het is in orde, mevrouw Pershing. Judy weet van de dagvaardingen af.'

Ze lijkt teleurgesteld. 'O. Kijk aan. Waarom hebt u ze niet verstuurd? Was er iets mis met de manier waarop ik ze heb ingevuld?'

'Nee, dat was uitstekend, maar ik wacht er even mee.'

'Goed dan,' zegt mevrouw Pershing. 'Welterusten, meisjes.'

'Welterusten,' zeg ik.

Judy spert haar ogen open in komische verbazing. 'Welterusten?'

'Zeg welterusten tegen mevrouw Pershing, Judy.'

Maar Judy is hysterisch en mevrouw Pershing is allang weg.

Alvorens de receptie op Gierigheid op te luisteren, gaan we naar de kleedkamers om ons op te frissen. Judy biedt mij mijn eigen kleren aan, maar ik sla het af. Ik begin me prettig te voelen in haar artistiekerige smokjurk en zelfs mijn behaloosheid bevalt me. Ik voel me er losser door, vrijer. Ik spat water in mijn gezicht om mezelf weer tot leven te brengen. Wijwater, denk ik krankzinnig. 'Kijk, Jude, ik ben herboren.'

'Je bent niet herboren, je bent uitgeput.' Ze tikt op de zeephouder. 'Je bent al twee dagen op, kind. Herinner je je telefoontje aan Lombardo? Dat was gisterochtend.'

Ik spoel mijn gezicht af met warm water. Lombardo, dan Berkowitz en ten slotte Ned passeren mijn gedachten. Ik krijg een verbitterd gevoel over me. 'Weet je, je had gelijk. Het was Ned die de brieven heeft gestuurd. Ik kan het niet geloven, maar ik denk dat hij Brent heeft vermoord. En misschien zelfs Mike.' Ik draai met een zucht de kranen dicht.

Judy kijkt verbaasd. 'Hoe weet je dat?'

'Ik heb nog zo'n brief gehad. Een liefdesbrief, deze keer. Die moet wel van hem zijn. Hij kwam via de interne post.' Ik begraaf mijn gezicht in een ruige handdoek. Misschien kom ik wel nooit meer tevoorschijn.

'Logeer bij mij vannacht. Kurt is in de studio.'

Ik gooi de handdoek naar de mand. Ik mis maar neem niet de moeite hem op te rapen. 'Bedankt, maar het hoeft niet. Ik ben veilig nu. Geen dagvaardingen meer, geen proces. Ik zal Lombardo na de receptie bellen en hem Ned laten ondervragen.'

'En als je Lombardo niet kunt bereiken? Je gaat niet naar huis.'

'Alice heeft in geen dagen gegeten. Ze verhongert.'

'Wat wil je daarmee zeggen?'

We zijn klaar en nemen de lift naar Gierigheid. Over-en-uit groet ons als we uitstappen en wuift ons met een groots gebaar naar vergaderkamer A. Ik herken het er nauwelijks, het is totaal veranderd. Een strijkwartet speelt in een hoek Vivaldi. Zacht licht wordt verspreid door dimmers waarvan ik nooit geweten heb dat ze bestonden en obers in smoking snellen tussen de gasten door. De hoefijzervormige tafel, bedekt met een smetteloos linnen tafelkleed, staat vol zilveren schalen met reuzengarnalen, vers fruit en rauwkost. Het lijkt wel het Laatste Avondmaal op rekening van de zaak.

'Christus allemachtig,' zeg ik fluisterend.

'Er zijn alleen maar mannen,' fluistert Judy.

Maar de mannen vormen een ander verhaal. De kamer ruikt naar hun macht. De apostelen van de commissie Beslissingen zijn aanwezig, alsmede een voltallige afvaardiging rechters van de districtsrechtbank. Ik zie opperrechter Helfer met Einstein, omgeven door een kwispelende Gouden Lul en een vloot alligators van Stalling. De edelachtbare Jacob A. Vanek, die op mijn gebied de wet praktisch heeft ontworpen, staat te ginnegappen met Berkowitz en de edelachtbare John T. Shales, waarvan gefluisterd wordt dat hij de volgende kandidaat is voor het hooggerechtshof. De edelachtbare Mark C. Grossman en de edelachtbare Al Martinez, onlangs uit de counties gehaald, praten ernstig met Martin die luistert en luistert. Vitriool staat met zijn neus boven de reuzengarnalen als een fanatieke eikel bij de Superbowl.

'Ik heb werk te doen,' zegt Judy en mengt zich onder het publiek.

Ik zweef naar de bar en zie hoe Judy zich bij Einstein en Gouden Lul voegt. Ze is geknipt voor de taak, die bestaat uit het verzamelen van beëdigde verklaringen voor de Klote-conclusie. Onze lijn van betoog is dat het aantekeningen maken door de jury bij; heeft gedragen tot verwarring over het bewijsmateriaal en tot een defectief vonnis heeft geleid. Het verslag ondersteunt het argument, de juryleden kwamen tijdens hun overleg zes keer terug met vragen betreffende hun aantekeningen. Er zijn geen gevallen om ons argument te steunen, maar daar zijn de beëdigde verklaringen voor. Dat is het mooie.

Ik kijk naar Judy terwijl ze een gesprek met Einstein begint, waarin ze hem ertoe brengt te zeggen wat een waardeloos idee het is om juryleden aantekeningen te laten maken. Dan zal ze met zo veel mogelijk andere rechters praten, en Einsteins mening als consensus inzetten. Later zullen we attesten schrijven waarin we stellen dat de consensus is dat het juryleden niet toegestaan behoort te worden aantekeningen te maken. Ze vormen geen onderdeel van het rechtbankverslag, maar het Derde District heeft geen moeite met het maken van nieuwe wetten. Als het bezwaar heeft tegen een jury die aantekeningen maakt, zoals intellecten als Einstein, komt er een weg vrij om Mitsuko een nieuw proces te geven. En Judy haar baan terug te geven.

Ik hef mijn champagne in een zwijgende toast op de Kloteconclusie en vervolgens op Martin, die hem zal indienen omdat hij met zijn rug tegen de muur staat. Ik neem fikse slokken van de koolzuurhoudende drank terwijl ik mijn heildronk uitbreng. De champagne is te snel op. Ik pak een nieuw glas van een ober aan. Het stijgt recht naar mijn hoofd. Ik voel me duizelig en blij. Ik vraag de barkeeper een derde glas en drink op Ned, die ik liefhad en verloren heb, dan op Brent en mijn dierbare Mike. Ik begin de uitdrukking 'geen pijn voelen' te begrijpen.

'Niet te snel opdrinken,' zegt de jonge barkeeper terwijl hij me een glas overhandigt. Hoewel zijn gezicht wazig is, zie ik dat hij een parkeerwacht van de ondergrondse garage is, vermomd in smoking.

'Mij houd je niet voor de gek, ik weet wie je bent. Anthony van de garage, klopt dat?'

Hij lacht. 'Ik houd u niet voor de gek, mevrouw Di.'

'Twee banen tegelijk, hè?'

'Ik kan kiezen, mevrouw Di. Ik kan naar mooie vrouwen kijken of een lading grote karren parkeren. Daar heb je geen hersens voor nodig.'

'We reizen incognito, Anthony.'

'In wat, mevrouw Di?'

Plotseling klinkt er een diepe stem naast me, bijna in mijn oor. Ik kijk en het is Gouden Lul, glas in de hand. Hij ziet er ook wazig uit, hoewel hij vlak bij me staat. 'Wat zei u, rechter Goud... Van Houten?' Als ik mijn vage woorden hoor, zet ik mijn glas neer.

'Ik zei: "Dat is een hele mooie jurk."'

'Dank u.'

'Het is een boerenjurk, hé? Heb je hem in Mexico gekocht, of op een andere meer opwindende plek dan Philadelphia?'

'Er is geen opwindender plek dan Philadelphia, edelachtbare.'

Hij lacht en gaat met zijn wijsvinger langs de gesmokte rand van de jurk. 'Ik hou van een geborduurde hals.'

Suf kijk ik hoe zijn vinger me aanraakt, vlak boven mijn behaloze borsten. 'Dat hoort u niet te doen. Ik ben de vrouw van Mike en ik heb geen beha aan,' flap ik eruit.

Gouden Lul is met stomheid geslagen. Op hetzelfde moment realiseer ik me dat ik te dronken ben om hier te zijn. Ik kijk of ik Judy ergens zie, maar het is niet in orde. Het enige wat ik zie zijn schele driedelige pakken. Ik mompel goedendag tegen de verbijsterde rechter en loop naar de deur.

Maar mijn ontsnappingsroute wordt geblokkeerd. Vitriool staat recht voor de deur tegen Jameson te praten. De olifant die tot de muis spreekt. Ik loop zo recht mogelijk naar ze toe. 'Sorry,' zeg ik langzaam. Spreken is een inspanning. Mijn hoofd draait.

'Mevrouw DiNunzio,' zegt Vitriool. Hij heeft een bord op de rand waarvan een berg garnalenkarkassen ligt. 'Het verbaast me u hier te zien.'

Jameson staat op zijn tenen. 'Dat zou niet hoeven, meneer Bitterman. Mary is onze ster. Ze is als een meteoriet gerezen, het afgelopen jaar.' In zijn stem klinkt duidelijk de onverholen jaloezie. Hij heeft nog meer gedronken dan ik.

'Ik moet echt gaan, Timothy.'

'Niet zo asociaal, Mary.' Jameson pakt me ruw bij de arm. 'Vertel meneer Bitterman dat je in juni maat wordt. Vertel hem hoe je mentor je ons door de strot zal duwen.'

'Timothy, ik weet niet of...'

Hij knijpt in mijn arm. 'Is dat geen goed woord, meneer Bitterman? Mentor. Dat kan van alles betekenen, niet? Leraar. Vriend. Vertrouwenspersoon. Raadgever. Kent u de oorsprong van het woord *mentor*, meneer?'

Voor één keer is Vitriool sprakeloos. Hij schudt zijn hoofd.

'Mentor was de vriend van Odysseus, aan wie de held de opvoeding van zijn zoon Telemachus toevertrouwde. Is dat niet interessant? Wist u dat Mary ook een zeer speciale mentor heeft? Een zeer machtige mentor. Sam Berkowitz is Mary's mentor. Hij zorgt heel goed voor Mary. Nietwaar, Mary?'

'Timothy, hou er mee op.' Ik probeer mijn arm los te worstelen, maar Jameson heeft een verrassend sterke greep.

'Wat denkt u, meneer? Denkt u dat meneer Berkowitz de scherpe analytische vaardigheden van Mary zo bewondert? Of is het haar uitmuntende schrijftalent? Ik bezat beide, meneer, maar onze dappere leider heeft alles wat in zijn vermogen lag gedaan om míjn benoeming te dwarsbomen. Vertel me eens, wat heeft zij volgens u dat ik niet bezit?'

Vitriool kijkt van mij naar Jameson.

'U weet het, hè, meneer? U bent een briljant man, maar ik zal u toch een hint geven. Mary is weduwe. Een vrolijke weduwe. Een zéér vrolijke weduwe.'

Vitriools mond valt open.

Ik geloof mijn oren niet. Wat Jameson zegt is ongehoord. 'Ik heb gewerkt om mijn positie te bereiken, Timothy.'

Jameson trekt me naar zich toe. 'Dat weet ik, Mary. Een grote, sterke man als Berkowitz, ik wed dat je heel wat kunt hebben...'

'Val dood!' roep ik naar Jameson. Ik wring mijn arm los.

Vitriools ogen vernauwen zich. Zijn gezicht is rood van woede. 'Mary, dat is toch niet waar!'

Ik kan de woede in zijn gezicht niet aan, ik zou hem in geen duizend jaar kunnen overtuigen. Ik voel me duizelig en licht in het hoofd. Hoofden draaien zich naar Vitriool en kijken naar ons. Ik moet ertussenuit. Ik ga recht op de deur af en ren naar de trap. Ik wankel in tranen naar beneden, zwaar leunend op de koperen reling langs Onkuisheid en Nijd. Als ik Gulzigheid heb bereikt, ben ik misselijk. Van schaamte. Van alcohol. Van slaapgebrek. Ik plof in mijn stoel en mijn hoofd valt naar voren op een koel kussen opgestapelde post.

32

Hij is razend.

Zijn lippen bewegen, hoewel ik niet kan horen wat hij naar me roept. Hij trilt van woede. Zijn gezicht is vertrokken van razernij.

We zijn alleen, hij en ik. Het is schemerdonker en zijn kantoor is leeg en zwak verlicht. De secretaresses en het andere personeel zijn naar huis. De kamer is koud, de thermostaat staat laag. Hij moet een voorbeeld stellen, zegt hij.

Er zijn foto's van hem, met andere mannen die een voorbeeld hebben gesteld. Richard Nixon. Opperrechter William Rehnquist. Clarence Thomas. Naast de foto's zijn boekenplanken vol boeken, allemaal over de wet. Juridische filosofie, juridische verslaggeving, juridische analyse. Het ene boek na het andere, in perfecte staat. En rijen gouden boeken met federale zaken, waarvan de zwarte nummers spookachtig in het halfdonker zweven: 361, 362 en 363. Hij heeft een hele collectie voor zich alleen. Hij is een belangrijk man, een juridisch wetenschapper.

Maar hij is zo kwaad. Hij gaat tekeer, heeft bijna zijn zelfbeheersing verloren. Ik heb hem nog nooit zo kwaad gezien. Ik heb nog nooit iemand zo kwaad gezien als rechter Bitterman op de dag van mijn vertrek.

Waarom is hij zo kwaad? Ik heb één artikel gedaan, meer waren we niet overeengekomen, zeg ik tegen hem. Ik heb geen tijd om meer te doen.

'Vroeger had je wel tijd!' schreeuwt hij.

'Dat is niet langer zo. Er hebben veranderingen plaatsgevonden.'

'Er is een jongeman in het spel, hè?'

Ik geef geen antwoord. Het gaat hem niet aan. Ik ben echter wel verliefd, op Mike.

'Mevrouw DiNunzio, laat ik een van de meest diepzinnige juridische geesten voor u citeren. De wet is een jaloerse minnares, en eist langdurige en constante hofmakerij. Men wint haar niet met onbeduidende gunsten, maar met eerbetoon. Het citaat is van professor Story, mevrouw DiNunzio, niet van mij. Een jaloerse minnares. Dat betekent of het een of het ander. Uw jongeman of de wet. U moet kiezen.'

'Dat heb ik al gedaan,' zeg ik hem.

Op dat moment wordt het me duidelijk, tussen droom en werkelijkheid. Ik weet waarom Vitriool zo kwaad was. Zijn speech over de jaloezie van de wet was onzin. Hij verborg zich achter de wet, die hij als dekmantel gebruikte. Toen had ik het niet door, maar nu wel. Vitriool was jaloers, gek van jaloezie op Mike. Het is bijna niet te geloven, maar het is logisch.

Ik word met een schok wakker. Vitriool staat over me heen gebogen en streelt mijn haar met een vredige glimlach. 'Hallo, Mary,' zegt hij zacht.

'Rechter?'

'Je bent me zo dierbaar.' Het lijkt wel of zijn wangen uit elkaar barsten van geluk, als een overvoede baby.

Ik kijk in paniek om me heen. De deur van mijn kantoor is dicht. Iedereen is op de receptie, drie verdiepingen hoger.

Zijn opgeblazen buik duwt tegen mijn stoel. 'Ik heb al vanaf de eerste dag dat je voor me kwam werken van je gehouden. Weet je nog?'

Ik ben te verbijsterd om te antwoorden.

'We hebben het hele jaar samen doorgebracht, jij en ik. Ik heb je zien groeien, zien leren. Ik weet dat ik af en toe hard voor je was, maar dat was voor je eigen bestwil. Ik was toen je mentor, nietwaar Mary? Ik was de enige.' Zijn stem is onnatuurlijk hoog.

Ik knik mechanisch. Ik moet bijna kokhalzen als hij me aanraakt.

'Ik heb jarenlang geprobeerd je te vergeten, toen je me verlaten had, maar het lukte niet. Geen enkele andere vrouw was goed genoeg. Stel je voor hoe blij ik was toen een van jouw zaken mij eindelijk werd toegewezen. Ik kon nauwelijks wachten tot de dag waarop je je betoog moest houden. Het was je eerste betoog, nietwaar Mary? Ik zag het. Ik dacht, ze moet nog zoveel meer leren, en er is nog zoveel dat ik haar kan laten zien. Ze heeft me nog steeds nodig.'

O nee. Ik heb dat verzoek om uitspraak gewonnen en Mike was erbij, met zijn klas. Mike.

'Ik kreeg de zaak Harbison's bijna precies een jaar later. Alsof het door het lot was bepaald. Ik plande het in om je voor me te kunnen zien en je zag er zo professioneel uit in je donkerblauwe pak. Meteen toen ik de rechtszaal binnenkwam, sprong je overeind en lachte zo hartveroverend naar me. Toen wist ik dat je hetzelfde voelde als ik. Na al die tijd.'

Natuurlijk. Dat verzoek won ik ook. Toen kwam de eerste brief: GEFELICITEERD MET JE PROMOTIE, MARY. Vitriool wist dat de overwinning me zou helpen om gekozen te worden. Waarom heb ik niet aan hem gedacht? Ik knijp mijn ogen dicht.

'Het was dwaas van me om je te laten zingen. Vergeef me, maar ik wilde testen hoe diep je liefde was. En een paar dagen geleden, bij Sam, toen ik naar je mening vroeg, gaf ik je de kans om te schitteren. Maar je was kennelijk boos op me, dus heb ik je nog een brief gestuurd. Die heb ik in de bus van Sam gestopt na onze ontmoeting van die middag. Heb je mijn brief gehad, Mary? Ik was bang dat je hem niet zou krijgen.'

Mijn hart bonst. Het bloed stijgt me naar de borst.

'Een dubbeltje voor je gedachten.' Zijn hand pakt mijn kin en hij draait mijn gezicht naar hem omhoog. Zijn ogen, bijna weggezakt in het vlees, hebben een fanatieke uitdrukking.

Plotseling vliegt de deur naar mijn kantoor open en Judy komt binnen. 'Mary, wat is er gebeurd?' zegt ze. 'Ik hoorde dat Jameson...'

'Doe de deur dicht!' roept Vitriool. Hij laat me los en trekt een zilveren revolver uit zijn jasje die hij op Judy richt. Ze kijkt in paniek van mij naar hem. 'Wat is...'

'Ik zei: "Doe de deur dicht. En op slot!"'

Judy gehoorzaamt ogenblikkelijk, met grote angstogen op de revolver gericht.

'Wie is die vrouw, Mary?' Vitriools handen richten de revolver bedreven op Judy's borst. Hij haalt met een metalen klik over.

Mijn hart bonst in mijn keel bij het geluid. 'Nee!' gil ik. Vitriool kijkt me scherp aan, een stille reprimande. Ik slik een brok weg. 'Doe haar alsjeblieft niets aan, Bill. Ze is mijn beste vriendin. Mijn liefste vriendin. Doe haar alsjeblieft niets.'

Judy knikt nadrukkelijk met grote ogen.

Vitriool laat de trekker los. 'Je beste vriendin? Goed. We zullen haar nodig hebben. Ze wordt onze getuige.'

'Inderdaad ja,' zeg ik kalm. 'Laat haar gaan, Bill. Ze moet naar huis.'

'Ze kan niet weg, ze is getuige. Bij ons huwelijk. Ik sluit het vanavond. Sta op, Mary!'

'Huwelijk?'

'We hebben geen tijd te verliezen. Ik ken de waarheid nu. Ik moet je bij die jood weghalen. Die blunderende dwaas, hij is geen jurist. Het is gewoon een paardenhandelaar. Sta op!'

Ik verroer me niet. Ik kan niet.

'Sta op, hoer!' Hij richt de revolver met een zwaai op mij.

Ik kan nauwelijks ademen. De revolver is vijf centimeter

van mijn hoofd verwijderd. Hij is van dof zilver, als een haai, en groter dan ik dacht. Groter dan Marvs pistool. Het uiteinde van de loop is recht op mij gericht, een dodelijke zwarte cirkel.

'Sta op!' Zijn schreeuw weergalmt in het kleine kantoor. Plotseling duwt hij de revolver tegen mijn voorhoofd.

Ik hoor Judy naar adem snakken.

Het koude metaal boort zich in mijn huid. Ik zit als verlamd in mijn stoel, doodsbang een centimeter te verschuiven.

Mijn ingewanden trekken zich samen. 'Ik begrijp het niet. Je moet het me... leren.'

'Wat?'

'Ik begrijp je niet, je gevoelens.'

'Mijn gevoelens?' zegt hij kregelig.

'Ja. Voor mij.'

'Daar hebben we geen tijd voor, Mary. Hoezo, mijn gevoelens? Druk je nauwkeurig uit.'

'Hou je echt van me? Ik ben niet...'

'Natuurlijk hou ik van je, natuurlijk.' Zijn hoofd schudt zachtjes. De revolverloop wiebelt tegen mijn voorhoofd.

'Ik wist het niet zeker, Bill. Ik wist het niet... wat jij voelde. Je hebt het me nooit gezegd.'

'Ik hou wel van je. Ik hou meer van je dan al die anderen.'

'Maar hoe kan ik vertrouwen op je liefde, als je...'

'Vertrouw op mijn liefde!' buldert hij. 'Vertrouw op mijn liefde! Ik heb alles voor je geriskeerd. Het was allemaal voor jou. Alles!'

Mijn adem stokt. Ik hoor het bloed in mijn oren ruisen. 'Wat heb je voor mij gedaan, Bill?'

'Ik heb hem vermoord! Je man, die onderwijzer. Hij stal je van me weg, weg van de wet. Hij kwam met die koters in mijn rechtszaal. Zo stom waren ze. Ze *applaudisseerden*, god betere het. In *mijn* rechtszaal!'

Mijn hart staat stil. Mike. Ik hoor mezelf kreunen.

'Hij was je niet waard, Mary. Hij kon je niet bieden wat ik kan. Hij leerde God betere het spelling aan kleine kinderen. Hij wist niets van de wet. Niets!'

'Heb jij mijn assistent vermoord, Bill?' Ik krijg de woorden nauwelijks over mijn lippen.

'Hij had zijn arm om je heen. Ik dacht dat hij de vorige avond met je uit was geweest. Die man met wie je bent gaan eten. Die je voor je deur zoende. Daar had hij het recht niet toe!'

Ik sluit mijn ogen. Brent. Een vergissing. 'Dus je bent me in de auto gevolgd. En hebt me gebeld.'

'Ik moest wel.'

'Waarom? Waarom moest je wel?'

'Om in je buurt te zijn. En om je te controleren. Ik moest zeker weten dat je hard aan het werk was, jezelf erop toelegde. Jij wordt afgeleid door mannen, Mary, dat weten we allebei. Ik kon het niet nog eens laten gebeuren. Je hebt een briljante carrière voor je. Ik leer je alles wat ik weet. Je zult schrijven, publiceren. Je wordt een van de besten!'

De loop boort zich in mijn slaap.

'Zie je nu hoeveel ik om je geef? Begrijp je het nu?'

Het is doodstil in het kantoor. Judy staat stokstijf voor de deur, met ogen vol afgrijzen.

'Ik begrijp nu... dat je veel voor me hebt gedaan, Bill. Maar als je echt van me houdt, geef je mij de revolver. Dat bewijst dat je echt van me houdt.'

'Ik ben niet achterlijk, Mary,' zegt hij op koude toon.

'Maar hoe kan ik geloven dat je van me houdt als je dreigt me te doden? Dat is niet... logisch, Bill. Het is niet redelijk. Jij hebt me dat geleerd, hoe belangrijk het was te testen...'

'Waarom is het hier zo warm? Waarom?' Bitter kijkt kwaad om zich heen. 'Ze stoken te hard!'

De revolver beweegt op mijn gezicht. Ik probeer mijn angst terug te dringen. 'Zo gauw je mij de revolver geeft, kunnen we trouwen. Maar ik wil niet als je gevangene. Ik ga uit vrije wil. Als je vrouw.'

'Nee, nee. Dit loopt allemaal mis.' Tranen verschijnen in zijn ogen, maar hij schudt ze weg. 'Helemaal mis. Ik heb de revolver nodig. Ik kan hem niet aan jou geven.'

'Ik word je vrouw, Bill. Voor eeuwig en altijd. Denk daaraan.'

'Het wordt niets.' Hij begint te snikken. 'Je wilt hém nu. Je wilt mij niet meer. Je hebt me verraden.' Hij boort de revolver in mijn voorhoofd, duwt me ermee achterover.

Ik voel de paniek in me bovenkomen, stik bijna. 'Nee, dat is niet waar, Bill. Het was niet waar wat Jameson zei. Ik wil jou. Ik zal hard werken, ik zal zorgen dat je trots op me kunt zijn. We worden de besten, Bill. Wij tweeën.'

Vitriool begint heftig onverstaanbaar in zichzelf te fluisteren. Tranen stromen over zijn gezicht. Ik kijk naar Judy, die vol angst toekijkt. De rechter is krankzinnig, en hij stort in elkaar als een demente Humpty Dumpty. 'Bill, geef me de revolver. Ik wil de beste zijn. Ik kan het niet zonder je. Ik heb je nodig.'

'Mary,' zegt hij huilend. 'Mary.' Het is het enige verstaanbare woord wat hij uit. De rest is krankzinnig gefluister. Zijn ogen zijn zo betraand dat hij niet kan zien. Hij gaat opzij om ze met zijn mouw af te drogen en de revolver schuift enigszins van mijn slaap.

Het is mijn enige kans. En die van Judy.

Ik pak de loop vast en trek uit alle macht de revolver uit zijn handen.

Vitriool kijkt gechoqueerd, en dan woedend. 'Mary, wat doe je nu!' Zijn ogen zijn glinsterende spleetjes.

'Achteruit! Ga uit mijn buurt!' schreeuw ik. Ik richt het

zware pistool op hem en ga staan, met knikkende knieën. Ik houd de revolver met twee handen vast, zoals Marv zei.

'Ik ga hulp halen!' roept Judy. Ze opent de deur en rent weg. Zo snel als zij is, twee treden tegelijk, is ze in enkele minuten van Gierigheid terug op Gulzigheid.

'Achteruit, rechter!'

'Dat meen je niet,' zegt hij plotseling met een stem vol venijn. De tranenvloed is abrupt opgehouden, evenals zijn gemompel.

'Achteruit!' Ik richt de revolver hoger, recht op zijn ogen. 'Nu!'

Hij loopt achterwaarts naar de boekenkast en sniert naar me.

'Blijf daar! Ik meen het!' Ik houd mijn armen gestrekt voor me. De revolver trilt enigszins terwijl ik de geribbelde houten greep vastpak.

'Je zou me nooit iets aandoen.'

'Blijf staan!' Ik probeer de revolver stil te houden. Er is een gravure in de stalen loop. s&w .357 magnum. Jezus, het is doodeng zoiets vast te houden. Iets dat zoveel kracht in zich bergt. Het kan in een oogwenk doden. Ik zou in een oogwenk kunnen doden. Het besef raakt me met evenveel kracht als welke kogel ook. Er zijn geen getuigen. Ik zou ongestraft een moord kunnen plegen.

'Je kunt me niets aandoen. Je houdt van me.'

'Nee. Ik hou van Mike.'

Vitriool krimpt ineen. 'De onderwijzer? Vergeet die man, hij was niet beter dan een hond. Daarom heb ik hem vermoord. Hij is als een hond gestorven, ook. Op straat.' Hij lacht zacht.

Ik kan hier niet naar luisteren. Ik kijk langs de loop van de revolver. Aan het eind zit een oranje vizierkorrel. Ik breng hem op een lijn met het kleine Amerikaanse vlaggetje dat

Vitriools dasspeld vormt. Mijn hand beeft een beetje, maar het is gemakkelijker een revolver te richten dan ik dacht.

'Hij stelde niets voor. Onbeduidend. Zwak. Als je zijn gezicht had gezien...'

'Hou op!' Het vlaggetje is de roos geworden. Ik concentreer me erop en haal diep adem. Eenmaal, dan nogmaals. Absolute kalmte komt over me. Vitriool staat op een meter afstand van me, een groot doel. Ik heb het wapen. Ik kan het gebruiken. Hij heeft twee onschuldige mannen vermoord, mannen van wie ik hield. Ze verdienden het niet om te sterven. Hij wel en ik kan hem vermoorden. Het enige wat ik hoef te doen is de trekker overhalen. Het ultieme terugpakken.

'Hij kermde als een...'

'Houd je kop!' spuug ik hem toe, met een stem die ik nog nooit gehoord heb. Ik heb een seconde voor Judy terug is.

'Mary...'

'Houd je kop!', zei ik. Houd je kop!' Ik kijk langs de loop naar zijn uitdrukking van minachting en walging. Ik laat de trekker een fractie vieren. De haan, met geribbeld stootkussen valt ietsje terug. Dan volgt de luide metalen klik die ik eerder heb gehoord als de cilinder een milimeter draait. Het is allemaal zeer mechanisch. Een bijzonder goed ogende moordmachine, precisie in de Verenigde Staten van Amerika ontworpen. Als ik de trekker een fractie overhaal zullen de heren Smith en Wesson Vitriool voor me doden. Ik hoef het niet eens zelf te doen.

Ik hef de revolver en krijg het vlaggetje in zicht. En dan trilt mijn hand niet meer. 'Geef me één goede reden,' zeg ik tegen hem.

33

D an hoor ik de stem. Ik herken hem plotseling. Ik weet nu wie het is.

Ik dacht dat het de stem van Mike was, maar hij is het helemaal niet. Het is evenmin de stem van de duivel of een engel. Het is de stem van mijn ziel, die behendig uit het gat probeert te klimmen dat ik stelselmatig en dagelijks vanaf het moment van mijn geboorte voor hem heb gegraven.

Ik ben het die mijn eigen ziel probeert te redden.

Gij zult niet doden.

Maar ik heb gedood. En ik wil het nu. Zo graag.

Spaar hem. Verlos jezelf.

Verlos jezelf. Het weerklinkt in me, in mijn wezen. Verlossing.

Ik kan het verleden niet veranderen, maar ik kan de toekomst maken. Ik weet wat doden me eerder heeft gekost. Deze keer heb ik een keuze. Ik kies om het niet te doen.

Ik laat de trekker los. De haan klikt terug met een laatste klik.

Op hetzelfde moment verschijnt Judy doodsbang in de deuropening, gevolgd door Berkowitz, Einstein, Gouden Lul en een aantal gechoqueerde rechters. Gedurende de seconde dat ik omkijk, werpt Vitriool zich in mijn armen. 'Geef me die revolver!' brult hij.

Door zijn gewicht val ik tegen mijn bureau. Ik voel hoe zijn handen ter hoogte van mijn borst naar het wapen graaien. Plotseling gaat het wapen met een oorverdovende knal af. Ik hoor mezelf schreeuwen. De kracht van de explosie weer-

kaatst in mijn oren en trilt in mijn arm. Even weet ik niet zeker wie er geraakt is.

Een blik op Vitriool geeft me het antwoord. Zijn gezicht is
vertrokken van pijn en verbazing. Hij zakt langzaam achterover, en valt zwaar op de vloer. Zijn aan flarden gereten overhemd is zwart van de rook, zijn das is in twee gerafelde helften gescheurd. Er verschijnt een bloedrode knop op de plaats
van zijn hart, die vermiljoen uitbloeit terwijl hij verwrongen
op het tapijt ligt. De lucht in de kamer stinkt naar vuur en
rook.

Berkowitz rent naar Vitriool die op de vloer ligt uitgestrekt
terwijl zijn bloed over het tapijt stroomt. 'Jezus,' zegt Berkowitz als hij naar me opkijkt. 'Hij is dood.'

Alle verzamelde rechters kijken me ongelovig aan. Gechoqueerd. Vol afgrijzen.

Ik verstijf als ik het oordeel in hun ogen lees. Ik ben sprakeloos, sta te trillen op mijn benen, verkeer in shock. Ik wil
het uitleggen maar ben er niet toe in staat. Ik kan alleen maar
terugstaren. Het is de dag des oordeels. Ik wist dat die er aan
zou komen. Het was slechts een kwestie van tijd.

'Jezus, Mary!' roept Berkowitz. Hij pakt de revolver uit
mijn handen en sluit me in zijn armen. Ik voel een enorm gewicht in mijn borst, van mijn hart dat breekt. Ik begin te huilen, eerst met horten en stoten, dan niet meer te stuiten. Ik
huil niet om Vitriool. Ik huil om Mike en om Brent.

Die avond, als een gelouterde Lombardo zich heeft laten zien,
rijdt Berkowitz me zelf naar huis. Ik voel me volledig leeggezo-
gen als ik in de glanzende Mercedes-Benz zit, die naar zacht
leer en verschaalde sigarettenrook ruikt. Berkowitz opent het
portier voor me en biedt aan met me mee naar boven te lopen,
maar dat sla ik af. Het is niet nodig. Ik ben veilig, nu. Geen telefoontjes meer, geen brieven. Mijn lege flat is weer van mij alleen.

De deur gaat achter me dicht en ik leun er in het donker tegenaan. Ik sta daar een eeuwigheid, denkend aan Mike die mijn angst in liefde veranderde, alleen door zijn geduld en gevoel. Ik kan niet geloven dat hij er niet meer is, het is zo vreselijk dat hij dood is en zo'n pijn heeft geleden. Ik voel me opnieuw door verdriet overmand, ik vraag me af of ik mezelf ooit heb toegestaan werkelijk om hem te rouwen. Misschien ben ik te snel overgegaan naar het volgende punt op de agenda.

Mijn gedachten gaan naar Brent, die zo onschuldig was. Een echte vriend, een man vol liefde. Zijn zanglerares had gelijk: hij had zoveel levensvreugde. Hij is er niet meer, weggemaaid door dezelfde man. Per ongeluk. Op de een of andere manier maakt dat het nog veel erger. Vitriool. Hij was bitter en slecht om een reden die niemand ooit zal achterhalen. Werkelijk de duivel. Hun dood was zijn werk. Het was zijn schuld, niet de mijne. Nu is hij er ook niet meer. Dat heb ik gedaan, daar ben ik verantwoordelijk voor. Meer niet.

Even later sta ik te huilen, met luide snikken, en ik kan er niet mee ophouden. Ik voel me door verdriet overmand en val voor de gesloten deur op mijn knieën. Ik kan niet geloven dat ik Mike en Brent nooit meer zal zien.

Ik zou willen dat ik op kon houden met huilen, maar het lukt niet en even later hoor ik een luid gebonk tegen de deur. Alleen staat er niemand op de deur te bonzen.

Het is mijn eigen schedel.

34

FEDERAL ATTRACTION! luidt de zeven centimeter hoge kop in de ochtend-editie van *The Philadelphia Daily News.*

RECHTER VALT VROUWELIJKE ADVOCAAT AAN: OFFICIER VAN JUSTITIE CONCLUDEERT NOODWEER, luidt de minder opvallende kop in *The Philadelphia Inquirer,* de meer gematigde zusterpublicatie.

Ik lees de kranten niet, wil ze zelfs niet onder ogen krijgen. Ik wil alleen weten of Berkowitz mijn naam uit de krant heeft gehouden zodat ik in deze stad weer jurist kan zijn. Ooit.

'Ik zie hem nergens,' zegt Ned, die de artikelen aan mijn keukentafel doorneemt. Zijn das is zorgvuldig in een wit katoenen hemd gestopt. Hij is op weg naar zijn werk langsgekomen om te kijken hoe het met me ging, met bosbessenmuffins. Hij heeft niet geprobeerd me te omhelzen of te zoenen. Hij scheen aan te voelen dat ik behoefte had aan afstand.

'Goed zo.'

'Je zou jezelf de tijd moeten gunnen voor je weer aan het werk gaat, Mary.' De muffins liggen in kruimels op het bord voor ons.

'Dat zal ik ook doen, deze keer.'

'Ik zal wel voor je waarnemen. Maak je nergens druk om.'

'Dank je. Ik zal het goedmaken.'

Ned glimlacht raadselachtig.

'Wat is er?'

'Dat vertel ik je nu niet. Je hebt genoeg verrassingen gehad.' Hij vouwt de krant op en legt hem op tafel.

'Vertel, Ned.'

'Het is eigelijk wel een goede verrassing. Wil je het echt weten?' Zijn groene ogen glanzen.

'Zeker.'

'Ik neem ontslag. Zo gauw jij terug bent.'

'Wat?' Het is zo onverwacht, dat ik even niet aan mijn sores denk.

'Ik heb daar geen toekomst. Ik word geen maat.'

'Hoe weet je dat?'

'Berkowitz heeft het me verteld.'

Nu ben ik werkelijk in de war. Ik ga rechtop zitten.

'Hij vertelde me het in zijn kantoor, toen ik hem wilde vragen hoeveel maten ze wilden aanstellen.'

Ik herinner het me, de belangrijke conversatie die hij vermeed tijdens het eten die avond.

'Berkowitz zei me dat ik nooit een van hen zou worden, hoeveel ze er ook zouden aanstellen.'

'Waarom?'

'Hij zei dat ik het niet in me had. De *cipollini*, denk ik dat hij bedoelde.' Hij trekt een scheve grijns.

'Dat is belachelijk.'

'Nee, niet waar. Hij heeft gelijk, Mary. Ik besefte het niet tot hij het zei, maar hij heeft gelijk. Ik heb er de instelling niet voor. Ik ben zelfs niet graag advocaat. Ik deed het alleen om iets aan mijn vader te bewijzen.'

Ik weet niet hoe ik moet reageren. Er valt een stilte.

'Ik heb hem gesproken, weet je,' zegt hij.

'Je vader?'

'Ja. Ik zei toch dat ik dat zou doen. Ik heb je erover gebeld, maar je belde niet terug.' Hij huivert licht.

'Ned...'

'Het geeft niet, je hebt het uitgelegd. Na de laatste brief zou ik mezelf zijn gaan verdenken. Hoe dan ook, mijn vader heeft je nooit laten volgen, maar hij heeft alles van je nagetrokken. Hij zocht je naam in Lexis op en trok alle zaken waar jij aan werkte naar zich toe.'

'Waarom?'

'Om te zien hoe de competitie was. Om in te schatten hoeveel kans ik maakte om maat te worden. Daarom keek hij naar je tijdens je depositie.'

'Jezus.'

'Hij trok Judy ook na, en mij. Hij zei dat hij wilde weten waar ik mee bezig was. Ik geloof niet dat het ooit bij hem op is gekomen om de telefoon te pakken.'

Hij speelt in gedachten verdiept met een stukje bosbes.

'Heeft hij ook iets gezegd over het rommelen met dossiers?'

'Nee, ik denk niet dat hij dat zou doen, dat zou tegen zijn principes zijn. Je vrouw slaan is oké, maar rommelen met dossiers, dat niet.'

'Hoe was het om hem te zien?'

'Hij is ouder geworden. Zijn haar is helemaal grijs.'

'Denk je dat jullie...'

'Nee, vrienden zullen we nooit worden, als dat je vraag is. We zullen elkaar van tijd tot tijd wel spreken, maar dat is het. Behalve zijn haar is er niets aan hem veranderd, dat is me duidelijk. Ik vroeg of hij met me in therapie wilde. Dat kwam bijzonder goed over.' Hij produceert een zure glimlach.

'En, wat ga je nu doen? Als werk?'

Ned steekt een bosbes in zijn mond. 'Ik weet het nog niet. Rechten doceren, zeilles geven. Trouwen, thuisblijven met de kinderen. Alle tien. Wat vind je?'

'Verwacht je daar een antwoord op?'

'Ik heb een Miata, wat wil je nog meer?'

'Een aanhouding.'

'Helemaal de advocaat, mevrouw DiNunzio. Helemaal de

advocaat.' Hij lacht hartelijk, met zijn hoofd achterover. Hij ziet er opgewekt en vrij uit.

'En, krijg ik het?'

'Aanhouding toegewezen,' zegt hij.

Alice, die onder de keukentafel zat, geeft kopjes tegen zijn been.

35

Het is achtentwintig juni, de eerste verjaardag van Mikes dood.

Ik rijd langzaam over de gladde asfaltweg naar de roze magnolia. Voor mij is dat Mikes boom, hoewel er minstens zestig andere graven in de schaduw ervan liggen. Ze waaieren onder de stam van de magnolia uit in concentrische cirkels, ring na ring met grafstenen.

Ik parkeer aan de kant van de weg, waar ik altijd de auto zet. Ik zet de motor af en de airco stopt piepend. Buiten de auto is de lucht vochtig en aangenaam. De radio waarschuwde voor onweersbuien vanmiddag, en dat wil ik geloven. De lucht is zo nat dat je weet dat de onderkant moet openscheuren, als een servetje volgezogen met water.

Het is stil op het kerkhof. De enige geluiden komen van de auto's op de snelweg in de verte en het onderbroken gekibbel van de eekhoorns. Ik loop naar Mikes graf. Een jaar geleden lag het nog op de buitenste ring, maar nu ligt het naar het midden. Er komen meer graven bij, meer mensen overlijden. Net als de ringen van de magnolia zelf is het een teken van de voortgaande tijd, het voortgaande leven.

Voortgaande dood ook.

Ik loop langs de grafmonumenten met namen die ik niet herken tot ik bij de graven ben waarvan de namen me bekend voorkomen. Het lijkt of ik deze mensen ken. Het zijn in zekere zin Mikes buren en het lijkt me een goed stel. Bij ANTONELLI is VADER opnieuw ingekerfd, zijn familie is heel attent voor hem. Het graf van Lorenz is kaal, hoewel op haar steen het grafschrift ALTIJD VRIENDELIJK, GOEDGEEFS EN VROLIJK staat. Ik hou van mevrouw Lorenz, dat kan toch niet anders?

Ik kom langs BARSON, die alleen ligt, aan de rechterkant. Het is een kindergraf en in de roze marmeren steen staat een ballerina geëtst. Er zit vandaag een Barbiepop met uitgestrekte benen in piepkleine stilettohakken. Ik kan nooit lang naar BARSON kijken en haast me voorbij naar MARTIN. Er is altijd iets gaande bij MARTIN. Het gonst er van activiteit, voor een laatste rustplaats. Vandaag zie ik dat de luidruchtige familie alweer een struik heeft toegevoegd aan de omheining die hun moeders graf omgeeft. Ik begrijp niet hoe ze ertoe kunnen komen boven op iemand die ze hebben liefgehad te tuinieren.

Ik ben bij Mikes graf aangekomen en veeg de omgekrulde magnoliablaadjes weg die op de bobbelige bovenkant zijn gevallen. Ik raap een snoeppapiertje van zijn graf zoals ik kattenhaar van zijn truien haalde. Ik mag dan geen struiken op zijn hoofd planten, maar ik vind het wel belangrijk hoe hij eruitziet. Ik verfrommel het afval in mijn hand en ga zitten met mijn gezicht naar zijn monument.

LASSITER, MICHAEL A.

Het is een sober monument van graniet, maar zeer opvallend. Of misschien voel ik het zo omdat Mikes naam zo onherroepelijk en helder in het graniet staat gebeiteld en ik niet had verwacht zijn naam op een grafsteen te zien. Nog niet. Niet als het me nog vers in het geheugen ligt dat ik zat te krabbelen op een geel notitieblok tijdens onze verloving.

Mevr. Mary Lassiter.
Mevr. Mary Lassiter DiNunzio.
Mary Lassiter-DiNunzio.

Ik hield uiteindelijk mijn eigen naam, maar ik moet een politiek gezien niet correcte ontroering bekennen toen de post aan mevr. Michael Lassiter geadresseerd werd. Want dat was ik van binnen, geheel de zijne.

Nog steeds.

Ik heb geleerd dat je niet ophoudt van iemand te houden omdat hij of zij doodgaat. En je stopt niet van iemand te houden die dood is omdat je van iemand anders bent gaan houden. Ik weet dat dit de natuurwet overtreedt die zegt dat twee dingen niet tegelijkertijd dezelfde ruimte kunnen innemen, maar dat is toch nooit het geval geweest met het menselijk hart.

Ik haal diep adem en sluit mijn ogen.

'Kijk eens!' gilt een kinderstem in mijn oor. 'Kijk eens wat ik heb!'

Ik kijk en zie een peuter met blauwe ogen en een wit schortje aan. In haar mollige armpjes heeft ze een krans met scharlakenrode rozen en een paar miniatuurversies van de Amerikaanse vlag. Het kind is blijkbaar langs de graven aan het winkelen geslagen. 'Jij hebt een heleboel.'

'Ik heb een heleboel!' zegt het kleine meisje. 'Ik heb het gevonden! Dat mag!' Ze springt op en neer en er valt een vlag op de grond. 'O, o, vlag.'

Een vrouw in een stijf linnen pak komt aanrennen en neemt het kind bij de arm. 'Sorry dat ze u heeft gestoord,' zegt ze opgewondem. 'Lily, waar heb je in hemelsnaam die dingen vandaan?'

Lily worstelt om de gevallen vlag op te rapen. 'Vlag, mammie. Vlag.'

'Ze is niet lastig. Ze is lief.' Ik raap de vlag op en geef hem aan Lily.

'Dankwel,' zegt Lily heel duidelijk.

'Waar zouden deze dingen vandaan komen, denkt u? Ik

zou het erg vinden als ik ze op de verkeerde... plek legde.'

'De vlaggen horen bij de soldaten, daar in die bronzen vlaggenhouders. De VFW geeft de vlaggenhouders, denk ik. Die daar, HAWLEY, hij is in Vietnam geweest.'

'O, jee. Die arme man.' Ze draait zich bezorgd om. 'Waar denkt u dat die krans hoort?'

Ik kijk ernaar. Ik heb geen idee waar hij hoort. 'Ik neem de krans wel.'

'Dank u. Nogmaals mijn excuses.' Ze geeft mij dankbaar de krans en hijst Lily op haar heup. 'Kunt u me zeggen hoe ik de soldaten kan vinden?'

'Ja hoor. Gewoon naar de vlaggenhouders kijken.'

Lily huilt van teleurstelling als haar moeder bij MACARRI-CI, WAINWRIGHT en HAWLEY de vlaggen in de houders steekt. Ik steek mijn duim naar haar op.

Ik bekijk de krans. De rozen zijn fluweelrood, met groen ijzerdraad aan de ronde krans bevestigd. Er zit zelfs een groen houdertje aan om de krans rechtop te laten staan. Ik pak hem en zet hem aan het hoofdeinde van Mikes graf, recht onder LASSITER. Op het witsatijnen lint staat met gouden letters:

DIERBARE ECHTGENOOT

Ik kijk er lang naar.

Het staat goed.

36

En maand later, ik ben in mijn nieuwe kantoor bij Stalling en Webb. Aan de muur hangt een antieke lappendeken die ik in Lancaster County heb gekocht, van de Amish. Het wordt een vriendschapskleed genoemd en de namen van de makers en hun beste vriendinnen zijn er in twaalf heldere kleuren opgeborduurd. Pasgeleden heb ik alle namen gelezen. Emma Miller uit Nappanee, Indiana. Katie Yoder, uit Brinton, Ohio. Sarah Helmuth uit Kokomo, Indiana. Ik denk graag aan die vrouwen, wier levens zo anders waren dan het mijne maar die elkaar zo belangrijk vonden. Dat hebben we gemeen, en het schept een band tussen ons.

Ik zit hierover te denken terwijl Judy aan de andere kant van mijn nieuwe bureau zit, een Ierse boerentafel die Stalling meer heeft gekost dan een Ierse boerderij. Ze loopt met het meest recente voorbeeld van Kurts handwerk, stekelhaar dat lijkt op dat van Jean Seberg. Het kapsel accentueert misschien zelfs onbedoeld haar blauwe ogen en de welving van haar geprononceerde jukbeenderen. Het maakt haar mooi, vooral als ze lacht. Ze is een goede vrouw, ik voel me dankbaar haar te kennen. Haar in mijn leven te hebben.

'Waarom kijk je zo naar me, Mary?' vraagt ze met een geamuseerde frons.

Ik probeer de brok in mijn keel weg te slikken. Hoe kan ik zeggen *ik hou van je*? Haar ogen ontmoeten de mijne en éénmaal dwingt ze me niet het onzegbare te zeggen. Ze weet het toch. Ze was niet voor niets nummer één.

'Nou, wat denk je?' vraagt Judy grinnikend. Ze gebaart

naar de berg vuile herensokken midden op mijn kostbare rustieke bureau. 'Ik wed dat ze van je verwachten dat je ze wast.'

Ik schraap mijn keel. 'Ik vind het een goed teken. Ze behandelen mij net zo slecht als ze elkaar behandelen.'

Ze glimlacht. 'Dus je hebt maar vijftigduizend verloren. Niet al te beroerd.'

'Zakgeld.'

'Een fooi.'

'Gekkengeld.' Ik lach. 'Weet je, het was veel minder dan Hart vroeg. Ze vonden hem vast niet aardig. Vooral de vrouwelijke ploegbaas uit Ambler. Ze zag dat het een klootzak was.' Ik ruik de nederlaag, maar het is bij lange na niet zo pijnlijk als ik had gedacht. Ik denk dat het dingen in hun perspectief plaatsen heet, maar ik ben er niet zeker van. Ik heb het niet eerder meegemaakt.

'Ze hadden aantekeningen moeten maken, dan had je een grond voor beroep gehad.' Ze giechelt.

'Inderdaad. We staan 0-2 sinds we Mitsuko hebben verloren. We zijn vast de enige advocaten die als team zijn gekastijd door het Derde District, en in recordtijd. Wat zeiden ze ook weer?'

Ze gaat recht zitten en probeert kritisch te kijken. 'Ik citeer: – "Een stoute poging van een tweetal overambitieuze raadslieden om de federale regels van beroepsprocedure te omzeilen door de opzettelijke toevoeging van beëdigde verklaringen die niet te boek staan."'

'Ze kunnen niet tegen een grapje.'

'Bingo.'

We schieten allebei in de lach. 'We hebben er twee verloren, Jude. We doen het goed.'

'Maar we zijn nu maten. We kunnen ongestraft de mist ingaan.'

'Weet je, het is niet erg dat we Mitsuko hebben verloren. De Klote-conclusie was een mooi stuk werk. Martin moest het toegeven, hoewel hij te lamlendig was om het te onderte-kenen.' Ik ga verzitten op de geborduurde stoel die Martin me heeft geleend. Elke ochtend moet ik mijn zitvlak op een nest kleine uiltjes planten.

'Klopt. En zelfs al heb je je proces verloren, de zaak is goed ontvangen, werkelijk. Je kruisverhoor van Hart was ook goed. Je vroeg niet te veel, stopte precies op het juiste mo-ment.'

'Je eindpleidooi was goed, Mary. Verdomd goed!' Judy schudt haar bizarre kapsel.

'Je meent het!'

Haar blauwe ogen glitteren. 'Weet je, jij en ik zouden de helften van een heel sterk geheel kunnen vormen.'

'Wil je trouwen?'

Ze grinnikt, met spleetjes tussen haar tanden. 'In zekere zin.'

Uiteindelijk besef ik waar ze heen wil. 'Meen je dat?'

'Zeker wel. Jij zou de rechtszaal kunnen doen en ik het pa-pierwerk. We zouden er iets van kunnen maken, een eerste-klas bijproduct kunnen brengen. Een boetiekpraktijk heet dat tegenwoordig.'

'Wacht even, Judy. We zouden wat toegeschoven krijgen van Stalling, maar ik zou me zorgen maken waar we cliënten vandaan moeten halen.'

'Jij zou je zonder meer zorgen maken. Dat zit in je en het moet eruit komen. We beginnen klein, dat wel, maar ik heb nog niet de helft van het geld dat ik hier krijg nodig. Jij wel?'

'Niet echt. Ik heb geen tijd om het uit te geven.'

'Ik ook niet. Zelfs met catalogi is de schade die je aan kunt richten beperkt. Behalve Victoria's Secret.'

'Aha! wat koop je bij hen? Je draagt niet eens een beha. In

onze nieuwe firma zou je een beha moeten dragen. Ik wil geen...'

Judy gooit een zwarte sok naar me, maar ik duik. 'Maak jij het maar belachelijk, het is een goed idee. Je zou discriminatiezaken kunnen doen, maar dan voor de eiser. Probeer het voor je te zien. Het goed hebben *en* iets goeds doen.'

'Voor de engelen werken, hè?' De gedachte raakt een gevoelige snaar.

'Daar ga je weer! Je vertegenwoordigt al jaren gedaagden. Je kunt iedere manoeuvre aan zien komen, klopt dat?'

'Misschien.'

'Wil je het dan? Laten we het doen. Laten we het godverdomme gewoon doen!' zegt Judy opgewonden. Die vrouw kan in twee minuten van de eerste naar de hoogste versnelling schakelen. 'We hebben Stalling niet nodig, Mare, we zijn hier alleen maar twee monden meer om te voeden. We zijn acht jaar geweest, nu is onze tijd gekomen. Kom op! Verder en opwaarts!'

Ik kijk naar haar. Ze voelt niets van mijn twijfel. Judy houdt van uitdagingen. Ze beklimt bergen voor haar plezier. 'Denk je dat het zo gemakkelijk gaat?'

'Ja.'

Ik kijk haar met half dichtgeknepen ogen aan en ze grinnikt.

Met wie kun je beter over een afgrond springen dan met iemand die bergen beklimt, zegt de stem.

Ik glimlach, aanvankelijk niet van harte, maar dan verandert het in uitbundig gelach. Het lijkt wel of mijn hart zich opent. 'Oké. Oké. Oké!'

'Oké!' Judy springt een gat in de lucht, met uitgestrekte armen, en danst rond mijn boekenplanken. 'Ze zei oké!'

Ik heb een grote grijns op mijn gezicht. 'Hoe gaan we heten?'

Ze draait haar billen in het rond. 'DiNunzio en Carrier! En anders Bert en Ernie!'

'Nee, het moeten vrouwen zijn! Lucy en Ethel?'

'Thelma en Louise.'

'Die niet, ze gaan dood op het eind. Wacht, we vergeten iets. We nemen mevrouw p. mee, goed?'

'Natuurlijk. We hebben iemand nodig om ons welterusten te wensen.'

Plotseling verschijnt mevrouw Pershing in de deur en verstoort ons feest. 'Als je over de duivel spreekt,' zeg ik terwijl Judy voorbij swingt en haar vastpakt.

'Ooo!' zegt ze. 'O jee!'

'Laat die secretaresse gaan,' zeg ik, aangezien ik niet zeker weet of mevrouw p. van de lambada houdt.

'Ah,' zegt Judy.

Met rode wangen strijkt mevrouw Pershing haar haren nodeloos in haar knotje. 'Allemachtig. Tjonge jonge. Dat was... spannend.'

Judy maakt een buiging. 'Dank u, mevrouw p.'

Mevrouw Pershing lijkt enigzins verward. 'Mevrouw DiNunzio, ik dacht dat ik uw stem hoorde, maar ik ben verbaasd u hier te zien.'

'Dacht u dat ik vandaag niet zou komen, nadat ik verlies had geroken vanwege die gemene jury?'

'Nee, dat is het niet. Maar heb ik u net niet boven gezien?'

'Nee. Ik ben helemaal niet boven geweest.'

Met haar rug naar mevrouw Pershing trekt Judy een gezicht dat zegt: mevrouw Pershing heeft ze niet allemaal op een rijtje.

'Dat is vreemd,' mompelt ze hoofdschuddend. 'Ik zou kunnen zweren dat ik u net in de receptieruimte zag zitten.' Ze hobbelt weg, in de war. Ik heb plotseling een scherp déjà vu-gevoel. Ik zie mijn moeder, die net zoals mevrouw

Pershing zojuist wegliep, als ik deed of ik Angie was. Plotseling valt het dubbeltje op z'n plaats. Ik spring uit mijn stoel en vlieg de deur uit.

'Mary?' roept Judy me achterna.

'Zo terug, collega!'

En weg ben ik, de trap op met twee treden tegelijk, tot ik bij de receptie ben. Ik zie haar alleen op een witte bank zonder leuning zitten. Ze ziet er precies zo uit als ik, met uitzondering van haar elfenkapsel. En een koffer.

Ze staat op als ze me ziet. 'Hallo, schoonheid,' zegt ze.

Dankwoord

Ik meen dat het Tsjechov was, of Tolstoj, een van beiden, die van iemand heeft gezegd dat het de buitengewoonste gewone persoon was die hij ooit had ontmoet. Ik weet dat zulke mensen bestaan, want ik ben met ze bevriend, en bij de voorbereidingen en het schrijven van dit boek heb ik er nog veel meer leren kennen. Ik ken er inmiddels zoveel dat ik vrees dat ik ze allemaal heb gevonden en dat u achter het nest vist.

De eerste in deze categorie is mijn agent, Linda Hayes van Columbia Literary Associates. Het was Kermit de Kikker – dat weet ik vrijwel zeker – die iets heeft gezegd over de fantastische dingen die kunnen gebeuren als er ook maar één ander levend wezen in je gelooft. Linda was het eerste levende wezen (familie en geliefden daargelaten) dat in me geloofde. Zij heeft mij en dit boek gekoesterd alsof ze ons allebei zelf het leven had geschonken. Linda is echt een heel bijzonder gewoon iemand. Ik sta voorgoed bij haar in het krijt.

En ze heeft een geweldige mensenkennis. Ze heeft me voorgesteld aan Carolyn Marino, ook zo'n buitengewoon gewoon iemand, die mijn editor bij uitgeverij HarperCollins is geworden. Carolyn geloofde ook in mij, en daar ben ik haar dankbaar voor. Bovendien kon ze heel goed beoordelen waar het in het boek om draaide, en wat er beter aan kon. Dat ze me dat goed kon uitleggen en dat ik het redactieproces als zo prettig heb ervaren, komt door haar tact, intelligentie en fijngevoeligheid.

Ook Chassie West wil ik bedanken voor haar enorm waardevolle (en geestig geformuleerde) suggesties.

Bij het voorbereiden van dit boek heb ik nog meer buitengewone gewone mensen leren kennen. Er waren goede katholieken bij, bergbeklimmers, een priester, gynaecologen, politiemensen van het korps in de stad waar ik woon en in Philadelphia, een uitgetreden non, religieuzen van een kloosterorde, en Eileen van de Dusty Roads Gunshop, die meer van revolvers afweet dan goed is voor een mens. Deze mensen hebben al mijn vragen, zorgvuldig en zonder ooit op hun horloge te kijken, beantwoord, terwijl ik voor hen toch niet meer was dan een dame met een blocnote. Bedankt allemaal.

Ten slotte wil ik uit de grond van mijn hart dank zeggen aan mijn familie, de eersten die in mij geloofden, en in het bijzonder aan mijn dochter; en ook de vrienden en vriendinnen die me hebben gesteund – allemaal heel bijzondere gewone mensen – Rachel Kull, Judith Hill, Susan White, Laura Henrich, Franca Palumbo en Jerry Hoffman. Mijn bijzondere dank gaat uit naar Fayne Landes en Sandy Steingard voor de psychiatrische consulten (niet ten behoeve van mezelf, maar van mijn hoofdpersoon), naar Liz Savitt, die me met haar tomeloze energie en moed tot schrijven heeft aangezet, en naar Marsha Klein, die me heeft geholpen een heel klein beetje moed in mezelf te ontdekken.

Meer had ik niet nodig.

LISA SCOTTOLINE

Laatste kans

Advocate Grace Rossi in Philadelphia die na een scheiding de eindjes aan elkaar probeert te knopen, werkt parttime voor rechter Armen Gregorian. Wanneer deze haar vraagt hem te assisteren bij het onderzoek in een spraakmakende moordzaak, is ze in de wolken over haar nieuwe taak. Maar complicaties blijven niet uit. Binnen vierentwintig uur ontstaat er een warmbloedige liefdesrelatie tussen Grace en de rechter.

De volgende ochtend gebeurt het onvoorstelbare: Gregorian wordt dood aangetroffen in zijn kantoor. Zelfmoord, zo lijkt het. Grace vermoedt dat er meer achter steekt en gaat op onderzoek uit. De vraag die haar vooral bezighoudt is: waarom zou een hartstochtelijk man als Gregorian op het hoogtepunt van zijn carrière een pistool op zijn hoofd richten?

'Scottoline presenteert in *Laatste kans* een intrigerende cast van personages wat resulteert in een opwindende, van actie bruisende leeservaring.'

– *Publishers Weekly*

LISA SCOTTOLINE

Op de loop voor de wet

Rita Morrone is zowel een bekwaam pokerspeelster als een briljant advocate. Waar ze zich ook inzet, aan een kaarttafel of voor een jury, ze houdt ervan risico's te nemen, en ze heeft een hekel aan verliezen - een licht ontvlambare combinatie.

Rita Morrone neemt de verdediging op zich van een befaamde rechter, de edelachtbare Fiske Hamilton die ervan wordt beschuldigd dat hij zijn secretaresse heeft lastiggevallen.

Plotseling bevindt Rita zich in het middelpunt van een moordzaak en raakt de zaak in een stroomversnelling.

De rechter, de hoofdverdachte, komt met een alibi op de proppen dat op niets blijkt te berusten.

Rita Morrone graaft diep in de achtergronden van de moord. Ze ontdekt dat de achtenswaardige rechter een geheim leven leidde. Wanneer de moordenaar de inzet verhoogt, besluit Rita Morrone haar hoogste troefkaart uit te spelen: haar leven.

'...een geestige thriller met een geweldige vaart. Het was een genot om Rita Morrone, Lisa Scottolines goedgebekte, spijkerharde heldin, te volgen in deze behendig gecomponeerde misdaadroman.'

– Phillip Margolin

LISA SCOTTOLINE

Gezocht wegens moord

Advocate Benedetta 'Bennie' Rosato in Philadelphia, gespecialiseerd in zaken die te maken hebben met gewelddadig politieoptreden, heeft haar handen vol.

Haar nieuwe cliënt heeft vergevorderde plannen de directeur van een farmaceutisch bedrijf te vermoorden. Dezelfde dag zet Mark Biscardi, haar ex-geliefde en huidige zakenpartner, haar uit de maatschap, ten gunste van een ambitieuze en mooie associé.

De volgende morgen wordt Mark dood aangetroffen achter zijn bureau. Bennies alibi is zwak en algauw blijkt dat Mark haar in zijn testament twintig miljoen dollar heeft nagelaten. De politie probeert een zaak tegen haar op te zetten, en met elke stap komen ze dichter in de richting van een beschuldiging tot moord.

Het begint er helemaal slecht uit te zien voor Bennie als het moordwapen in haar appartement wordt gevonden en de directeur van het farmaceutisch bedrijf om het leven komt door een autobom. Bennie slaat op de vlucht en duikt onder, tot ze de identiteit van de werkelijke moordenaar openbaar kan maken.

'Scottoline biedt non-stop actie, een intelligente verhaallijn en tientallen nuttige tips om onder te duiken in je eigen stad.'
— *Kirkus Reviews*

JANET EVANOVICH

Dodelijk trio

In *Dodelijk trio* baant premiejager Stephanie Plum zich opnieuw een weg door de stadsjungle van Trenton, New Jersey.
Bij een wat dubieuze huiszoeking krijgt ze een stoot tegen
haar hoofd, waarna ze wakker wordt naast een lijk. Voor rechercheur Joe Morelli komt ze onmiddellijk aan de top van de
lijst verdachten te staan, waardoor Stephanie de politie van
Trenton achter zich aan krijgt. Ze krijgt nauwelijks de gelegenheid zich daar zorgen over te maken, want ze wordt onverwacht beschoten door lugubere types met bivakmutsen. De
boodschap die met de kogels meekomt is duidelijk: als ze niet
ophoudt jacht te maken op een ijsverkoper - die volgens de
buurt geen vlieg kwaad doet - kan het nog wel eens verkeerd
aflopen met Stephanie.

'Actie en vaart en vrolijkheid houden geen moment op,'
schreef *VN's Detective- & Thrillergids* over Evanovich' eerste
thriller *Grof geld*.

De Amerikaanse schrijfster Janet Evanovich debuteerde met
Grof geld. Dit boek werd jubelend door pers en publiek
ontvangen en veroverde meteen een nominatie voor de Edgar
Award, de prijs voor de beste misdaadroman van het jaar. Van
haar verscheen ook *Knekeldans*.